俳句・ハイク——世界をのみ込む詩型

星野恒彦

本阿弥書店

俳句・ハイク——世界をのみ込む詩型◆目次

I

II

V

Ⅵ

装画　星野治子
装幀　大友　洋

俳句・ハイク——世界をのみ込む詩型

I

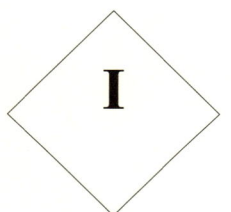

俳句の国際化

俳句の国際化というと、現象として私たちが日々具体的に眼や耳にする二つの面がある。一つは、日本人が外国へ出かけ、その地で俳句を盛んに作るようになったこと。もう一つは、外国人が母国語や英語でハイクＨＡＩＫＵを作るようになった。それも年々国も言語も数が増えて、一種のハイクブームが世界的に起こっていると見なされるに至ったことである。

まずこれら二つの事象を順に取り上げるが、その際、前者を「海外詠」、後者を「外国語俳句」ないし「ハイク」と言うことにする。それには理由がある。日本人が海外において詠む俳句を「海外俳句」と呼ぶことが従来多く、辞典・事典の項目名にもなっている。が一方で、外国人が外国語で作るＨＡＩＫＵを私たちはよく「海外（の）ハイク」と呼んだり、記したりする。耳で聞いた場合、「海外俳句」と区別がつかず混乱するので、それぞれを「海外詠」と「外国語俳句（ハイク）」と表してまぎれをなくしたいからである。

(一) 海外詠

明治以降日本人は海外へさまざまな形で赴くようになり、いわゆる外地で俳句を詠む人が出てきた。が、その数は限られ、ことさらに取り上げられることはなかった。初期の例としては、一八九五年、日清戦争の従軍記者として正岡子規が満州（現・中国東北部）で詠んだ、

麥畑や驢馬の耳より揚雲雀　　正岡子規（『寒山落木』）

一九〇二年、留学中のロンドンで夏目漱石の作った、

霧黄なる市《まち》に動くや影法師　　夏目漱石（『漱石全集』）

などがある。その後、第二次大戦前一九三〇年代の中国での作、

陵さむく日《じつ》月《げつ》空に照らしあふ　　山口誓子（『黄旗』）　一九三二年作

たんぽぽや長江濁るとこしなへ
山口青邨（『雪国』）一九三七年作

などが注目に価しよう。さらに、一九三六年、生涯ただ一度の洋行を果たした高濱虚子にまとまった海外詠（約二五〇句）があり、その中で、

スコールの波窪まして進み来る
高濱虚子（『句日記』）

古倫母《コロンボ》に黄金色なる鳶が居た
同（同）

と、熱帯特有の驟雨《しゅうう》スコールや、大胆にも地名コロンボを夏の季題として詠んでいる。というのも昭和の時代に入ると、海外に在《あ》る俳人たちの、どうも俳句が作りにくい、どうしたら海外で俳句が作れるかと嘆く声が虚子の耳に達した。たとえばシンガポールのような熱帯の地では、歳時記は当てにならないという。そこで虚子は熱帯の風物を実見しながら、きわめて実際的な解決策を工夫した。すなわち、歳時記の夏の部に「熱帯」の項目を設け、天文として赤道、スコールの類《たぐい》、地名としてシンガポール、コロンボ等、動植物に象、鰐《わに》、ゴム、椰子《やし》、ブーゲンビリアなどの季題を入れ、熱帯俳句を積極的に詠むよう提唱したのである（なお、一九五一年刊の虚子編『新歳時記』改訂版では、熱帯季題の類は省かれた）。

第二次大戦後は、平和の回復、経済復興とあいまって、海外旅行が年々盛んになってい

く。その初期の頃（一九四四～七五年）に、加藤楸邨は四度シルクロード（西域）を旅して俳句を作った。広大な地域を移動して感動を持つたびに、季題をどうするかに戸惑った。が、不満足でもとにかく自分の中にあった季題で構想した、と打ち明ける。

天の川鷹は飼はれて眠りをり　加藤楸邨（『沙漠の鶴』）
包《パオ》ふかく夕焼の裾さし入りぬ　同（同）
熱風や土より湧きし仏陀の顔　同（『死の塔』）

これらでは「天の川」「夕焼」「熱風」と普遍性のある季語が使われ、違和感や矛盾は少しもなく、そこの風土にしっかり根ざしている。作句しながら楸邨が最も用心した一事がある。それは、異質の風土の中から日本的情趣だけを探し出して詠むのでは、決してシルクロードの新しい詩の発見にはならないという見極めだった。歳時記の身についた季語を外国で安易に使うと、そこでの感動を日本固有の情感に惹きつけてしまい、異質の風土からくる本当の感動は表せないというのだ。分かりやすい例をあげれば、今や日常茶飯事となった海外観光旅行の句に、「朧《おぼろ》」「梅雨」「身に入む」「時雨」といった、日本の気候・風土特有の季語がよく使われる。いったいどこの国のことなのかと訝《いぶか》しむことが珍しくないのである。

一九六九年には、鷹羽狩行が自動車関連の視察団に加わって、約一ヵ月アメリカを旅し、

集中的に百余句を作り発表した。その中の一句、

摩天楼より新緑がパセリほど　鷹羽狩行（『翼灯集』）

が、今なお海外詠といえば直ぐ引合いに出されるように、人々を瞠目させた画期的な句集であった。狩行は以来世界の数多くの国々を旅して、精力的に俳句を作ってきた。そして、旅した日時の日本における季節感に限定した従来の海外詠の作り方は誤りなのではないかと思った。「要するに、日本人固有の季感と、外国の土地本来の季感とを無理に一致させるのは、しんの海外俳句のあり方を著しく歪めてきたものではないかと痛感した」（「海外俳句の問題点」『鷹羽狩行読本』）。狩行のスイスへの旅では、現地での感動を忠実に俳句化したいと努め、十日の間に四季の交錯を経験し、その結果、秋、冬、春の句を作っている。

秋高し行くは牛とどまるは岩　鷹羽狩行（『翼灯集』）

絶巓を隠すは神の白息か　同（同）

牛のどかおのが乳房の上に臥し　同（同）

実は先例があり、漱石も虚子も現地の季感に合わせ、日本の四季の節序とかかわりなく自在に詠みこんでいる。従って二月の句に秋、冬、春の季語が混在（漱石）、五月の句に春、夏、冬の季語を遣う（虚子）ことをしていた。

ほかにも、有馬朗人が早くから多くの海外詠を試みている。それらはアメリカその他に研究、教育のためたびたび長期滞在しての産物である。

落葉掃く黒人肌を輝かし　　有馬朗人（『母国』）一九五九年作

滝の上鷹が定める国境　　同（『知命』）一九六八・九年作

句集『知命』の「あとがき」に、「海外で俳句を作ることは易しくなかった。そこの人々の生活やその地の歴史になじむまで時間がかかるからである」と朗人は述懐し、「俳句の可能性が海外に広がって行くことは明らかである」と述べる。中国詠には次の知られた句がある。

ジンギスカン走りし日より霾れり　　有馬朗人（『天為』）

こんにち日本の海外渡航者は年間千七百万人を超え、その大半が観光目的で、カメラ持参の人に劣らず句帳、歳時記をたずさえて行く人も多い。海外吟行や海外鍛錬会を行う俳句結社すら出てき、各俳誌の特別作品、一般投句にも海外詠が少なくない。日本国内で詠むことに行きづまりを感じ、新しい句作の天地として海外へ向かう傾向は、強まりこそすれ衰えないだろう。

私たちは海外の地に降り立ったとき、飛びたった日本での季感は棄てて、現地で実感した季節感に素直に従って季語を選ぶことが基本となる。そして、異質な風土、景観、人情風俗、文化、歴史に理解・認識の届いた眼と心を働かせることが、しかるべき作品を生む上で肝要である。参考のために、そうして得られた例句を、便宜的に類別して掲げよう。

暑さ寒さの句、

汗の眼にあらゆる蓋《ふた》のある蓋屋　（上海）
川崎展宏（『観音』）

コーヒー園うづめし雲に夏炉焚く　（コロンビア高地）
竹下流彩（『続港』）

崑《こん》崙《ろん》の水が育て、裸の子　（ウイグル）
辻　美智子（『HI』26号）

南国の大き没日や牛冷す　（インドネシア）
香川はじめ（『HI』28号）

合掌でをさむる舞の涼しさよ　（インド）
伊藤節子（『HI』33号）

バス夜寒黒人奥にひそとゐて　（ロンドン）

地名やそれに準じた名詞を詠みこんだ句、

モンブラン翳りて春の卵売り　星野恒彦（『連凧』）

スイスは朝の青さ漲り泉湧く　梶山千鶴子（『濤の花』）

オアシスに光たゆたふ冬霞　有働　亨（『汐路』）　内田園生（『モロッコの月』）

ビッグベン釣瓶落しの刻きざむ（ロンドン）　岸人正人（『ＨＩ』29号）

人名を詠みこんだ句、

林檎落つアダムの空の深さより　加藤耕子（『世界大歳時記』）

ガンジーの冬着とは白布五六枚　村松紅花（「俳句研究」平8・4）

チャーチル死す一つ一つのみな冬木　有働　亨（『汐路』）

橡咲くやアンネの部屋の窓白む　星野恒彦（『塔』第八集）

これら固有名詞を詠みこんだ句には、季語が入っている。この点で、尾形仂はいっそう柔軟に前進した意見を披瀝している。「現在、一部海外詠のなかに、単なる観光絵葉書に歳時記に見える季語を配したようなものではなく、ソドムとかホメロスなど、『旧約聖書』や神話を絡ませ、その風土を歴史ごと根こそぎに捉えようとするものも見受けられるが、それらの地名や人名なども、充分季語に代わる役割を担いうるものと思う」(『世界大歳時記』)。この言は先に述べた虚子の試みの延長上にもあり、従来の季語に加えてのいわゆるキーワード俳句の可能性につながる示唆として注目される。

(二) 外国語俳句(ハイク)

外国人が外国語で作るHAIKUを「ハイク」と記すことが多い。本来はローマ字で記すべきだろうが、日本語文脈の、とくに縦書きにはそぐわないので、カタカナ表記が一般的である。一部のハイク詩人(外国語の俳人)に「差別だ」としてこれに反発する向きがあったが、近頃は事情が判ってきたのか抵抗が少なくなった。従ってここでは以下簡略に「ハイク」を用いる。

一八八〇年代から二十年間ほどの時期に、研究熱心な外国人たちによって俳句が英、仏、独語で紹介されてきた。それら翻訳された俳句を味わう一方で、それをモデルに自分たちの言葉で似たような短詩を作る人も少数だがいた。その動きがいちばん目立ったのは、フランスの一九二〇年代から三〇年代にかけてであったが、三〇年代半ばには下火となった。第二次大戦が終り、平和が回復されると俳句への関心がそれまでになく高まってきた。とくにアメリカ合衆国では、一九五〇年代に日本の文化や宗教（とりわけ禅仏教）への興味がわき起ったところに、俳句のよき紹介書、入門書がつぎつぎと出版された。いわゆるビート・ジェネレーションの詩人や小説家に、R・H・ブライス著の『俳句』を愛読し、ハイクを試みた者が少なくない。中でもジャック・ケルアックのこの面での存在は大きく、現ハイク界の大御所ヴァン・デン・ヒューヴェルもケルアックの影響で俳句を勉強し、ハイクを作り始めたと言う。

こうして合衆国を中心に英語圏で、俳句をモデルにした英語ハイクが作られるようになった。一九六三年に、「アメリカン・ハイク」という最初のハイク雑誌が発行された。カナダでも一九六七年に「ハイク」誌が出た。以来半世紀、英語ハイクのための三十種以上の雑誌が発行され（もとより消長がある）、多数の句集やアンソロジー、ハイク評論が出版された。とくに一九七四年にアメリカの大手出版社から出た『ハイク・アンソロジー』（ヴァン・デン・ヒューヴェル編）は、アメリカ・カナダ詩人による英語ハイクの充実した選集として改訂新版を重ね、影響力が大きい。英語ハイクの流行は他の国々に刺激と影響を与えずにおかず、イギリス、オーストラリア、ニュージーランドへ広がった。またヨーロッパでは、一九六〇年代にドイツ語圏でハイクが成立したほか、フランス、ベルギー、オランダ、イタリア、クロアチア、ルーマニア、スペイン、ギリシアなど、そして南米、アフリカ、インド、中国（短詩型「漢俳」）等と、今や五十ヵ国以上で、約三十種の言語でハイクがつくられている。

英語やほかの外国語で書かれるハイクは、ほとんどが三行の形式をとる。モデルとした日本の俳句が、五・七・五音の三部分から成ることに影響されてのことだろう。例を英語ハイクで挙げると、（和訳は筆者による、注記のない時は以下同）、

The fleeing sandpipers
turn about suddenly
and chase back the sea!

逃げる磯鴫《いそしぎ》の群れが
ふいに向きをかえ
海を追いかける

J・W・ハケット

渚で餌をあさっている磯鴫の群れ。波が寄せてくるといっせいに逃げるが、引いていくとそれを追うように、濡れた砂地へ向かう。海との追っかけっこのように見てとった、ユーモラスで可憐な句だが、根底に写生の眼がある。作者は最も早くハイクを作り始め、ブライスに称讃された有名詩人である。

lily:
out of the water…
out of itself

睡蓮—
水中から…
それ自身から

ニコラス・ヴァージリオ

原句では lily とあるが、この場合 water lily を指す。睡蓮の咲きざまをずばりとこのように捉えると、読者はいやおうなく睡蓮の本質を納得させられる。一九六三年発表の名作として知られる。

一方で、少数派だが次のように一行、二行、四行の形式で書かれることがある。

a stick goes over the fall at sunset

枝一本滝を落ちゆく入日かな

コー・ヴァン・デン・ヒューヴェル

walking with the river
the water does my thinking

川と共に歩く
流れが思考をすすめる

ボブ・ボゥルドマン

Wind-bells
Before the rain—
And after the rain,

雨の前の
風鈴—
雨の後の

Wind-bells.

風鈴　　ティートー

三行形式の中には、五・七・五音節《シラブル》になるように書いたものがあり、とくにドイツ語ハイクに多い。これは日本の俳句形式にならってのことだが、外国語である以上日本語の音数律とは違ったものになり、よい結果が得られるとは限らない。

　これまでに引いたハイクの原句にもあるように、ハイクの大半は文頭や行頭を小文字で記し（伝統的な英詩では大文字を用い、ピリオドをつけた）、文末にピリオドをつけない形が増えている。また、日本の切字に相当するものが外国語にはないので、代わりに、ダッシュ（—）、三点リーダー（…）、コロン（:）、セミコロン（;）、感嘆符（!）などを使ったり、大きく開けた語間や改行の間《ま》を活用している。

　紙幅の許すかぎりハイクの例を和訳で以下に示そう。

全世界は／十七音におさまり／そしてあなたはこの庵に　　オクタヴィオ・パス

「芭蕉庵」の前書があり、原句はスペイン語、和訳佐藤和夫。作者はノーベル文学賞受賞のメキシコの大詩人。

ハロウィーンの仮面が／上向きに溝《どぶ》を流れていく／ゆっくり頭をふって

花の咲きゆく春／山々へ泡立って昇る／波濤のように
クレメント・ホイト（英語）
リヒアルト・ハインリッヒ
原句はドイツ語、直訳加藤慶二。

開いた空――／タバコが捕える／すがすがしい春風
ジュルジャ・ロジッチ（クロアチア語）

血のように赤い没り日／庭には椿一つなく／ただ風のみ
ミイオアラ・ゲオルゲ（ルーマニア語）

サルオガセの垂れる木々／鹿が入ってくる／ハンターの静寂の中へ
ウィノナ・ベイカー

原句はカナダ英語。一九八九年の世界俳句大会（主催山形県ほか）で外務大臣賞受賞。二十八ヵ国から応募があった。

嵐のあと／少年が空を拭きとる／テーブルから
ダルコ・プラザニン（英語）

一九九〇年の国際ハイク大会（愛媛県）で、三十八ヵ国の約七千句から一位に選ばれ、作者はクロアチア人。

緑色の毛虫が／口から火を吐いて／明日は美しくなる
アーモス・ブリッジ

世界こどもハイクコンテスト（一九九〇年、日航財団主催）に二十六ヵ国から寄せられた約六万句の中からの入賞句。オーストラリアの十二歳（英語）。

かつて星の間を／動いていた大鹿の角――／今は雪の中に　アレクシス・ロテラ（英語）

一九九〇年の国際ハイク大会で特選。作者はアメリカのベテラン、並行してセンリュウも作る。その一つを引くと、

継母――／またも私は呼ばれる／「あのひと」と

別の作者の英語センリュウに、

廊下に出て／いっしょに笑っている／彼女の弁護士と彼の弁護士
シンディ・グエンサマン

右の句は離婚裁判を扱っている。その前の句は、子連れの再婚問題にふれている。

ここで、ハイクの次に人気のあるセンリュウの定義を引くと、最も知られているのは、「センリュウはハイクと同じ形式だが、人間性や人間関係にかかわり、通常ユーモラスで

諷刺的。英語センリュウには、真面目なもの、ユーモラスなもの、そして両方のまざったものがある」（ヴァン・デン・フーヴェル編『ハイク・アンソロジー』一九八六年版）。そして彼らの意識では、ハイクとセンリュウの文学上の価値に差異はなく、両者を併せてつくる作者が多い。

ハイクの本質及び季語

右に見たようにハイク詩人たちは、半世紀以上にわたって作品を続々と発表してきている。それと並行して、俳句・ハイクとは何か、という問題・理念に思いを致してきた。例えば、アメリカ・ハイク協会（一九六八年設立）は長い間論議を重ねた末、次のような定義に到った。

俳句は脚韻を踏まない詩で、鋭く知覚された瞬間の真髄《エッセンス》を記録する。そこでは自然と人間性とが関連している。通常十七音から成る。ハイクは、右に述べた俳句の、外国における翻案《アダプテーション》である。

一九七三年一月の会議で決定したこの定義は、以来同協会の機関誌「フロッグ・ポンド」の冒頭に毎号大きく掲げられてきた。また同協会は、会員への指針《ガイドライン》として、「ハイクは短く、新鮮でなければならず、くっきりした明白なイメージを使ってハイクのエッセンス――あるがままの瞬間――を表現しなければならない」と規定した。アメリカの知られたハイク作者アニタ・ヴァージルは、「ハイクは特別な認識の瞬間を伝える。それは日常にあって人を立ち止まらせ、日ごろ見慣れたものの不思議・驚異《ワンダー》を新たに感じさせてくれる」と説き、この平明で具体的な言葉《スピーチ》は共感をよび、ひろく受け入れられている。

ところが、初めに掲げた俳句定義へ三十年を経て改訂の動きが起こった。芭蕉以降現代に至る俳句の歴史や作品の理解が進み深まったことが背後にある。そして俳句を「瞬間の詩」と決めつけることへの疑問・逡巡が生じたのである。改訂のための委員会が協会内に設けられ、二〇〇四年九月、協会の定例総会で投票により改訂案が採択された。

ハイクは、人間的状況と直観的に関連した自然や季節の経験の真髄を、イメージ的言語を用いて伝える短詩。

というのが新たに決められた定義である。

だが、この定義に反対する有力なハイク詩人もいる。ヴァン・デン・フーヴェルは、「ザ・モーメントを消すべきでない。鋭く知覚された瞬間のエッセンスを記録することは、俳句の大事な本質なのだ」と主張してやまない。文字通り『ハイク・モメント』と題した北米ハイクのアンソロジーの編者ブルース・ロスは、芭蕉の言った「物のみえたる光、いまだ心に消えざる中《うち》にいひとむべし」(『三冊子』)を実践すべきだと述べる。「眼前」の前書がある「道のべの木槿は馬にくはれけり」の芭蕉句を敬愛し、俳句的瞬間の表現を目指すハイク作家は少なくない。改訂の結果、前より具体性に欠け、概念的、曖昧となったことへの不満も一般にあるようだ。そのせいか、「フロッグ・ポンド」誌はもはや定義を掲げることをしなくなった。

ハイクという短詩の本質や特徴についての論議、探究は、ハイク作者の間でなかなか盛んだが、季語や季節感についての彼らの関心、認識のほどはどうであろうか。

英語ハイクを作る上のベストセラーとなった指導書『英語ハイク』（一九六七）の中で、著者ハロルド・ヘンダスンは言う。「アメリカのハイク作者は、季語の使用に賛成または反対の者と、季語について少しも知らない者（これが大部分）に分けられる。季語の使用に反対する理由は、それが非実際的で、人為的・不自然だからである。我々が日本の季語を踏襲できないのは、我々の季節、花、動物、風俗習慣などが日本のそれと非常に異なるからだ」。

カナダのハイク作者ジョージ・スウィードは、北米ハイクについての学位論文（一九九五年）で、「季語の必要性には賛成しない意見が多い。だが少数の人は季語の使用を唱導している。その主な一人がウィリアム・ヒギンスンで、彼は気候・風土の違いを考慮しながら北米人のための季語集を編んだ」と述べる。

スウィードの言及するのは、ウィリアム・ヒギンスン編著『ハイク・ワールド――俳句国際歳時記』(一九九六年)のことである。その本でヒギンスンは、世界の五十ヵ国、六百余人のハイク詩人の千余句(使用言語は二十五で日本語を含む)を、季語及び無季・キーワードの項目六八〇のもとに分類、配列している。そして、「日本語以外の言語でハイクを作る人の多くは、季語に基づく俳句の在り方に従うことができない。というのも季語やその体系《システム》に関する情報が非常に不足しているからだ。それ故、彼らは季語と無関係できた。それでも、概して身近な自然をとらえようとしてきたし、作品の多くは季節を反映している」と付言する。

またイギリス・ハイク協会の会長などを長く務めたデイヴィッド・コブは、「イギリスでハイクを書く人はふつう季語を入れようと意識的に努めることはしない。季語が入ってもたいてい偶然であり、情況に忠実に、真実にと試みているうちに、季語として効果的に働くイメージに出会うだけだ。従って、季語がイギリスのハイクの前面に出ることはないだろう」と言う。そして彼は、「地理、言語、文化によって明確に定められた地域ごとに、独自の歳時記を持つ必要がある」と提唱し、自ら小規模、不充分ながら『英国歳時記』を編んでもみた(二〇〇四年)。とはいえ、そうした試みはいずれも緒についたばかりで、実際に役立つ地域別のいろいろな歳時記が出現するには、長い年月を待つことになろうと思う。

(三) 俳句・ハイクの国際交流

さきに述べたように、ハイクがアメリカでスタートしたのは一九五〇年代で、一九六〇年代にはドイツを始めとするヨーロッパでも作られるようになった。だが当時の日本ではほとんど知られていず、ごく少数の人がハイクに触れ、紹介しだした程度であった。その実態は、語学ができ、外国文学に通じ、俳句をよく知っていたり、自ら句作する個人が、てんでにハイク詩人たちと交わったのである。たとえば、言語学者の八木亀太郎、ドイツ文学の坂西八郎、窪田薫、英米文学の佐藤和夫などであった。

外国にはハイクの結社や主宰者は存在しない。独学でハイクを作っている個々人から同好のグループが生まれ、ハイク誌が発行され、ついにはハイク協会の設立をみる。一九六八年にアメリカ・ハイク協会が設立され、機関誌「フロッグポンド」を発行する。ニューヨーク市に本拠を置くこの協会が、一九七八年に山本健吉と森澄雄を招待して講演を聴いたのは大きな出来事だった。澄雄が自作を朗読し、健吉が近代俳句を例に「俳」を説いた。アメリカの人たちが初めて一流の俳人と俳句評論家に親しく接し、新鮮な経験と知識を得たのである。

私の限られた知見で国際交流の歩みを述べるとなると、どうしても私の所属する俳人協会と国際俳句交流協会の活動が中心となる。現代俳句協会や日本伝統俳句協会にもそれぞれ国際部があって、団体として、また個人としていろいろな活動が当然あったわけだが、あまり触れられないことをあらかじめお断わりする。

一九八〇年、第一回俳人協会訪中団が中日友好協会との連携のもと、大野林火を団長に、北京、上海等を訪れ、俳句・漢詩を通じて両国の文化を語り合った。翌年四月には、中国友好訪日団（林林氏ら）との座談会が「俳句の形式」をテーマに俳句文学館で行われた。こうした組織・団体による交流はその後も回を重ね、「漢俳」の誕生に至った。

一九八七年七月、アメリカのハイク作者二人が招かれて来日。俳句文学館で講演と懇親の会が持たれた。ウィリアム・ヒギンスンが「アメリカにおけるハイク運動」を、アメリカ・ハイク協会前会長ペニー・ハーターが「なぜハイクを書くか」を講演した。この時点でアメリカのハイク誌は十九州に二十誌あるとされ、協会の会員は三百余名（二〇〇八年では約八百名）であった。同年十一月、日米親善俳句シンポジウムがサンフランシスコで行われ（主催日本航空、俳人協会後援）、澤木欣一が「俳句の心と特徴」、スタンフォード大学の上田真教授が「太平洋を渡った蛙」の題で講演。一九八八年、英語ハイクの初のアンソロジー（一九七四年）を編集したヴァン・デン・ヒューヴェルが俳句文学館を訪問した。

このような国際交流の高まりを背景に、一九八九年十二月に設立されたのが国際俳句交流協会である。それまで個々の俳人と日本の三大俳句協会がばらばらに行ってきた国際交流の、共通の窓口を設け、一本化して組織的に広く行えるようにしようという趣意による。従って理事会の役員も三協会から平等に出し、財政的、人的支援をするほか、広く会員を募り、会費や寄付を集めて、より効果的で実質ある活動を目指した。内田園生初代会長は、大使として任地のセネガルやバチカンなどで、俳句の普及、交流に既に実績があった。その後会長を継いだ有馬朗人、木暮剛平も国際人として著名な俳人である。協会の主な事業を挙げると、

一、機関誌「HI」の発行、ホームページの開設。
一、日本の俳人のミッションを外国へ派遣。
一、外国のハイク詩人の招日。
一、俳句・ハイク大会や講演会の開催、後援。
一、『国際俳人句集』刊行（和英等対訳）。
一、外国語のハイク・俳句に関する文献・資料の蒐集整備。

最後の項目については、一九八〇年以来俳人協会国際部が海外図書を営々として蒐集し、今や質量ともにわが国最大のコレクション（二〇一二年現在三千五百冊以上）を蔵し、一般の利用に供しているので、それにまかせている。

その後の交流の顕著な事例を適記しよう。一九九〇年十月、日独俳句大会がフランクフルトで開催（ドイツ俳句協会、国際俳句交流協会の共催、澤木欣一団長）。その後二年ごとに二回ベルリン、ケルン等で、成瀬櫻桃子団長のもとに日独俳句交歓会がもたれた。一九九五年六月、日伊俳句交歓会がローマ、ナポリ、ミラノで開催（団長成瀬）。

一九九四年七月、イギリス・ハイク協会（一九九〇年設立）がロンドン大学日本研究センターとの共催で、芭蕉没後三百年記念ハイク・コンファランスをR・H・ブライスの母校ロンドン大学で開催した。英、米、カナダの講演者にまじって、日本から星野恒彦が「今日における芭蕉の意義」を説き、湯浅信之広島大学教授が「俳句における笑い」を歴史的に講じた。同年十月には同大学で、大岡信が「コンピューター時代の日本でなぜ俳句や短歌が盛んなのか」という講演をした。以上の講演（英語）はすべて『芭蕉再発見』（グローバル・オリエンタル社）に収録されている。

一九九五年十月、アメリカ・ハイク協会と国際俳句交流協会共催の日米俳句大会がシカゴであり、石原八束を団長にミッションが派遣された。日米俳句界の第一回の試みとして成果を収め、一九九七年に第二回を日本（東京）で行った。四月下旬の二日間、講演、句会、吟行と盛大で充実。参加者はアメリカ合衆国、カナダ、イギリスのハイク詩人三十余名、日本側は百六十名。取り上げた主な問題は、季語や俳句の方法についてであった。その際の、リー・ガーガ団長（アメリカ・ハイク協会会長）らの一致した次のごとき発言は、日本側に新たな認識を迫るものだった。

「日本の俳句とアメリカのハイクは、同じ巨木から枝分かれする二つの枝のように、別方向へ成長していくだろう。我々は独自の道を行くことで真正な北米ハイクを創り、自分たちの詩の一ジャンルとして確かな地位を獲得しなければならない」。

二十一世紀に入り、諸外国のハイク詩人たちはもはや日本の俳句の翻案や模倣にとどまらず、自国の詩の重要な一形式として文学的な確立を遂げ、いっそう発展させようと努めている。とりわけ米英では、一流詩人たちのハイク作りを促したり、一般の認識を高めて、いわゆる第一芸術への道を積極的に進む姿勢がいちじるしい。日本としては元祖面《づら》、本家面をして日本人の俳句観を押しつけるわけにはいかない。お互いの共通性と異質性をわきまえ、独自性を尊んで切磋琢磨し、共存共栄を計るべき時代となったのである。以下に私の年来の考えを述べて終えよう。

いつの時代にも俳句の国際交流の根本・原点は、あくまで俳人や俳句研究者の個人的なふだんの営為にある。国際的な俳句大会やイベントを開催したり、そこへ組織・団体が派遣団を送るといった活動は、従の、付随的なことである。個々の俳人とハイク詩人との、平生の密度高い付き合いが基盤にあってこそ、組織が折々に開く大会が意味をもってくる。インターネットが世界を覆い、個人をベースにした国際交流が、時空を瞬時に超えて手軽に、日夜盛んに行われる今日、それはいっそう自明のこととなったと言える。

海外詠と季語の問題

昨年（一九九五年）の暮に、新春の吟行にさそおうと、電話した俳句仲間三人のうち、二人までが海外へ出かけていて留守だった。一人は学会出張で年明けまでシカゴに、もう一人は夫人とヨーロッパを旅しているとのこと。一人はとくに言うでもなく、国内旅行の延長の感じで、気軽に飛び立って行ったのである。われわれ日本人の海外渡航は、そこまで日常的な行動の一部になりつつあるのか、といささか驚き、考えさせられた。いずれ帰国すれば、彼らが海外で詠んできた俳句が所属の句会や俳誌に発表されるにちがいない。こうして、日々に作られ、発表される俳句の何パーセントかを海外詠が占めるのは、いまや一般の顕著な傾向であり、その割合も年々増大している。

極端な円高と、国際的に批判されるほど尨大な外貨蓄積を背景に、国内旅行より割安な海外旅行は、老若を問わず非常に盛んである。長びく景気後退もこの方面では少しも影を落としていないように見える。そして当然、大勢の俳句愛好者が世界各地へ繰り出しては、国内旅行の延長の感覚で句作りをして帰ってくる。

また、海外に駐在や居住する日本人の数も相当なものである。たとえば、二十年前のロンドンでは、およそ三万人の日本人が住んでいるといわれたが、昨今では五万人とふくれ上っているらしい。それに大挙してやって来る観光客や、語学留学と称する若者等を加えるとたいへんな数となる。ロンドンの中心街では、雑踏する群衆の三割くらいが日本人と見受けられるときがある。三越、そごう、伊勢丹と競って日本人相手の支店を連ね、市の北部には、日本の大手スーパーが大規模な店を開いたのも不思議ではない。

そうしたロンドン居住者で、独習しながら俳句を作っては、はるばる日本の新聞や俳句総合誌へ投句を続けている婦人と、私は知り合った。一昨年ロンドン大学で、芭蕉について私が講演をしたときの聴衆の一人だった。彼女の入選句を折々に俳句欄に見出しては、健在の証と私は思って祝福している。同時に気がついたのは、そうした俳句欄に海外での旅吟と思われる入選句がほとんど見当たらないことである。海外詠の入選句は、もっぱら現地の居住者の作という印象を受ける。

実績のあるかなりの俳人でも、「中国ではともかく、ヨーロッパへ行ってろくな句を作ったためしがない」と慨嘆するのをよく耳にする。異質の風土、異質の文化・歴史の中で俳句を作る難しさは、真剣にとり組めばとり組むほど強く感じられる。氾濫する海外詠の大方が、絵葉書に及ばない観光俳句にすぎない、と酷評する向きもある。どこそこの国へ行ったらこうでした、という浅薄な報告に終わる句、地名に適当な季語を取り合わせた、スナップ写真や通俗的な絵葉書仕立ての句を見せられるのはご免だ。旅行の記念写真と同じく、本当に喜んで見るのはご当人だけなのに、といった声を、あながち行けない者のひがみとばかりは言い切れない状況である。大量に作られていく世界の観光地俳句は、結局大同小異となり、なんの感興も喚び起こさなくなる事態も遠からずに想定できよう。

時代と社会の趨勢として、積極的に海外へ出かけていく日本人がかくも多い以上、海外詠は今後ますます作られよう。異質の風土を相手に、われわれが佳句、秀句をものにするには、どうしたらよいのか。解決すべきどのような問題があるのだろうか。

戦前に、海外詠についてもっとも思いをいたし、実作にいどんだ俳人に高濱虚子がいる。一九三六年、生涯ただ一度のヨーロッパ旅行へ赴くに当たって虚子は、船の寄港する土地の人々の生活状態を見たり、自然や景色風物に接して、日本のそれと比較してみたいと思った。その結果を虚子はこう記す。

支那人、馬来人《マレー》、印度人、亜刺比亜人《アラビア》、仏蘭西人と其等の人の生活を見て来て、人間の生活は大概似通つたものだ、といふ平等の感じが強くなつて来た。人間の幸福と不幸とは同じ程度のものであるやうな感じがするのである。到る所に仏様があり、到る所にクリストがあつて、人間は凡て平等を分け前どつてゐるといふ感じが強いのである。

（「もう大概欧羅巴も判つた」、『渡仏日記』）

そして、外国の自然や景色風物に接しての結論を、帰朝後間もなく東京中央放送局での「欧州俳句の旅」でこう語った。

私は、春夏秋冬の循環が正しく行はれ、その現象が変化に富み、華やかで美しい、といふ国は日本を措いては他に無い、といふことを、兼ね〴〵持論として述べて居たのであります。（中略）親しく英、独、仏の土地を踏んで、親しく接した処から見ても、又其地に在留して居る人々から聞いた処に依つても、私の言つたことに誤りの無いことが証明せられたのであります。世界は広いのでありますから、どこかを捜せば日本と同じやうな国が存在して居るかも知れません。併し少くとも文芸の盛んである国々、殊に泰西の諸国には、日本ほど時候の変化に恵まれた国は無いといふ事が明かになりました。（中略）それで時候の変遷、その各現象を詠ふ俳句は、わが日本に於て始めて発生して来たといふ理由がいよ〳〵明白になりました。　（『渡仏日記』）

このような日本と対照的な風土、たとえばシンガポールのような熱帯の地では、日本の春夏秋冬を土台にした歳時記は当てにならない。それをどういうふうにとり扱ったらいいのか。また、ヨーロッパの風景時候には俳句になる材料が乏しいように感じると、海外にいる俳人たちが訴え、困却している事実を虚子は知っていた。

そこで虚子は、気候風土の違う海外でどのように俳句を作るべきか、季語はどう扱ったらよいか、という今日ますます大きな問題となっていることの解決の糸口を、実地の体験を通して摑もうという遠大な考えを抱いたのだった。

虚子は外地に在留する俳人たちにさっそく応えて、「熱帯季題小論」なるものを書いた。そしてきわめて実際的な解決策として、歳時記の夏の部に、「熱帯」という項を設け、天文として、赤道、スコールの類、地名としてシンガポール、コロンボ等、動植物に、象、鰐、ゴム、椰子、ブーゲンビリア等の季題を入れ、熱帯俳句を積極的に詠むように提唱したのだった。しかし、一応四季はあるにしても、日本のように違いが明らかではないヨーロッパでは、どう作句したらよいかについての教示はなかった。

熱帯のような特別の地域には、その風土固有の歳時記を作ればよいという虚子の考えを敷衍すれば、世界各地で独自の歳時記を編纂し、それに依って作句するという方策が浮かび上がる。日本において、すでに北海道や沖縄の歳時記を編んで、その固有の風土を積極的に詠おうとする気運があるが、その傾向をより徹底的に全世界へ押し広げるわけである。

ここで一つ注目されるのは、虚子が地名をも季題に入れている点である。「発句も、四季のみならず、恋・旅・名所・離別等、無季の句ありたきものなり」（『去来抄』）という芭蕉の遺語があるにしても、かなり思いきった提言といえる。事実、虚子は地名を季題にした句を作ってみせたのだった。

古倫母《コロンボ》に黄金色なる鳶が居た　虚子

亘りたるリオ群島は島屏風　同

そして「スコール」を詠んでは、

スコールの波窪まして進み来る　虚子

往復の船中で過ごした約八十日を含め計百二十日間の旅で、虚子はおよそ二五〇句の海外詠を作った。しかし虚子一生の代表句に数えられる句はないと思われる。「俳句朝日」一九九六年一月号に、川崎展宏選の「虚子百句」が掲載されていて、その中には次の二句が入っている。

宝石の大塊のごと春の雲

春の寺パイプオルガン鳴り渡る　（シェイクスピア菩提寺）

日本ともっとも対蹠的な風土の地を選んで、海外詠に果敢に挑んだのは、加藤楸邨であった。楸邨は一九四四年以降一九七五年まで、四度にわたって、ゴビ砂漠、タシケント・サマルカンド・ブハラ、アフガニスタン、イラン、イラク等を旅している。

「俳句は日本という湿潤性のつよい風土を土壌としたものであるが、それが、シルクロードの乾燥地帯のような土壌の上に果して可能であるかどうか」を自問しつつ、「とにかく詠んでみよう。何とかして自分の言いたいことを言ってみよう」とばかり句作に励んだ（『日本大歳時記、新年』以下同じ）。

それら多くの句は紀行文集『死の塔』、句集『砂漠の鶴』、『吹越』に収まっている。

天の川鷹は飼はれて眠りをり
包《パオ》ふかく夕焼の裾さし入りぬ
死の塔を渦まきのぼり影の蝶
泉喫んでにんげん駱駝顔同じ
たんぽぽのほとりから沙無限かな
蜥蜴うかがふ「目には目を歯には歯を」
蜻蛉水打ちしづかに聞けばア・リ・ガ・ト・ウ

これらの句は異質の風土をしっかりと把握して、重く深い。

正直に言って、昭和十九年以来、中国、ゴビ、シルクロード等を歩き廻って、感動を持つたびに季題をどうするかにとまどいつづけてきている。すっかり異質の風土にふさわしい歳時記的整理をしてから詠むというのでは、到底当面の間に合わない。

（中略）そこで不満足でもとにかく私の中にあった季題で構想していくことになる。と楸邨は打ち明けるが、このように確かな成果を見せているのだ。そして、実践を通して洞察したまことに重大な警告をわれわれに発してくれる。

旅人としてのみならず、今は異質の風土の中に、生活を持つ日本人が、世界中にひろがっているのである。（中略）こうした場合、在来の俳句的情趣だけをその中から汲みあげて足れりとするわけにはいくはずがないであろう。季題は、そうした場合、極めて危険な罠に変質しやすいものである。在来の俳句的情趣を形成するにふさわしい情感を、すでにそれ自体内包しているからである。異質の風土の中から、日本的情趣だけを探し出して詠みあげるのでは、決してシルクロードであるとか、アフリカであるとかの新しい詩の発見というわけにはいかないであろう。

つまり、「無意識の中に異質の風土からくる感動を日本固有の情感に惹きつけてしまう虞《おそ》れが極めて多い」から、歳時記の身についた季語を、外国で安易に使ってはならないということだ。その土地に合わせて季語を慎重に吟味、選択しなければいけないのである。

ここで私の苦い体験に触れよう。一九九四年の春からまる一年間イギリスに滞在して、現地の四季をうたおうとした。ロンドンに到着して間もなく、イギリスのハイク詩人たち

と持った句会に出した私の句は、

春の蠅大きな音をたてにけり　（「俳句研究」平6・7）
地下牢の角を曲がれば春灯　（　同　）
煉瓦にも濃淡ありて八重桜　（「貂」平6・12）

ここに用いた季語のうち、「春の蠅」「八重桜」は問題がなかったが、二句目の「春灯《はるともし》」はいかにも軽率な使い方であった。ドーバー海峡に面したヘイスティングの古戦場に在る廃墟となった城の、薄暗く陰惨な地下牢《ダンジョン》をめぐって、出口の明るい灯を見た時の、ほっとした気持をこめてのことだった。が、意外にもイギリスの詩人たちは「春灯」に戸惑い、「春の季節の灯火」に何か特別な意味があるのか、季節によって灯火に違いがあるだろうか、と質問してきた。彼らの感受性にとって、灯火が一年中同じような存在である以上、この句は眼目を失ってしまう。なるほど日本の暖かい春の、湿潤でやわらかい闇や朧《おぼろ》を背景にしての灯であればこそ、冬の灯、夏や秋の灯とはちがう明るさ、はなやぎで私たちの眼と心を打つ。温かい懐かしみの感情や生きる歓びを呼びおこしてくれる。だが、乾燥し、風雨が強く、いつまでも寒さの残るイギリスの春には、こうした灯火に寄せる思いはないのだ。イギリスの風土とその伝統的文化や美意識の中に存在しない日本的情趣を、私は無意識にだが安易に持ちこんだのが誤りだった。そうだとすると、「春愁」「春雨」「朧」など、秋であれば「新涼」「秋澄む」「身に入《し》む」、初冬の「時雨」など日本固有の情趣をともなう風土特有の季語は、イギリスのみならずほとんどの外国では、ひとりよがりの宙に浮いた季語になってしまおう。

他山の石とすべく作者名を伏せて、目立った問題例句を引く（カッコ内は制作地と月）。

パブの灯の朧に濡るる甃《いしだたみ》　（ロンドン、四月）

聖堂の椅子軋ませて梅雨深む　（フランクフルト、七月）

ピカソ館出でてブルーの時雨傘　（マドリッド、二月）

右のように日本的情趣に色濃く染められた架空の大都会を、現地の人は味わえず、奇異の眼で見るだろう。私たちが海外の地に立ったとき、そこで素直に実感した季節感を大事に、季語を選ぶことが基本である。だが現実には、日本の空港を飛びたったときの季感を抱いたまま異国に降り立つことになる。出発したのが冬の日本でも、着いた先がオーストラリアや南インドであれば、熱い夏の盛りなのだ。この場合は季節の切り換えに紛れはないが、ヨーロッパなどの場合は十分に見定める必要があり、なかなか難しい。現地の実際の季節に即しつつ、異質な風土、景観、人情風俗、文化、歴史に理解の届いた眼と心を働かせて初めて佳句が得られるのである。

［「俳句研究」一九九六年三月号掲載の文に加筆］

エジプトの旅から――海外詠と季語

あまり日の経っていない身近な体験から、筆を起こそう。去る二月（二〇〇九年）にエジプトを半月旅して作った句の中に、次のようなものがある。

起《た》ち上る駱駝の上の涼しさよ　星野恒彦
打水や大ピラミッド鎮まりて　同
オアシスの出で湯狐の気配かな　同

いずれも広義のサハラ砂漠（リビア砂漠東部）で詠んだ。大寒の最中、成田空港を出発して機内で冬服を軽装に更え、セ氏二十度のカイロに到着。その後ベドウィン族の若者が運転の四輪駆動で、西南へ砂漠をひた走った。日中は早くもセ氏三十度以上に達し、サングラスで眼を守った。十年間雨らしい雨は降っていない大乾燥地帯の中である。

エジプトは面積百万平方キロ余で、その九十五パーセントが砂漠からなる。そうした地に歩を印すやいなや、十三時間前、日本で体感していた季感は一切捨てざるをえない。現地の風土の季感に即しつつ、日本の季語の効用を発揮して、どのような俳句が作れるのか、一つのチャレンジとなる。

第一句の季語は「涼し」。暑さの中に涼気を覚えることで、朝夕の涼しさ、水辺の涼しさ、星や露に感じる涼しさなど種々ある。この句では、駱駝にまたがり、それが折り曲げた長い前肢、そして後肢をぎくぎくと伸ばして大揺れに起き上った。不安定な鞍にしがみつき、非常な高さで一陣の風を受けた、その一瞬の涼気をうたった。

飴山實は「〈涼し〉の句には一瞬の感じが大切なようだ。なにかの一瞬の気配、一瞬のうごきに即応して涼しさを感じる――」（『季語の散歩道』）と説く。例えば〈涼風の曲りくねつて来りけり　一茶〉や〈この大き踏切夜涼殺到す　誓子〉が思い浮かぶ。私の句もその伝。

私の第二句の季語は「打水」。説明に「夏の昼下がりや夕方、暑さや埃を抑えるため、庭・門前・路地などに水を撒くこと。炎熱焼くような日に舞い上がる砂塵は堪えがたい……」（『合本俳句歳時記』第三版）とある。

泊ったホテルの前の大通りをへだてた台地に、ギザの三大ピラミッドが立ち並ぶ、思いがけない近さに驚きつつ、部屋の窓から仰ぎみた。朝、ホテル正面の車寄せを従業員が掃除し、水を撒いていた。風が強いと、ピラミッドの方から砂塵が飛んでくる。巨大な古代の建造物と、打水するモダンなホテルの前庭の対照に興を覚えた。

掲句の第三はやや特殊である。砂漠に点在するオアシスも所によっては以前のように水が湧出しなくなった。そこで数百メートルもボーリングした地層に太古から蓄えられた水を、ポンプで汲み上げている。地熱でセ氏四十数度になっているから、冷却して使い、そのまま温泉に利用する。かつて虚子は、熱帯地方に住む俳句作者のため、『新歳時記』一九四〇年の改訂版で、「熱帯の気候・動植物・人事等のうちで、既に夏季に属するものとして、諷詠し来つた季題を増補した」。それらの中に、「オアシス」の季題も入っていたが、戦後の版では熱帯季題の全てが削除された。従って私の第三句の季語は「狐」であり、季感としては冬ということになる。一見生き物のいないような砂漠でも、狐がいて、夜間に鼠や昆虫など食物を求めて徘徊する。日中は暑くても砂漠の夜は急激に冷えて、セ氏五、六度になったりするからで、この句は冬の季感の句と読まれていいと思う。

砂漠などでなく、ある程度四季があるイギリスやドイツでも、日本におけるほど四季の区別は画然としない。極端な場合、一日のうちに四季の交錯が見られさえする。それゆえ、その土地、その時の実際の季感に従って作句することが肝要である。現地の季感ではなく、日本の季節にとらわれて詠めば、日本の風景のようになったり、矛盾した架空の土地の景となって終る。エジプトでのそうした問題作を、作者名を伏せてあげれば、

スフィンクス傍らに見て春惜しむ

秋風やエジプト文字の何を告ぐ
カルナック神殿に組む寒北斗

日本的情緒の濃い季語が、エジプトでは浮いてしまう。一方、成功作をあげれば、

灼けつくす砂漠の月は色なさず　石原舟月
子ら泳ぐ川は砂漠に消ゆる川　木暮剛平

早くに加藤楸邨は、西域のゴビ沙漠などで句作に挑んだ。異質の風土にふさわしい歳時記的整理をする時間がなく、不満足でも自分の中にあった季語で構想した。

包《パオ》ふかく夕焼の裾さし入りぬ　加藤楸邨
泉喫んでにんげん駱駝顔同じ　同

普遍性のある季語を用い、違和感や矛盾なしに、その風土にしっかり根ざしているのはさすがである。

在外詠の俳句

日本人が海外において詠む俳句を「海外詠（の俳句）」と呼びます。「海外俳句」の言い方もありますが、この呼称は、海外で流行《はや》っている外国語俳句（ハイク）とまぎらわしいので避けたいところです。海外詠を細かくみれば、異国への移民や在住者の作る俳句（在《ざい》外詠《がいえい》と言われたりする）と、戦後非常に盛んになった海外旅行者、短期滞在者の作る俳句に分けることができます。ここでは在外詠にあたる句を挙げましょう。

雷　や　四　方　の　樹　海　の　子　雷　　佐藤念腹《ねんぷく》

新潟県の出身で、一九二七年にブラジルへ移住した「ホトトギス」同人の代表句で、一九二八年作。日本の約二十三倍という広大な国土・風土ならではのスケールの大きな句で、アマゾンの熱帯雨林へ開拓の鍬を入れるのです。次の句も同様にブラジルならではの作で、日本列島の住民には想像もつかない光景に圧倒されます。

夏草や怒濤の如く牛五千　斎藤光之ジュリオ
（『第一回海外日系文芸祭作品集』'04。以下『作品集』と略す）

銀漢や同船者てふ家族あり　西山ひろ子（『第四回作品集』'07）

やはりブラジル移民の作。遠い異国へ移民船で渡った時の同船者は、その後の苦労多い長い年月、互いに励まし、助け、喜びも悲しみも分かち合ってきた同志で、今や家族同然となっているわけです。銀漢（天の川）は七夕伝説とも結びつき、移民仲間が一つ心でしみじみ仰ぐにふさわしく思われます。

フリーウェイ地平線ぬけ夕やけへ　山内理希《りき》（『同作品集』）

アメリカ在住の高校二年生が、高速道路を運転しての感動を詠んでいます。地平線のさらにその先の、夕焼けの中へは、まるで宇宙空間へ飛び出していきそうな、壮大でダイナミックなドライブです。

胎《はら》の子の高さに続く花市場　中田朗子（『第六回作品集』'09）

タイに四年在住の人の作。バンコクの花市場を訪れた作者が、新しい命を胎内に宿した幸せを詠み、色とりどりの切り花に祝福されています。

以上に海外日系文芸祭の入賞作を多く紹介しました。この催しは、海外日系新聞放送協会、財団法人海外日系人協会と同文芸祭実行委員会が二〇〇四年より主催しています。毎年海外日系人を中心として俳句と短歌を募集するコンテストで、参加国はブラジル、アメリカ、カナダを始め約十六ヵ国に及び、日系人への日本語・日本文化教育の一環です。

II

1　翻訳されたブライス著『俳句』第一巻

久しく待望されてきた、ブライスの大著『俳句』（全四巻）の翻訳がついに永田書房から出版された。といってもその第一巻「東洋文化」（一九四九年刊）の全訳のみだが、著書のおおよそを窺うには不足ない。この労作といえる翻訳は、俳文学者として知られる村松友次と、英文学者三石庸子の共同作業で、十年の歳月をかけている。英文原著の四二二頁が訳書では五七一頁、二六枚の図版も鮮明度に劣るがほとんどが載せられている。篤学な訳者の組み合せがあって初めて日の目を見たわけだ。

未訳は第二巻「春」、第三巻「夏・秋」、第四巻「秋・冬」（各一九五二年）で、それぞれ季節に応じた沢山の近世俳句（近代の子規、虚子、碧梧桐、漱石、青々、乙字、亜浪、秋櫻子らの句も多少含む）の良い英訳と、個性的で味わい深い批評的鑑賞と解説をしている。

これら四巻と、一九四二年に上梓した『禅と英文学』によって、ブライスは東京大学より文学博士の学位を与えられたのだった（一九五四年）。東大の文学部長をし、定年後学習院長を務めた麻生磯次は、学位論文の審査に携わった人だが、次のような言葉を遺している。

ブライスさんの著述は、問題が多岐に亘り何かとりとめもないような印象を与えるかも知れない。しかし俳諧文学を本質的に取扱おうとする人々にとって、ブライスさんの論文が色々な示唆をもたらすことは明らかである。ブライスさんは資料を巧妙に処理する能力をもっていたし、その独創的な思索力においても、従来の俳諧研究者の追随を許さぬものがあった。少なくとも外国人の俳諧に対する理解の最高の段階を示したといえるであろう。(「俳句」一九六四年十二月号)

ブライスは、第一巻の第一部で俳句の精神的起源を先ず論じている。インド仏教、儒教、道教(老子、荘子)、禅を取り上げ、そのあとで初めて漢詩―和歌―連歌―俳句の歴史的なジャンル別の流れを解説する。とりわけ中国禅と日本禅に大きく紙面を割いて、その語録や禅林句集からいろいろと引用し、俳句との深い関係を示そうとする。そして、俳諧の巨匠たち――宗鑑、宗因、鬼貫、芭蕉は、いずれも禅に深い関心をもっていたと説く。このあたりは、禅の実践者、研究家としてのブライスの面目躍如たるものがある。彼は序論にいう。「禅と俳句は実際上同義と思う。俳句は一種の悟り又は啓示で、そこに我々は事物のいのちを見る。ごく日常的な物や事の、いうに言われぬ意味、それまで全く見落していた意味を捉える。一枚の落葉が秋の全体、年毎の秋、万物の時を超えた秋を蔵する。」「禅と俳句は同義」というブライスの発言は、それだけを取り出すと、多くの人は首をかしげ、辟易しかねない。だが、そのあとのいろいろな補足的、敷衍的な説明を読むにつれて、やや安心し、耳を傾けるようになろう。たとえば次のような言葉。

「俳句は禅の一部であると言うことは出来ない。そうではなく禅が俳句に属する」、「俳句は俳句であり、それ自体で不文の法則や基準、目的や実績を備えたもの、（中略）俳句は一つの伝統的な物の見方や生き方」、「禅と俳句との間に矛盾が起こるとするならば、禅の方が退けられる。俳句が究極の基準である」そして「俳句は、我々自身の独自な本質的なものとの一体化を実現することによって、物を理解することである。（中略）こうした我々自身と物との（あらゆる物との）再結合の喜びは、本来の我々自身であるという喜びである。俳句は一種の悟りで、そこにおいて我々は事物の生命を覗き込む。」

禅者としてのブライスが退いて、詩人としての彼が前面に出るとき、彼は俳句を引き、コメントする。

落ちざまに水こぼしけり花椿　　芭蕉（か？　星野注）
曙や麦の葉末の春の霜　　鬼貫
牛もうもうもうと霧からでたりけり　　一茶

「俳句は和歌とちがって、優美を追求するものではない。（中略）俳句は、我々がずっと気づいていながら、そうとは知らなかったことを示してくれる。」

絵草紙に鎮《しづ》置く店の春の風　几董

「このような事物の、言い表しがたい意味をつかみとろうとする時、そこに人生があるのであり、その時こそ真に生きているのである。」私などはここまではついてくるが、さらに「一日二十四時間このように生きることが俳諧の道である」とまで語気強く言われると、おそれ入るばかりだ。

本著の第二部「禅、俳句の心の在り様」は、百四十頁におよび、明らかに一巻の中心部を成している。内容は十三章に分かれ、各章の題を記すと、没我、孤独、感謝、無言、無分別、矛盾、ユーモア、自由、超道徳、簡素、即物、愛、放胆で、洋の東西、古今にわたる博学ぶりを発揮して論述される。全体として、俳句の心よりは禅の精神の在り様を説くことに軸足が置かれ、それを例証するものとして引用される諸々の難解な文章に併せて俳句が挙げられるが、つけ足し程度である。それも、個々の俳句の妥当な解説・解釈はなく、文脈に役立てるための深読みやこじつけの感を免れない場合が少なくない。この点は期待はずれだった。俳句観の偏りと批判される所であろう。

ブライスの『俳句』全四巻は、外国のこれはと思うハイク詩人の机辺に、必ず置かれていると言ってもよい。彼らの中には、それを禅思想の手引・参考書として、鈴木大拙の著書の次に読んだ人たちもいる。だがはるかに多くの人は俳句の入門書・参考書として読み、そこに載る二六四五句の英訳俳句を味読し、自らのハイク創作の手本としてきた。

昨年（二〇〇三年）アメリカのハイク詩人リー・ガーガが、『ハイク―詩人への手引』という良書を出した。その中にこう述べられている。

英語ハイク詩人の中には、俳句と禅がいつも結びつけられることに反対する人がいる。多くの人は禅は禅で、俳句は俳句だ、そこには何の関係もない、と考えている。俳句を〈精神的な解放〉への道とするブライスの助長した見解よりも、あくまで文学の一形式と見る態度の方が、西洋で強まっているのは事実だ。俳句の高尚な美学的原理は、禅のみに結びつくわけではない。俳句の諸相は、あらゆる精神的伝統のうちに見出される。

西洋のハイク詩人を最もよく導いた俳句入門書が、傑出した二人の研究者、ハロルド・ヘンダスンとブライスによって書かれたのは、今や歴史的な事実である。そのブライスの本が、禅ではなく俳句の入門書である以上は、その第一巻の第五部「俳句の技法」が特に重要である。それは九章から成り、各章の題を列記すると、「ユーモアと洒落」「簡潔さ」「日本語」「オノマトペ」「俳句の形式」「切れ字」「連作」「俳句の四季」「翻訳」。上のどの章も、著者の俳句に関する学識と本質への理解の深さを示して余りある。一例として「俳句の四季」の一節を引く。

俳句にはほとんど常に季語がある。季語は背景となる雰囲気を与えることができる。それは〈種《たね》〉のようなもので、感情、音、匂い、色の世界全体を解き放つ引きがねになる。季語は直感の散漫な要素を一つの全体に統一するという、付加的な働きをする。それぞれの句の季節こそが主題であると言えるし、句は心を空間的時間的な世界の広大な側面へと導く。季節の巡りの中に俳人は、四季の変化する気分に応じた対応物、代弁者を見出す。（略）連句の発句は常に季語を含んでおり、これが俳句に季節を消し難くもたらした。そして、俳句は長い間、句の季節の題によって分類されてきたのである。

不思議なことに、明治以来外国人によって書かれてきた俳句紹介の外国語文献では、この本及び同じ頃出たヘンダスンの本が初めて季語の存在を世界に知らせたのだった。それ迄は五七五音節の短詩とのみ喧伝されていた。この一事だけでも、ブライスの本の画期的な価値が認められるのである。

［「貂」一一三―一一五号 二〇〇四年八・十・十二月］

アメリカのハイクと季語・歳時記

アメリカのハイクは、英語の詩の一つとして非常に大きな成功をおさめたものの、日本人の感覚での季節の認識にはほとんど重きを置いていない。しかもハイクは、体験や瞬間の洞察を表す手法としての俳句の潜在力には関心を示したが、確立された文学上の伝統に従うことにはあまり関心を持たなかった。これは初期のハイク団体が、ビート詩人や反対制文化運動、そして東アジアの宗教（のびのびした境地に心を遊ばせるという姿勢に基づいた、物事への洞察や生活態度を促す宗教）に感化されていたことによるところが大きい。歳時記は、自然によって世の中の物事を見たり書いたりする伝統的な手法を明確に規定したものであるが、このような事情で、アメリカ俳人の間では、歳時記に対する尊敬も信頼も生じなかったのである。

右に引いたのは、シェーロ・クラウリー（アメリカ・エモリー大学教授・日米比較文学）の意見で、かなり率直、断定的で注目される。日本の俳句が、僅かの例外を除いて一句に季語なるものを詠みこみ、その規定された季語の分類された集大成たる本――「歳時記」が存在することは、アメリカのハイク作者に今やある程度知られるようになった。しかし大多数の人は知らないし、無関心であるのが実情であろう。かつてアメリカ・ハイク協会が公式見解とした「広大な合衆国の気候風土はきわめて多様であるから、アメリカ・ハイクのすべてに、認定した季語を入れることは不可能だ。それ故、アメリカ・ハイクは日本の俳句ほどには季語を重んじない」は、一般に受け入れられている。昨年（二〇〇八年）物故したヒギンスンの啓蒙的な労作『ハイク・ワールド』と『ハイク・シーズンズ』は、季語の認識を高め、その使用を勧める上で大きな働きが期待され、相当に読まれている。とはいえ、季語の理解者、賛同者は少数派にとどまっている。その背景を示唆するクラウリー教授の指摘は、頷けるところが多い。さらに彼はこうも言う。

概してアメリカの詩人と読者は、ハイクのひらめきというものが完全に自然で偶発的なもの、詩人が偶然出合ったものへの反応だと信じている。彼らにとって、ハイクの魅力の一つは、彼らが書くものは全く新しいものだという興奮である。ハイクは重荷になるような長い歴史などはまるでないジャンルだと信じることで、ハイク作者に究極的な自由と独創性という否応のない魅力を与える。だから季語のような〈刺激題材〉は、詩作スランプの時期にのみ頼るべきもの。

アメリカ側のこうした省察は、逆に我々の句作の特異性を示しもして、傾聴に値する。

［「貂」一四三号　二〇〇九年八月］

短さこそ俳句・ハイク

俳句は短さに出発し短さに終止する詩で、その特質も存在理由もすべてそこに由来する、と明確に断定した人に練達の俳人秋元不死男がいる。そのことを想うのはほかでもない。さまざまな形式で英語ハイクを作る詩人たちが、共通点に挙げるのが「短さ・簡潔さ」brevity だからである。

英語ハイクはどんな詩型をとるべきか、と彼らは自問自答しながら試行してきた。日本の俳句に学び、各人が自己流にハイク作りをしてきた半世紀は、共通の妥当な認識を求めつづけた歳月でもある。今日、その最大公約数的な結論が「短さ」と言えそうなのだ。

俳句の短さを最も早く明瞭に論じた人に、R・H・ブライスがいる。一九六四年出版の『俳句の歴史』第二巻で言う。「俳句の短さは、長さを嫌ったラテン詩（読者を倦きさせまいとする意図もあった）の場合とはちょっと違う。慎み、抑制、控え目のみが、ありのままの真実を表すことができるからだ。『天使の訪れのように、短く、輝かしく』俳句はあらねばならない」（序文）。さらに同書の最終第四十二章で述べる。

英語で五七五音節に固執すると、俳句のおかしな翻訳になってしまう。日本語での五七五の意味は、十七音が一息で発せられる長さだからであろう。三つに分けるのは、経験の上昇、到達、解決の感じを与える。五と五は均整し、五七や七五は不均整で、俳句は均整と不均整の二重性をなす。それは、幾何学的だが偶然的でもあるところの我々の宇宙にふさわしい。それ故に、英詩の諸形式に較べると、俳句の形式は単純だが非常に自然である。

俳句の十七音は一呼気で足る短さ、というブライスのことばは、実に多くのハイク詩人に深い印象を与え、一も二もなく彼らを納得させる力をもった。とはいえ、彼らの作るハイク（ほとんどが短い三行から成る）が、どれも一呼気で朗読できる長さに収まっているわけではない。

俳句も私自身朗読してみると、一息ではなく普通二息になってしまう。例えば、上五でちょっと止まり、かすかな息つぎがあって下十二を読み下すという風に。そこで思い合わされるのは、五七調や七五調の十二音が、一息には最も適度の長さと一般に認められている事実である。

呼吸という生理と俳句の定型が密接に関わっていることを、ハイク詩人たちは弁えて、彼らなりの定型感覚を探究しているのだろう。ブライスの提示した一案は、短い三行で、二行目が前後の行より少し長く、各行に二つ、三つ、二つのアクセントを置く形式である。だが広く採用されるに至らず、さまざまな長さの三行詩が横行している。

　ブライスは俳句の十七音を一呼気の長さと言った。が実際のところ、一呼気で誦せるのは十二音とみる方が正しかろうと思う。この事を調べると、つとに岩野泡鳴が「日本人が一呼吸で自然に発音できるのは十二音だ」（『新体詩の作法』）と言っている。その後も土居光知の「七五調の十二音は、一息でよむに長くも短くもない。流暢な七五調でかかれると、我々は声を出して吟誦したい気が起る。（中略）この点からみても十二音を一行とする詩形が我国の過去の抒情詩を支配していた理由が考へられる」（『文学序説』）がある。また和辻哲郎も「五七は、恐らく呼吸との関係上最も適度な長さ……」（『日本古代文化』）と記す。

　さらにもう一例、同様の見解をみつけた。林原耒井《らいせい》著『俳句形式論』の中で「俳句は大凡一息半の詩である。もっと大ざっぱに言へば二息である」と述べている。

　俳句を私たちが読むとき、普通は十七音を一気に読まず、上五でちょっと止まり、息をついで下十二を読み下す。或いは、上十二を読み下し、一息入れてから下五を読みおえる。つまりは林原の言うように、二息ということになる。

　ところで、周知のごとく世界の大古典にホメロス（前九世紀頃）の叙事詩『イリアス』、『オデュッセイア』がある。この二大叙事詩はギリシア詩歌全体の源泉であり、典型であり、従ってギリシア詩歌を源泉、典型とする西洋諸国の詩歌一切の根本と言われ得る。両詩各々一万五千余行と一万三千余行という長大なものを、戦前に土井晩翠が独力で、原語から七五調の定型で全訳、出版している。

和訳『イリアス』の第三歌より冒頭三行を引いてみると、

おのおの将に随ひて衆軍隊に就ける時、
トロイア軍は叫喚と喧囂《けんごう》あらく進み行き、
群鶴高く雲上に翔けりて鳴くにさも似たり、

このように各行七五七五の計二十四音である。

いっぽう原詩の一行は、ヘクサメトロンという韻数律で、〈長短短〉の三音節のセットを六回繰り返している。長音は短音の二倍に当たるから、短の音節を一音とすれば一セットは四音で、計二十四音となる。晩翠訳はこれに見事に対応しているわけだ。

では、ギリシア人は二十四音から成る一行を、一気に朗誦したのだろうか。実はそうではない。ヘクサメトロンの各行には半ばに、カエスーラ（行間休止）という音読上の切れ目があり、そこで息つぎをする。だから一呼気十二音の原則はここでも当てはまる。洋の東西を問わない人類共通の生理に基づいている、と言えるのではなかろうか。

［「貂」一二三—一二四号 二〇〇六年四・六月］

ハマーショルドのハイク詩

銃声がこだまする間
　彼はことばの命を求めた／いのちのために

掲げたハイク詩は、ハマーショルド元国連事務総長の半世紀前の作。原作はスウェーデン語、その英訳からの拙訳である。二〇一二年六月末現在シリアは内戦状態にあり、多数の無辜の市民が政府軍に日々虐殺されている。国連の働きかけはいずれも抑止に至らず、自由諸国は座視しつづけている。英訳したカイ・ファルクマン（『触れられざる弦』）の解説によると、「武装した敵対行為のさなか、和平交渉を促進するために事務総長はふさわしいことばを探し求めた。一般的に言って、国連憲章にそのことばは既に存在する。だが、その原則が守られないとき、事務総長は介入してことばに命を付与し、紛争当事者が現実に経験するようにしなければならない。ことばに命を吹きこむ理由は、多くの命を救うため、つまり命のために介入する義務だ。」

一九五二年に彼が事務総長に就いたのは、東西対立の冷戦を背景に、中立国から非政治的な公僕を出す必要に大国が迫られてのことだった。ハマーショルドが常にことばを尊重し、厳密な注意と、真理への愛をもって使うことはよく知られ、認証されていた。彼は毎日少なくとも二時間を「まじめな事」即ち文学にささげている、と一九六〇年のインタビューで語った。彼がコンゴーの分裂抗争の和平調停へ赴き、搭乗機が墜落、死亡したのは翌年九月だった。

死後二年して、彼の遺稿（日記）が『道しるべ』と題して出版されたが、そこに百十句のハイク詩が含まれ、世人を驚かした。W・H・オーデンらの英訳があるそうだが筆者は読む機会がなかった。このたび幸運にもファルクマン氏にお会いして、編著の英文書を贈られ、優れた英訳五十句に接することができた（原句は十七音節三行から成る）。

冬の灰色の薄明／窓ガラスの向こう／籠の鳥は胸から血を流す

木立、水面、三日月——／この夜の間中／ふるえつつ浸透しあう

岸からさらに遠く／さわやかな海がたわむれた／輝やくブロンズの葉群に

北の鶯の初音／うす蒼い氷の原／解けゆく天地

授業が終る、校庭はからっぽ／彼が探し求めた連中は／新しい仲間を見つけていた

作者はヘンダスンの『俳句入門』に学び、一九五九年という早期に作句した。簡潔にイメージで記憶を甦らせる詩型を採用し、自然と内省を相互浸透させて成果を残した。

［「貂」一六二号　二〇一二年十月］

白夜

「白夜」を季語として早くに取り上げた歳時記は、一九五九年の『俳句歳時記』夏（平凡社）だ。風生の解説に、「地球の北部では、六月ごろ昼の長さが極点に達し、夜でも真暗とならず、新聞さえ読める程度のままで夜があけてしまうという。（略）日本にはない現象であるが、白夜という美しい言葉は、この国でも詩人の感性の中に生きており、季題として掲げても必ずしも無理がないようである」として、ノルウェーのオスロでの作など八句を引く。その一つ、

菩提樹の並木あかるき白夜かな　　万太郎

一九七一年の『最新俳句歳時記』（文芸春秋社、山本健吉編）では、例句に、

夏至白夜浪たちしらむ漁港かな　　蛇笏

この句では「夏至」を添えている。一九九四年には、オスロの彫像で有名な公園で、私の好きな句が詠まれた。

彫像にあらず白夜の抱擁像　　狩行

これらの句はいずれも、夜中にもつづく薄明＝白夜のもとに詠んでいる。

ここで辞書に当たると、白夜は「南極や北極に近い地方で、夏に真夜中でも薄明のままか、または日が沈まない現象」（『大辞林』）と定義される。

二〇〇六年六月から七月にかけて、北欧四国を旅した私は、現地では白夜をもっぱら「真夜中の太陽《ミッドナイト・サン》」と言っていることを知った。つまり、定義の後半に重点が置かれているわけだ。この時期北緯66度以北（北極圏）では、太陽が没することはない。ヨーロッパの最北端、ノルウェーのノールカップを私は訪れた。北緯71度10分21秒の岬で、深夜十二時に、水平線上にぎらぎらとたゆたって沈まない太陽を拝んだ。はるばる世界中から集った人々が、シャンパンとキャビアでその瞬間を祝う。眩しさにサングラスの人もいる。

シャンパンの泡に溺る、深夜の陽　　恒彦

夏の海没り日に耳を澄ます夜　　同

夏の海沈まんとして昇る日よ　　同

その後、私と家内はバルト海をヘルシンキからストックホルムまで巨船で渡った。

バルト海夏の太陽夜も眩し　　恒彦

潮の目に赤と黄の玉白夜なる　恒彦

日本人の情緒的な感性では、「白夜」のうちの薄明に惹かれるのはもっともである。また、北緯66度以北の地までは行かずに、もっと南の英国やカナダなどで夏の夜八時、九時に経験する薄明を、白夜として詠むのもうなずける。深夜にも沈まぬ太陽の強い光芒を「白夜」の季語に含ませるのは、どうやら無理だと悟った旅だった。

［「貂」一二六号　二〇〇六年十月］

落葉

家の近くの妙正寺公園で、ときどき落葉掻きの若者を見る。区から委託された清掃員で、二本の熊手を両手のごとく使う者と、背中にガソリン・エンジンを負い、手にした筒で落葉を吹きとばしつつ一カ所に集める者がいる。

後者のような落葉掻きを初めて眼にしたのは三十年前、ロンドンのグリニッジ公園においてであった。爆音を立てて落葉を吹きとばす仕業に、何事かと目を見張った。集めたからからの落葉は黒いビニールの大袋に詰める。この黒袋も初見で異様に感じたが、後年日本でも採用された。

当時私の下宿していた家の前は、丈高いプラタナス（ロンドン・プレイン）の並木道で、夏は窓を緑に染め、秋には大きな葉を落とした。かさかさした葉を家主に頼まれた初老の女がよく掃いていた。東欧出の無口な人だった。

イギリスの十一月五日は「ガイ・フォークスの日」。下宿の向かいの公園で馴染みとなった少年たちが、古着に落葉をぱんぱんに詰めて作った大人の人形を両側から支え、木の葉降る街角に立っていた。一六〇五年のこの日に、議事堂を爆破しジェームズ一世と議員たちの殺害を企てたカトリック教徒たちの陰謀（未遂）を記念し、張本人の奇怪な像を子供らはてんでに作る。町内を引き回して夜に像を大篝火で焼きすてる風習なのだ。その際の花火や菓子代として、市民にならい私も小銭を彼らに渡した。

飴山實は随筆にこう書いている。

曽遊のアメリカ・オレゴン州の落葉は燻ることがなくてよく燃えた。葉は乾いて軽く、湿りけも冷たさもなく日本の落葉とはまるでちがう質感であった。日本の落葉には人間の気配がいつも感じられるのだが、外国の落葉には人の気配はない。人の気《け》もない広大な野山に降りつぐ落葉の延長のように、街路樹も葉を降らしているにすぎないと思えた。

（「俳句」一九七七年十二月）

練達の俳人ならではの観察、認識である。今から思えば、イギリスの落葉も乾いて軽く、日本の特産物たる湿って人の気配をまとう落葉ではなかったようだ。
古今の句から日本的情趣の落葉を拾ってみよう。

船待の笠にためたる落葉哉　丈草
散銭の音まれ〳〵に落葉哉　文考
落葉たく匂ひもうつれ雪の飯　牧童

待人の足音遠き落葉哉　蕪村

障子あけて落葉の中に我が心　小杉余子

追うて来る落葉の音にふりかへり　本田あふひ

落葉降る中や人遇ひ人別れ　堀江金剛

落葉掻く人にしたがふ鳩と稚児《やや》　星野恒彦

［「貂」一三九号　二〇〇八年十二月］

「渡り鳥」をめぐって

今年（二〇〇九年）第二十回の伊藤園新俳句コンテストに寄せられた英語ハイク一万三千句の中に、次の句があった（付拙訳）。

migratory birds——
watching from the window
my parrot and I

渡り鳥——
窓から見ている
私と飼っているオウム

作者はルーマニアの十一歳とのみ知らされての審査会で、私の評価はかなり高かった。窓からふり仰ぐ空を、渡り鳥が通過していく。窓の内で見守るのは「私」と籠のオウム。本来は熱帯産のオウムが、ペットとして異国の狭い空間に飼われている。それと少年が身を寄せ合って、広い空をはるかな土地を目指し遠ざかる一群の鳥影を見送る。浅からぬ感慨をよぶ情景でなかなかの句と思った。

ところが、ほかの二人の選者（アメリカ人とイギリス人）はこの句にたいした印象を受けず、佳作四十句の候補にも入っていない。二人の意見を訊くと、「渡り鳥」migratory birdsが科学的なことばで、具体性も情緒も欠けると素っ気ない。

そこではたと気がついたのは、私にとって「渡り鳥」は野鳥の生態を指すだけのことばではなく、雁、鴨、鶫などのイメージと情趣のある一種の詩語、つまり重みのある季語として存在するという事実だ。選者各人が背負う文化・歴史の違いが、ここにはからずも鋭く明らかに露出した感がある。それは日本語と英語の違いというにとどまらず、もっと根の深い本質的なものだ。それをうかうかと見逃してきたことを私は反省させられたのだった。

その後いくばくなく、飴山實がアメリカ留学中に記した次の文に私が出合い注目したのも、こうした問題意識の賜物であろう。

（略）日本人の胸の中にすむ渡り鳥は雁であり鴨であり、ヒワやツグミでありますが、「カナディアン・ギース」はその中に入っていません。私たちの生活感情には縁もゆかりもない鳥です。私にはたいへん異物の感じがして、「渡り鳥」として括ってしまうことにも抵抗をおぼえたのでした。私たち俳人にとって「渡り鳥」とは科学のことばではなくて、俳句のことばだからです。（略）

（「風」昭和43・9「コバリス通信」4）

ここには、アメリカでカナダ雁《ギース》を目にしての實の裏返しの反応がある。彼はこうも言う。

「雁はもともと食べるものとしての季物であったのに、中国の詩心が入り、さらに日本で独自に育っていくうちに、季節を旅し、空間を旅する情念をそなえるようになったのだ。」(『季語の散歩道』)

結局、掲げたハイクは佳作の入選となった。

［「貂」一四四号　二〇〇九年十月］

漱石の俳句と葬儀

アメリカに住む未知の人から問い合わせがあった。「お向かいのアメリカ人のおじいさまが亡くなり、彼の好きだった俳句を、葬儀の参列者の前で朗読する事になりました（奥様の依頼もあり）」。そこで、故人Jonathan Clementsが選んで英訳した『松の間の月――禅俳句』という本からの二句を、原句の日本語で朗読することになったが、原句が不明なので教えてほしいというのだ。

第一句は和訳すると、「桜が咲くとわが心に美がもたらされた」という内容で、作者はTatsu-joとある。平凡というか、あどけないというか、首をかしげざるを得ない句だ。おまけに作者名のタツ・ジョとは何者か？　立子か汀女の誤記なのか、見当がつかない。第二句は作者がSosekiで、「雲が来雲が去る／滝のそばの／楓の上」（直訳）

漱石の句と思い、調べると見つかった。

雲来り雲去る瀑《たき》の紅葉かな

一八九五年十一月初めに愛媛の白猪《しらい》・唐岬《からかい》の滝を見物しての吟。この年の四月から松山の尋常中学校の教員に赴任し、退屈していた漱石は、静養のため帰郷した子規と同居したせいもあり、俳句に熱中するようになっていた。掲句は行雲流水の南画風な景で、「禅俳句」のカテゴリーにまあ入るといえよう。一方、原句も作者も分からないもう一句は、禅とはあまり結びつきそうもない。

ところで漱石の俳句と葬儀と言えば、漱石は一九〇〇年からロンドンに留学し、翌年の二月二日ヴィクトリア女王の歴史的な御大葬を見物している。

白金に黄金に柩《ひつぎ》寒からず
凩や吹き静まつて喪の車
熊の皮の頭巾ゆゆしき警護かな

漱石は下宿の主人ブレットと朝九時に下宿を出、ハイドパークわきの道路で葬列を二時間待って詠んだ。背の低い漱石はイギリス人の大群集の中に立っていては何も見えない。人の好いブレットが肩車に乗せてくれて、行列の胸以上がやっと見られたと「日記」にある。第三句の「熊の皮の頭巾」は、近衛兵の伝統的な黒毛皮の帽。一頭から一つしか作れず、現在動物愛護団体から批判されている。

漱石は翌一九〇二年、「倫敦《ロンドン》にて子規の訃を聞きて」の前書で、以下の三句を含む五句を作り、虚子へ送った。

筒《つつ》袖《そで》や秋の柩にしたがはず
手《た》向《む》くべき線香もなくて暮の秋
霧黄なる市《まち》に動くや影法師

筒袖は洋服のこと。霧が黄なのはスモッグで、この第三句こそ最も早い海外詠のしみじみとした秀作と言える。

［「貂」一五四号　二〇一一年六月］

ロンドン吟行

十年ぶりに訪れた二月のロンドンは、やや寒い今年の東京と余り変わらず暖冬で、珍しく好天つづきだった。一日中雲のない青空を見せた日もあり、天気の崩れやすい国と思っていただけにいささか驚いた。

テムズ河畔の官庁街ホワイトホールの一角にそびえる大きなホテルに宿したおかげで、現地の友人たちが造作なくつぎつぎとやって来てくれた。英国ハイク協会の元会長デイヴィド・コブと現会長アニー・バッチーニのお二人も、お願いした通り連れだって十五日午前十一時にホテルへ見えた。八十一歳のデイヴィドは相変わらずがっしりした大柄で背筋もぴんとし、若者向きのジャンパーにジーパン姿だった。あとで知ったが、ジャンパーは独立した息子さんのお下がりとのこと。（先年ずっと年若い奥さんを亡くし、子持ちが遅いデイヴィドらしい）。

小柄なアニーも変わらず、もの静かな教師風で、私同様鼻風邪気味だった。今年も会長を続けるのかと訊いたら、任期が四年で二年目に入ったばかり、後継者のあてはまだないと言う。

近所を散歩しながら俳句を作り、どこかで昼食をとりながら作品を見せ合おうということでホテルを出た。先ず直ぐ前の王立近衛騎兵旅団司令部へ行く。

近衛兵と乗馬うごかず息白し　　恒彦

門の両側を守る二騎兵は、あどけなさの残る若者で、長い間じっと静止している。金色のヘルメットに朱色の軍服、そこに王冠と一頭の獅子をあしらった紋章の金ボタンがずらりと輝く。それと同じボタンをデイヴィドはお土産にくれた。実は私の泊まっているホテルがThe Royal Horse Guards（王立騎兵旅団）と名乗っていることにちなんでのユーモラスな計らいである。

司令部の広い中庭（騎兵隊の式典の場になる）を抜けて、隣のセント・ジェームズ公園に入る。冬も青い芝に点々とクロッカス、他にデイジー、ラッパ水仙、パンジー、スノウドロップなどもう春だ。椿、石楠花、ボケ、ツツジ、レンギョウ、サンシュユ、そして各種のチェリーに柳もあって、冷たい風にめげずにいる。池には鴨、雁、鷗が、岸には鸛、大鸛、鳩が入り乱れている。以前には、雀が集まって人の手から餌を貰っていたのに、一羽も見当たらない。美しい歌声をきかせるブラックバードも激減しているのに落胆した。鳥界の大きな異変である。

以下に各人の吟行句を記す。原句は英語で、私の和訳を付す。総じて外国人は吟行の際に多作しない。一、二句で満足していたりするほどだ。

among the birds
fighting for food
one pigeon woos another

餌を争う鳥の中
鳩が鳩に言い寄る

Annie Bachini

a few more crutches
and that sort-of-mulberry tree
may reach the river

もっと支柱が多ければ
あの桑らしい木は
テムズ河に届くかも

David Cobb

Spring or winter?
through a mob of anoraks
a marching band

春なのか冬なのか
アノラックの一団の間を
行進するバンド

David Cobb

右の句は、ちょうど行きあわしたバッキンガム宮殿での衛兵交代式に取材。

cold spring —
a copper on horseback
stops for the lights

春寒し信号に止まる騎馬警官

cold spring—
for today I'll be a vegan,
carrot soup

恒彦

寒い春
今日は菜食者にならって
私も人参スープ

roses in his arms
a young man on a mobile
outside the florist's

恒彦

花屋の前
薔薇をかかえて
ケータイをかける青年

恒彦

デイヴィドは朝食抜きで来たからと、昼食に肉料理を平らげたが、アニーは大椀の人参スープにロールパン一個。私の大きなハムサンドを半分すすめたところ、菜食主義者だからと断って、私のスープについていたパンのみをとった。最後の句は、前日のヴァレンタインデーの嘱目。日本と違って英国ではこの日、男が女にバラを贈るのである。

［「ＨＩ」№76　二〇〇八年］

2 選句ということ

気がついたら、このごろ選句をする（或いはたのまれる）ことがとても多くなっている。大は全国的な俳句大会から、小は「貂」の仲間との小句会にわたる。前者では今年（二〇〇九年）の第四十八回全国俳句大会（俳人協会主催）を例にとると、投句数は七、二三八組の合計一四、四七六句。うち予選通過数は一、七三三句で、私は本選の選者としてこの約一七〇〇句から、特選三句、入選二〇句を選んだ。また、ＮＰＯ法人・地球ボランティア協会主催の「あなたの一句が地球を救う」では、予選なしで応募総数約二五〇〇句の選を毎年している。いずれも限られた日数で、責任ある審査をするわけだから、緊張と集中力の持続が何日も要求される。

ところで、世の中にはケタ違いに大規模な俳句コンテストがある。その最たるものは「伊藤園おーいお茶、新俳句大賞」と銘打ったもので、百六十万句を越える応募がある。ちなみに今年第二十回で、第一位の文部科学大臣賞を受賞した作品は、

屋久杉が島を吊り上げ天に立つ　荒蒔道夫

総数百六十余万句からこの一句にしぼられるまでには、何十人もの予選委員が孜々営々と勤め励んでいよう。そして最終審査会で、俳人の兜太、澄雄、羊村を含めた六人が長時間の熱い議論をしての結果である。あたかも巨大な縄文杉がそびえ立つ趣の壮大な作品で、造形的な無季の句だ。

応募数百六十万句と聞くと、あまりにも厖大で、宝くじを想ったりする。が、これは抽籤ではなく選であるからには、生身の選者が一句一句に対面し、全身全霊をかけてやるべきものだ。コンピューターなどの機械を導入して効率的に行えるものではないのである。

さて戦前の話だが、「ホトトギス」の昭和六年四月号の投句数は、人員六千二十六名、句数三万百三十句だそうである（中岡毅雄『高濱虚子論』）。その選を虚子がするのに二週間要した。深見けん二はこう語る「優れた人の句を見るのはそうかからないが、隠れたものを見いだすということに時間がかかると虚子は言っておられます。だから家族の方でもその期間はそばへ寄らないようにしたと言っています」（『高濱虚子の世界』）。

昭和十一年に虚子は生涯ただ一度のヨーロッパ旅行をしたが、その間も選句は休まなかった。パリでもハイデルベルクでも一室にこもってせっせと選句に務め、日本へ送っていた。活計《たつき》だからと言えばそれまでだが、職業をこえた使命感と俳句への情熱がなくては続かないことである。他人には一種の行《ぎょう》の如く見えたかも知れないが、文学者・俳人としての愉悦もそこにあってのことと思う。

高濱虚子の選句ということでまず思い浮かぶのは、あのよく知られた「選は創作なり」の言葉である。さすがは虚子だ、虚子でなくては言えない名文句だ、と聞く人が多かろう。明治、大正、昭和の時期々々に炯眼をもって個性と資質のある俳句作家を見出し、彼らをみごとに育て開花させた実績を踏まえての自負が言わしめている。この言葉が最も早く発せられたものに、次のような座談がある。

（上略）それらの人々（予選者）は克《よ》く気をつけて常に私がいうように、選句というものもまた一種の創作であって、句作とともにあなどるべからざるものであること、殊《こと》に後進の有力なる作家を生み出すためには、選句者の力が半ば以上にいるということを考えに置かねばならぬ。

（『俳談』「雑詠予選」昭和五年十月）

こうした考えはその後も屡々口にしたらしく、次の談では端的にフレーズ化している。

私が人の句を選むときに、自分の主観を働かし過ぎて思いやりがあり過ぎるという説があるが、それは首肯しない。けれど作者の意識しないでいることを、私が解釈していることはあるでしょう。「選は創作なり」というのはそこのことですよ。

（『俳談』「自分の主観を働かせ過ぎる」昭和九年五月）

佳き一句が見出され、句の存在を全うするかどうかの死命を決する上で、選者の働きがいかに大切であるかが説かれている。さらに後年、『俳句の五十年』（昭和十七年）ではこんな風に述べている。

俳句の選をするといふ事は、天が私に命じたところのものでありまして、これは私の責任であると、さう考へてゐるのであります。またかうも考へてをります。選といふが、畢竟これは創作である。作者と手を握り合つて、創作していくのである。作者は左程の感興がなくて作つた句であつても、私が見て面白い句としてそれを採るといふやうな場合、矢張り自分が創作するのである、とそんな風に作者と共に創作をするといふやうな気持で選をしていくことは又楽しい事であります。

ここには、虚子の指導者、宗匠としての選句に対する絶対的な自負と責任感、そして天命と称する使命感がはっきり示されている。さらに、「作者と共に創作するといふやうな気持で選をしていくことは又楽しい事であります」と、真っ正直に創作の片棒をかつぐ楽しさを打ち明けている。もとより著作権の半分を主張するわけではなく、新人を発掘し、大成させる師匠の喜びにとどまる言辞である。

虚子ならではの名言「選は創作なり」の出所とされたりする意味深い一文がある。それは『汀女句集』（甲鳥書林、昭和十九年刊）に載る虚子の書簡体の序文（昭和十八年八月五日付）であるが、既に見たように、ここが初出ではない。以下に肝心の部分を引く。

（上略）さうです。もう何十年かあなた（＝汀女）許りで無く、何百人、何千人、或は何万人といふ人の句を毎日選び続けて今日迄参りました。よくもそんなに選び続けて来たものだと思ひます。併しその多数の句を選んで疲労せずに遣ることが出来るといふのは、偶《たま》に其等の句の中に、私を驚喜せしめ興奮せしめる句が見出せる、といふ事の為であらうと思ひます。さうして其驚喜させ興奮させる句の中にあなたの句もあつたことを思ひ出すのであります。さうするとあなたが私に感謝なさるよりも、私があなたに感謝しなければならぬことになるのかもしれません。（中略）あなたを仮りて一般に注意を与へて置き度いと思ひます。「選は創作なり」といふのはここのことで、今日の汀女といふものを作り上げたのは、あなたの作句の力と私の選の力とが相待つて出来たものと思ひます。あなたには限りません。今日の其人を作り上げたのは、其人の力と選の力とが相倚つてゐるのであります（下略）。

（傍線引用者）

汀女という優れた俳人に即しての虚子の言説は、選者と被選者との相互作用的で微妙な関係や事情を、具体的に明かしていて啓発される。「選は創作なり」は、俳句の偉大な指導者、師匠が高みから弟子に向かって豪語している態《てい》ではないのだ。さらにここで注目されるのは、俳句の選という仕事から選者自身もまたどんなに恩恵をこうむっているかを、率直に打明け、感謝したいくらいだとまで言っている事である。それと軌を一にする発言を近ごろ耳にした。

（上略）投句によって私の選句の幅、私の俳句観が広げられたということも言えるわけで、たいへんありがたいことだと感謝しております。

右は、「狩」三十周年記念全国俳句大会（平成二十年十月）での鷹羽狩行の挨拶の一節である。かつて月に三万句の選をすると自ら言って話題となった俳人の、これも偽らざる言である。長年勤勉に無数の俳句を選んできた専門俳人たる虚子、狩行が、期せずして語る選者への恩恵とそれへの感謝は首肯できる。選者は選句を通して自身もいろいろ学び、自らの肥やしにしているのだ。芭蕉ですらも例外でない。「子規も言っていたが、弟子を教えながら教えられるのですね……」（虚子『俳談』「弟子に導かれる」昭和九年三月）。

［「貂」一四五〜一四七号 二〇〇九年十二月、二〇一〇年二・四月］

天災と俳句

あの二〇一一年三月十一日の午下り、私はかつて経験のない強い震動を感じた。そのとき近所の電器店主が居間の天井に火災警報器を取り付けようとしていた。あわてて脚立から下りた彼は、壁ぎわへ走り、台上のテレビを押さえた。以前に彼が据えつけた品である。家内も落ちないように手をそえ、ついで大きな食卓の下にもぐろうとした。私はただ突っ立っていた。十日ほど経って、新聞に次の文を見出した。

詩に何ができるか。社会が危機的な状況になると、必ずそのような問いが立てられる。だが、おそらく答えはない。詩はひとりの飢えた子供すら救うことはできず、しかし同時に、数えきれぬ人々に生きる希望を与えることもできる。一般に、詩人は現実に直面して、即座に反応するのは苦手だ。経験をいったん内的に沈めて、そこからふたたび浮かび上がってくる言葉を書き取らねばならないからである。詩はいわば、もっとも深められた証言なのだ。

（野村喜和夫「詩月評」、「毎日新聞」二〇一一年三月二十二日朝刊）

一般的に言えば、その通りだろうと思う。だが、俳句という詩型では、「嗚呼《ああ》」といった即時・即事の作があり得る。眼前、即物、即景の句などと言われる。
震度五強の都内杉並区に居て、花瓶が一つ倒れ、書棚の上から書類が少し落ちた程度ですんだ。が、点けたテレビには、三陸沖の静かだった海から押し寄せる津波が、集落を、家々を、車も船も田畑も押しつぶし呑みこむさまがつぎつぎに映る。無気味に無音な、人気のない画面は、絵空事のようだが、間違いなく「眼前」の事実を映し出している（そこに、沢山の人が巻き込まれ、溺死していったことをあとで知るのだが）。この一大事に直面して、無言ではいられない。未曾有の恐ろしい地震・津波を詠わねばという気持がこみ上げる。

春の海満満くり出す大津波
大津波見下ろすばかり春の天
ちかぢかと春の満月津波跡

こう書きとめてはみたが全く不満である。現実に即していながら、真のリアリティに欠けている。私の目撃したもの（テレビを通してだが）とは違う。季語としての「春の海」は、本意として「凪いで、のたりのたりと穏やかで悠長な感じの海。麗らかな日差しに海の色は明るく、魚介の動きも目立ってくるし、島々の緑もしだいに加わり……」（『俳句歳時記』第三版、角川書店）とされる。一方、季語「春の空／春の天」は「碧色《へきしょく》がうすらぎ、なんとなく白く、かすんで見えるのが春の空の特色。のどかで、やわらかな日の光、明るい日ざしは、人を安らかで、どこかなつかしい思いにさせる」（『新日本大歳時記』講談社）と説明される。また「春の月」は、「よく朧なるを賞でられるが、澄んだ暖かい感じにも趣がある。〈春〉という語の優美さ、柔らかさ、艶なる風情、なつかしさなどの語感を生かすことができる」（同前）と解説される。

こうしたあくまで平和で、万人へ悦びを与える内容の季語を取り合せて、眼を覆うあの惨状をはたして表現できようか。春の季語では、せいぜい「春寒し」「冴え返る」あたりしか使えないのでは、などと自問自答した。季語を入れる俳句という詩型の限界、不便さを感じざるを得ない。ほかに作った句では、

大 津 波 水 鳥 逆 へ 飛 び ち れ り
津 波 あ と 瓦 礫 に ま じ る 新 和 布

と「津波」を主題とし、季語に「水鳥」と「和布」を用いた。「水鳥」は冬とされる季語だが、「春の鷗」ではダメで、ここでも季語に足をとられる思いがする。季語の本意を踏まえた上で、そこを逸脱して詠むためには、次のようにことわりを入れたくなる。

思はざり津波くり出す春の海

水買ひに今年の春の水怖く

折しもクロアチア・ハイク協会会長のチェコリさんからeメールが届いた。件名は「皆さんをいつも歓迎する」で、放射能からの避難所として、山中に所有する五寝室付きの家を提供するからどうぞとあり、英語ハイク四句がそえられている。どれにも季語はなく、地震と津波をキーワードのごとく使っている。うち二句を直訳で紹介すると、

地震の廃墟から／のぞくのは／別の命の手

津波…／行方不明の魂がいま／海の深みを航《ゆ》く

地震や津波を主題に、自由に存分に表現している態で、季語とのジレンマに悩む私の句作りとは対照的である。そこで思い起こされるのは、虚子の説く作句上の有名な定義だ。

花鳥諷詠と申しますのは花鳥風月を諷詠するといふことで、一層細密に云へば、春夏秋冬四時《しいじ》の移り変りに依って起る自然界の現象並《ならび》にそれに伴ふ人事界の現象を諷詠する謂《いひ》であります。

（『虚子句集』一九二八年、「自序」）

川崎展宏はそれにこう註している（『作歌と作句』放送大学教材）。

「花鳥風月」は「春夏秋冬四時の移り変りに依って起る自然界の現象」で、「人事界の現象」はあくまでも「それに伴ふ」ものとして扱われる。社会問題や戦争や災害そのものは俳句の対象とはなり得ない。「春夏秋冬四時の移り変り」に依って起こる現象ではないからである。昭和二十年の敗戦後、新聞記者が戦争の俳句に及ぼした影響を尋ねたとき、虚子は「俳句は何の影響も受けなかった」（『虚子俳話』序、一九五七年）と答えている。

戦争と同じく災害も、四季の移り変りに依って起こる現象ではない。地震や津波は、戦争のように人為的なもの（人災）ではなく、あくまで大自然のもたらすものではある。が、四季の規則的な循環とは関りなく、人智を超え突如として起こる現象だから、虚子は俳句の対象にはなり得ないと断じたわけだ。大正十二年の関東大震災の際、虚子は鎌倉の自宅に居て激震に翻弄され、家族と庭の木立に避難、家は半壊した。彼は地震の句を詠まなかった。「殺風景で句なんか出来ない」と新聞記者に応じたと伝えられる。

今回の東日本大地震にあっては、それを対象にした短歌は出足早く、ぞくぞくと作られ、新聞紙上に発表された。事を叙《の》べた上に、悲しみ、憤り、恐れなどの感情や思いをじかにぶつける余地のある短歌形式ならではのことだ。一方、震災を詠んだ俳句は、新聞の俳句欄でみるところ、発表は短歌に遅れ、数もずっと少ない。それは予想されたところである。

あの三月十一日から一ヵ月半経った時点で、「読売」、「毎日」、「朝日」の三紙と「俳句」五月号に載った震災俳句の中から、私の意にかなった句を選んで以下に掲げよう。

春の海津波の牙に変りけり　横田貞子
竜天に登りて津波襲ひ来し　矢端桃園
涅《ね》槃《はん》西《に》風《し》海から瓦礫地獄まで　猪狩鳳保
春泥の深さは地震の激しさと　上野豊子
新聞の紙《かみ》衣《こ》一枚地震の空　松原　淳
ほうしゃのう春の日ざしにまぎれこむ　竹迫我維（小学校3年）

以上の六句は被災地ではない所に住む人の作である。次に掲げる句の作者は、各々多賀城及び盛岡に居住する。

天地は一つたらんと大地震　高野ムツオ
心臓も木瓜もくれない地震の夜　同
人呑みし泥の光や蘆の角　同
退く春濤渦の数だけ生者浮く　小原啄葉
帰る雁死体は陸《くが》へ戻りたく　同

終りなき余震船虫走るなり　同

もしも虚子が世に在って、これらの句を読んだとしたなら、俳句としてどう評価するであろうか。さらに時が経てば、被災地の人たちの句にもっと多く接することができようか。私自身も求められて「俳句」五、六月号に句を寄せたが、天災は様々な問題を私たちに投げかけている。

［「貂」一五五号　二〇一一年八月］

本覚思想と芭蕉・虚子

彼岸明けの日曜日の午後に、鎌倉市中央公民館で行われる或る講演を私は聴きに行くことにしていた。当日は朝から雨が降っていたが早目に出かけた。天気がよければ、北鎌倉で下車し、浄智寺の脇から山路に入って、葛原が岡から化粧坂の上に出、源氏山から寿福寺へ降りて虚子の墓に詣で、それから講演会場へと心積りしていた。だが雨ともなれば、ハイキングはとり止めて鎌倉駅から直行することにした。

駅の西口を出ると、突き当りにモダンなビルの大きな本屋が開店しているのに目を見張った。この前通った時には——といっても十年ほど前だが——なにもなかった所である。そこを右に折れていく道筋にも、飲食店やブティックを収めた小ビルが立ち並んで、ふと道が違うのではないかと当惑した。やがて行手に、昔ながらのこぢんまりした蜂蜜屋や魚屋が見えてきて、ようやく間違いでないことを納得した。

寿福寺の総門をくぐり、雨に濡れた長い敷石道を進むと、数人の観光客が戻ってくるのとすれ違う。〈鎌倉を驚かしたる余寒あり〉の虚子の句が思わず口をついて出るほど肌寒い。冷雨の中でなければ、もっと大勢の人が来ていることだろう。

珍しくこの寺では拝観料をとらないようだと思って山門に近づくと、本堂と方丈のある一郭には入れない。垣根ごしにのぞく方丈の庭に、菜の花が四、五畝咲いていて、小雨の中にそこだけが明るい。そばに一本の三椏が花盛りで、いっぱいについた毛玉のような花房に眼をこらしていると、かるやかな音の梵鐘が響いた。

右手、柵ごしに柏槇の大木を見上げ、曲り角ごとに椿の咲く径を辿って裏へまわると、「政子、実朝の墓」と矢印があり、墓地へは出入り自由である。ここでも数人の参詣者に会う。雨にもぬからない砂地の径と砂岩の磴をのぼって墓域に入り、ぶらつきながら虚子の墓をさがす。

この前来たときは、源氏山公園から落葉を踏んで裏山づたいに降りてきたのだった。まだ俳句に興味がなく、句作をしなかった頃だから、虚子のことは念頭になかった。人気のない墓地を通り抜けながら、偶然、一基の墓石に「虚子」の字を見出して、「ああ、こんな所にあるのか」と思って過ぎた。それよりもありありと思い出されるのは、亡くなって間もない大佛次郎の墓がたてられてあったことだ。かたわらに、和服を着た年配の婦人が二人佇んでいた。肉づきのいい大柄な方の顔を瞥見した瞬間、「奥さんだ」と直感した。私と同行者たちはそれ以上近づかずに立ち去った。

その時の連れの一人は、私の指導教授で、七十歳を出ていた。老人の足にはややきつい散歩だったが、元気に一日楽しまれた。その先生も亡くなられ、今年で三年になる。

虚子の墓は裏山のやぐらの中にあった。前に見かけた時は、そんな奥まった所ではなかったような気がしたが、記憶ちがいなのだろう。傘をさしたまま真っ直ぐ前へ行く。崖下にえぐられたやぐらに収まった墓は風雨から守られ、崖端が庇のように張り出て、草の根を伝わった雨雫が静かに落ちている。傘を下に置き、ちょっと手を合わせてからまた傘をさした。「虚子」とのみ刻んだ墓石は、思いがけないほど小ぶりで、記憶していたものよりさらに小さい。両脇に、いっそう小さな墓石があり、各々「白童女」、「紅童女」と記されている。いずれ幼くして死んだ娘でもあろう。それにしても、「白」、「紅」とは思いきってつけたものだと感じ入る。あとになって、その情景を思い浮かべるたびに、〈赤い椿白い椿と落ちにけり〉（碧梧桐）の句がなぜか想い合わされてならなかった。

帰りに寄った大佛次郎の墓も崖ぎわにあって、なんだか場所が変ってしまったように感じた。こちらも戒名ではなく、「大佛次郎」と記され、側面に野尻清彦とあった。その隣りに、夫人の名が昭和五十五年の歿年と共に刻まれている。「ああ、あの時見かけた奥さんも亡くなった」と思いながらほとんど無意識に、大佛次郎の歿年と引き算をしていた。七年後とは、長すぎもせず短くもない、ほどよい間合いだという気がした。

午後に聴いた講演というのは、天台本覚思想と中世歌論との関わりについてのものだった。前東大教授の田村芳朗氏が、「春雷」という俳句グループのために話して下さった。

我々には耳遠く難しい問題を、非常な熱意で、一般の興味を起こすようできるだけ平明にと、心を砕きつつ長時間説かれた。

日本の中世を思想史の上から眺めたとき、注目すべきことに気がつく。それは、日本固有の信仰や文芸が、理論化、理論づけを通して確立されたことで、その理論化の共通背景となったものに、叡山天台を中心として発展してきた本覚思想があるというのである。

では、その本覚思想とは何か。氏はそれを二段階にわたるものとして定義づける。

第一は、二元相対の現実相を超えて、不二絶対の永遠相を究明する段階。

第二は、そこから再び現実にもどり、二元相対の諸相を、不二・本覚の現われとして肯定する段階。

この第二段階の境地に達することは、いわば「さとり」であろう。私は、このいったん現実、現象世界をつき抜けてから、再びそこへ戻り、そこをしみじみと見直すという所に、とくに興味をかきたてられ、感銘をうけた。たとえば、第二の境地から改めて現実の生死をふり返ったとき、「生も死も、ともに生死不二・一如の現われとして肯定される。つまり、生のみならず、死もまた永遠な生命の現実における活動の一コマであり、現実活動の姿であるとみなされ、ひいては、生死ともに常住と肯定されてもくる。四季の自然の移りゆきにことよせては、『咲く咲く常住、散る散る常住』というモットーもできた。同様の観点から、人生の無常についても、永遠な生命の活動ということで、肯定することにいたった。」
また、「我々日本人が自然の変移や人生の無常を肯定するにいたったところには、自然順応から現実順応へ、さらに現実肯定へと進んだ日本的思考が関係していると思われる」として、田村氏は、古代からの日本人固有の性向、思考を基盤にした本覚思想が、俊成、定家の歌論、そして、正徹、心敬、宗祇らの歌論、連歌論の形成に深くかかわっていると主張する。ひいては、その影響が中世、近世の文学のみならず、諸芸能――能楽、生花、茶の湯にまで及んでいる。芭蕉の俳諧論と本覚思想との関連は、これからの研究課題だが、考慮に値することだと言われた。

右の話を聞きながら、本覚思想と芭蕉とのなんらかの接点を案じていた私にまず浮かんだのは、芭蕉の「発句の事は行きて帰る心の味也」という言葉であった。「行きて帰る心」を、ふと、本覚思想の「現象世界をつき抜けて、再びそこへもどり見直すこと」に対応させてみたのである。しかし、土芳の著した『三冊子』（「くろさうし」）に出てくるこの文句は、直ぐ続いて、「たとへば『山里は萬歳遅し梅の花』といふ類《たくひ》也。『山里は萬歳おそし』といひはなして、梅は咲けりといふ心のごとくに、行きてかへる心発句也。山里は萬歳の遅しといふばかりの一重《ひとへ》は平句の位也。」とある。したがってこの場合、独立した一句の、取り合わせ的な構成という俳句の方法に焦点をおいた言葉と解釈すべきで、本覚思想と直接結びつけるのは無理である。

つぎに思い浮かんだのは、同じく『三冊子』（「あかさうし」）中の芭蕉の言葉「高く心を悟りて俗に帰るべし」であった。この文句は、作句上の方法論というせまいものではなく、俳人芭蕉の芸術観ないしは思想にふれたものといえよう。これにはいろいろと解釈があるようだが、「意識の層を突きぬけて普遍的な実在に接するだけでなく、もう一度日常意識の層に立ち戻ること」（小西甚一『芭蕉の本』七「さびの系譜」）と受けとる学者もいるくらいだから、本覚思想との共通性が認められるし、さらにその影響をさぐる意味もあろうかと思う。

田村氏の話に刺激されて、しきりと芭蕉の上に思いをいたした私は、また、さきほど墓に詣でた虚子のことも思った。

虚子は芭蕉のごとく、「高く心を悟りて俗に帰るべし」と大上段にふりかぶることは決してしなかった。だが、「人生に対する深い趣味」、「深い淋しい人生に対する或る心持」というものを背景とした芭蕉の句を彼は尊重した。

「深く考へ、深く思うた人生観といふものが芭蕉の頭に奥深く存在して居て、芭蕉が発句を作る場合には其主観といふものは容易く句の上には出て来ない。唯単純な景色を叙した句であり、単純な人生を詠じた句であっても、其考は一度其頭の奥深く潜んで居る主観を通じて来たものであることだけが大なる特色であって、其処に独特の光もあり、独特の響もある」と虚子は述べる（改造社『虚子全集』第8巻『俳話集』上「俳諧談」）。こうした句を理想として句作に励んだ虚子は、そのような心構えで俳句を作る者に共通した性質として、この世をあるがままに見て、安んじて行く傾向がある。在るが如くに在るという観念が根底にあって、世の中を如是と静観するのだ、と言う。「あきらめ」に似ているが、「あきらめ」は消極的で、諷詠は賛美の意味で積極的だとも言っている（毎日新聞社『虚子全集』第11巻『俳論・俳話集』二「俳句読本」）。

ここには、芭蕉を通して虚子にまで連綿と流れ、受け継がれている一つの人生観ないし世界観――きわめて日本的で宗教的ともいえる思想が、「深くあたたかい思い」という形に和らげられ、平俗化されながらも、確かにうかがわれる。そして、その源流には、田村氏の説かれる本覚思想が、うち消しがたく存在するように私には思えるのだった。

春雨のしづくの奥の虚子の墓　恒彦

（一九八三年三月二十七日記）

〔「貂」一二号　一九八三年九月〕

虚子生誕記念俳句祭と自然俳句

俳句を大きく分類すると、自然俳句と人事俳句に分けられる。前者は風景句や叙景句とも言われ、純粋に自然や動植物を対象に詠ったもの。後者は人間社会や生活のもろもろの事件、及びそれに伴う感情を詠う。ところで、いろいろな俳句コンテストの選者を務めるたびに気にかかり、物足りなく思う一事がある。それは、コンテストでの入賞作には圧倒的に人事俳句が多いことだ。

卑近な例として、俳人協会が毎年催す全国俳句大会の昨年（二〇一一）第五十回の場合を挙げる。応募総数約一万四千句から、大会賞五句、秀逸賞八句の計十三句が選ばれたが、そのうち人事俳句が十二句で、自然俳句は僅か一句（秀逸賞）であった。自然俳句のよい作品にもっと出会いたい、とつよく思うのである。

今年二月、虚子生誕記念俳句祭の審査に参加して、いつもと違うという感を深くした。応募総数千三百句で、大賞以下主たる賞を得た五句のうち二句、審査員奨励賞十句のうち三句が自然俳句だった。十五分の五、即ち三句に一つで、この割合はほかのコンテストに較べ格段に高い。「虚子生誕記念」と銘打つだけのことがあると感じ入った。

左に入賞した自然俳句と私の短評を紹介する。

露涼し大きく見ゆる今朝の山　　大賞、青木和子

ただ「露」といえば秋季となるが、「露涼し」は「夏の露」のことで、夏の早朝、野辺の草に置いた露を表す。涼し気にきらめく露を足許に見、前方遠くの山が今朝はいつになく近く見えるな、という感を抱く。遠近の単純明瞭な構図と、露の小、山の大の対比も効いたはればれと気持よい大景の句。第二位の奨励賞の句、

健やかな地球の匂ひ草いきれ　　西村正子

夏の季題「草いきれ」を詠っているが、それを「地球の匂ひ」と大づかみに、現代的にうたって新鮮。よく地球のことを「水の惑星」と言って、そこに我々人類は生かされているのだ、との意識を強く持つ今日《こんにち》、この句にも同様の意識が背後にある。自然環境が健全であってほしいとの願いがこもり、共感をよぶ。審査員奨励賞に、

大綿の己が光の中を飛ぶ　　小杉伸一路

初冬の曇った風のない日に、飛ぶような漂うような仄白い綿虫に出会う。極小の虫に目を凝らすと、己が命の微光を帯びて飛んでいる、と感じたのだ。〈冬菊のまとふ

はおのがひかりのみ　秋櫻子〉を連想し、納得させせられる句。
あとの二句は次のようであった。

風の無きときなほ淋し破れ蓮　柴田慧美子

引く波は見えず寄すのみ湖小春　千原叡子

［「貂」一六〇号　二〇一二年六月］

自然詠も人事詠も

鶏頭に鶏頭ごつと触れゐたる　川崎展宏
花芒能登は自在に畦まがり　飴山　實
秋深き隣は何をする人ぞ　芭蕉

第一句は『観音』所収の知られた句。一口に鶏頭といっても、特徴ある花冠の形状と色はさまざまだ。が、この句で彷彿とするのは、鮮烈な赤の黒ずんだ小花が密集して、大きな鶏冠状を呈したもの。熱帯アジア原産のこの植物は、強い色彩と特異な花冠で元来生々しい存在感を発揮する。その異様な花冠が、眼前に、「ゐたる」と存在・状態を強く示し触れ合う。一瞬「ごつ」と感じた直覚と、形容詞の発見が、まさに鶏頭の本質と存在を言いとめた。作者は以前にも、〈鶏頭を毛ものの如く引きずり来〉（『義仲』）と詠んだように、長年鶏頭にこだわってきた。「毛ものの如く」も一読忘れがたい形容だが、掲句では粗々《あら》しい手ざわりの質感がやや暴力的に表出され、屹立した句となった。

第二句は『少長集』所収。前句と違い穏やかな句だが、これも写生の句だ。季語「花芒」は背景に一歩しりぞき、直接の対象は「畦」の在り様である。それも作者の大好きな能登の景。見所はあくまで「自在に畦まがり」で、咲き乱れる芒がそれを引き立てている。この下句から、古い習俗のある能登の地勢や気象を含めた風土をまざまざと感じさせられる。大岡信は、實の動詞の使い方の神経の細やかさに目をみはり、「その動詞が関わりを持つ人や事物の動作、また状態の、寸分のゆるみもない観察と表現を伴っている。（中略）動きというものの微妙さ、面白さを飴山氏は大切にしている」（『飴山實全句集』跋）と言う。

まことにその通りで、『少長集』には〈花菜雨能登はななめに松さゝり〉や〈奥能登や打てばとび散る新大豆〉の句もある。「言葉を選び、思いを鮮鋭にして、句を単純化することに意を用い、季語を偏重した」（「俳句研究」一九九五年三月）と述べる作者自身の、満足の作と思う。

第三句は、自然詠ではなく人事詠で、近来ますます惹かれるようになった。芭蕉が没する十余日前に、発句として送り届けた句で、『笈日記』所収。

「秋深き」でちょっと切れ、そこに生じる沈黙の深々とした間《ま》。そして押し出されたようなつぶやきの下十二が表す、隣人ながら顔も名も知らない同士のひっそりとした暮し。根底にある人懐しさと孤独感は、その三ヵ月前に詠まれた〈秋ちかき心の寄や四畳半〉（『鳥之道』）にも共通し、時代をこえてつくづく共感させられる。

［「俳句研究」二〇〇九年秋の号］

伝統と句作

広く文芸に携わる者にとって、〈伝統〉というものをあれこれと問題にすることは、一般的にはほとんどないのではなかろうか。ところが日本の詩歌のジャンルの、とりわけ俳句においては、意識に程度の差こそあれ、つねに直面させられる問題となっている。この点では、能や歌舞伎といった古典芸能に従事する者と共通の宿命と言えよう。

私の所属する俳句グループ「貂《てん》」では、伝統俳句を尊重すると共に、何らかの新しみある試み、冒険を歓迎する、と謳ってきた。また、長年代表を務めた川崎展宏氏は、その作風の一面を〈過激なる花鳥諷詠〉と呼ばれることを、自ら肯《がえん》じている。そして〈花鳥諷詠〉を、伝統の一部を形成するものと我々は受け取っている。

私自身に即していえば、〈伝統俳句〉でまず念頭に浮かぶのは、芭蕉とその高弟たちの俳句である。その実践的な俳論としては、芭蕉が説き弟子たちが伝える幾多の教えや示唆がある。〈花鳥諷詠〉では、言うまでもなく虚子とその高弟たちの俳句と虚子の俳論である。

折につけ私はこれらの達成を省みては、自分の仕事を検証するようすがにしている。その一方で、私が十代の終りに大学の授業で読んだ有名な英文詩論の一節を思い返す。

伝統というもの、何かを伝え何かを受け継ぐということが、単に我々の直ぐ前の時代に属する人々が収めた成功を、臆病に盲目的に真似て、一歩も自分で踏み出すことをしないことであるならば、〈伝統〉ははっきり否定されなければならない。我々はそういう単純な流れが砂の中に消えるのを何度も見て来たのであって、新しいということの方が、繰り返しよりまだしも増しなのである。伝統というのは、そういうことではない。それは遺産として相続できるものではなく、伝統が欲しければ、非常な苦労をしてこれを手に入れなければならない。(T・S・エリオット「伝統と個人的才能」)

繰り返しよりまだ増しな「新しみ」を求めて模索し、もがく営為が、時に「過激」と見られ、「冒険」と言われる。伝統は固定した不変なものでは決してない。五十年、百年というスパンで、大きな才能が非常な苦労の末につけ加えるいささかの変化があって、全体が活性を保ち連綿と続いていく。そうした変化に寄与するであろうと感じさせる作品を、私はいつも視野において、指針とも励ましとも思いつつ句作する。当座の身近な分かり易い例を挙げれば、

殺生をあやつる鵜縄おもしろや　展宏
炊飯器には菜の花がよく似合ふ　同

前句は芭蕉の〈おもしろうてやがて悲しき鵜舟哉〉や謡曲「鵜飼」を、後句は太宰治の言った「富士には月見草がよく似合ふ」を踏まえて、大胆に詠出している。新旧両句の交響もまた楽しみな味わいなのである。

［「ウエップ俳句通信」二六号　二〇〇五年］

アニミズムの文化

折につけ「美しい日本」を口にしてきた多田富雄氏は、その要素の第一にアニミズムの文化―自然崇拝―を指摘する。「この国には一神教は育たなかった。絶対的な神はもたないで、自然の中に無数の神を見つけ、それを敬ってきました。宗教対立で戦争を招くことはなかった。環境を守る、日本のエコロジーの思想も、ここにルーツがありました」。次の要素に、豊かな象徴力を挙げる。「俳句、和歌は事実の記載ではなく、たった一言で世界を表現しました。日本の芸術は、この象徴力のおかげで世界が尊敬するユニークな美を作りだしたのです。能、歌舞伎などの芸能、茶道、華道に至るまで、豊かな象徴力に支えられています。こんな民族はありません」（朝日新聞二〇〇八年六月連載）。多田氏が世界的な免疫学者であるだけに、その指摘には重みがあり、一味違う説得力を感じて聴いた。

いっぽう、「自然との一体化」をモットーとする俳人たちは珍しくない。私自身も無縁ではないが、拠り所たるルーツに虚子がいる。

虚子は生来アニミズム的な目を持って対象を眺めていたが、対象と会話を続けるうちに徐々に個々の自然の根底に超越的な存在の大きな力が働いており、個々はその超越者の力の顕現であると考えるようになった。そして遂にその超越的な存在とは宇宙の生命力であると気がついたのである。このようにして虚子の花鳥諷詠は、人間の命も草木の命も、等しく大宇宙の命の現れであるというところに到達した。これが虚子の花鳥諷詠の思想である。従って花鳥諷詠の俳句とは、個々の自然、即ち造化と存問を交し、お互いの中に流れる宇宙の命を確認し合い、その美しさを喜び合うことである。

（稲畑汀子「花鳥諷詠」、『現代俳句大事典』）

まことに堂堂とした揚言、祖述である。

だが、アニミズムにも問題はある。多田氏に言わせれば、抜きがたいあいまいさが付きまとう。アニミズムは色々な価値を受け入れるにはいいが、自分の利益や権利を主張するときは不利益をこうむる。「象徴力」も意味論的にあいまいなもので、科学にはならない。だから近代日本は、西欧文化の明晰さと日本のあいまいさとの二重構造の間で戦ってきた。耐えながら研究し、今では対等に対話できるようになった。芸術文化の世界でも二重構造はあったが、現在では自信をもって日本の美を表現し、発言することができる、と胸を張って断言される。氏は能や文学にも造詣が深く、八つの新作能を書いた。脳死問題に関わる『無明《むみょう》の井』は橋岡久馬の鬼気迫る演技で評判となり、アメリカを巡演したのである。

［「貂」一三八号　二〇〇八年十月］

見えないものを見る力

古くからの知り合いで、アイルランド文学の真摯な研究者である風呂本武敏さんから、新著をいただいた。手にして、『見えないものを見る力』という書名にぐいっと摑まえられた。帯文は、その力を大切にする妖精の国アイルランドの文化・歴史・文学の魅力を解き明かすエッセイ集と謳う。書名を冠した第一章から要点を抽こう。

ケルト・アイルランド文化に表れる二面性・二重性への関心は、妖精界と現世の二重性から発して、過去と現在の二重性（過去の遍在性）を経過し、人間と自然（環境）の問題に参画した。（略）このケルトの複合的視点から、グレコ・ローマン、ルネサンス、西欧近代と続く科学的実証主義の限界を修正する力が生じる。

人間と自然の問題については、風景や環境が常に人間との関わりで意味を持つとし、自然詩にたいするケルト系詩人の強い影響力を紹介する。具体的な例をあげると、「自然とつながっていることは、アイルランドでは今なお可能で、それは記憶から分離できない」（J・モンタギュウ）、「自然そのものが教会となり、人間の霊魂の中に〈創出〉されうる」

（R・S・トマス）、「自然の諸力の貯蔵所としての山は、スコットランドの道徳的腐敗から回復されるに必要な人間的特質を代表する」（S・マクリーン）。出自の大地と接した生活を忘れないS・ヒーニーは、「人の命は自然界と有機的に結合している」と主張する。

このようなアイルランドの文学・文化を引合に著者は、現代の我々が直面している問題に言及する。それは視覚文化の肥大化で、従来あった「考え、判断し、記憶し、推測し、想像する」力の減退を招く。現代マスカルチャーの圧倒的な支持を受けている映像は、結局想像力の射程の短小化、複眼的視野の喪失につながる。それは人間の退化なのだから、「物を読む場合、字面でなく紙の裏まで届く想像力を大切にしていただきたい。そのためには文字から内容を視覚化する訓練を忘れないでほしい」と、講演の聴衆たる女子大生に訴えている。

「文字から内容を視覚化する」「見えないものを見る」を俳句にやや強引にあてはめてみる。後出（一三四頁）の「古池や」の句を例にとれば、制作現場に古池が実在しようがしまいが、読者は文字から何らかの古池を思い浮かべなくてはならない。「古池の景色や感じをめいめいの頭で呼び起こす余地を与える働きが、切字〈や〉にある」と虚子は言う（『俳句読本』）。櫂はさらに歩を進め、古池はこの世のどこにも存在しない。その現実の世界と心の世界の境界を示すのが「や」だと説くのである。

［「貂」一三一号 二〇〇七年八月］

最古の叙事詩『ギルガメシュ』

二〇〇三年九月、俳句文学館に珍しい訪問者があった。中東の六カ国――クウェート、イラン、アラブ首長国連邦、オマーン、バーレーン、イエメンの三十代の作家や詩人六名である。日本の社会や文化に直接触れ、理解と友好を深める目的で外務省が招聘した人たちなのだが、俳句について懇談したいとの彼らの強い希望に由ってであった。

俳人協会では鷹羽会長と星野国際部長が応対した。俳句という詩型の特徴や季節、季語の問題に始まり、瞬間と永遠、宗教やジェンダーとの関わりなど多岐にわたる質問と話題が続出した。彼らの俳句の理解度や日本文化・文学の知識が足りないため、難しい対話だった。その過程で彼らはコーランと『ギルガメシュ』に再三言及したが、今度は我々に知識が欠けていて、応じようがなかった。

『ギルガメシュ』については読んでみたいとかねがね思い、ちくま学芸文庫の矢島文夫訳を以前に購っていた。本棚の隅に眠っていたのを、このたびようやく繙いた。

『ギルガメシュ』は古代オリエント最大の文学作品とされる。紀元前四千年頃から古代メソポタミアに居住したシュメール民族に起源をもつ伝承的叙事詩で、初期楔形文字で記された。アッシリア版とバビロニア版を主体として現在に伝わり、全体で約三千六百行あったらしいが、半分位しか残っていない。この断片的な神話は、半神半人であるがきわめて人間的なギルガメシュを主人公とする。彼の分身エンキドゥとの友情、杉の森の怪物フンババ退治、永遠の生命を求めるさすらいの旅、大洪水などを物語る。

なかでも私がいちばん興味をもつのは、大洪水の話だ。言うまでもなく、旧約聖書にある大洪水が思い合わされ、根を一つにしているに違いないとの臆断があってのことである。ここでは、「創世記」のノアに当たるウトナピシュティムという洪水に生き残った賢者が語る。一部を要約して引くと、

水の神エアに命じられて大船を作り、持てるあらゆるものを、家族や身寄の者すべてを乗せた。野の生きもの、すべての職人たちを乗せた。まる六日間風と洪水が押しよせ、台風が国土を荒した。七日目に海は静まり、嵐はおさまり、洪水は引いた。すべての人間は粘土に帰していた。私は鳩を解き放ったが舞いもどった。つぎに燕を放ったが舞いもどった。つぎに大烏を解き放すと帰って来なかった云々。

旧約聖書では、大洪水についての記述は簡単なのに、この叙事詩ではもっとダイナミックに生き生きと描写される。

さて現在の私は、コーランを読もうとは思っていない。

［「貂」一二五号 二〇〇六年八月］

3

『鷹羽狩行作品集』を前にして

朝日新聞社が去る九月、ベルギーの日刊紙「ルソワール」と共催でシンポジウムを開いた際の、詩人ドブルイクル氏の発言が忘れられない。欧州と日本との相互意思疎通は本当に可能であるのか、という重大な問いに対して彼は、「日欧文化関係の将来にとって、言葉、詩というものが、真に共有できるかどうか、ここに相互理解のカギがあると思う」と答えたのだった。

私がここに彼の言葉をとり上げるのは、実は常々私の考えていることと同じだからである。一九八八年十一月にNHKの国際放送で、私は全世界へ向けて「国際化のすすむ俳句」と題する話をし、その終りをこう結んだ。

「今や国際関係は政治や外交や経済ばかりを中心としてはならず、社会や文化や生活様式《ライフスタイル》を含めた相互理解の必要な時代に来ています。こうした草の根のレベルで、人が人を理解し交流するのは難しいことですが、詩のことばこそ国境をこえ、心の伝達の役割を果たしてくれるでしょう。とりわけ、広く世界で作られ、互いに交流して読まれるハイクは、一般民衆の息づかいと普遍性をもつだけに、ますます大きな役割をになうに違いないと思います。」

そして私は、国際語である英語を媒介として、日本の詩のことばと心を世界の人々に伝えたいと願い、自分にできることを手近な所から始めた。その一つが「ニューズウィーク」日本版の英語俳句欄で、毎週日本の紹介するに足る俳句の英訳を、読者と共に試みることである。当初は、著作権のこともあり、もっぱら江戸俳諧から選んでいたが、もっと現代に即した句をとり上げたいと思い、その一番手として白羽の矢をたてたのが、鷹羽狩行の句であった。

英語に訳して外国人にアピールする現代俳句として従来まず思い浮かぶのは、山口誓子、金子兜太の句であった。だが両者とも老大家で、すでに英訳句もかなりある。もっと若く新鮮な世代で、英語になりやすく、外国人に広く享受され得る句の作り手として、狩行の句に思い及んだのだった。

狩行の第一句集『誕生』の代表句の一つ、

みちのくの星入り氷柱われに呉れよ

を私は英訳課題句とした。ちなみに、その英訳のいくつかを挙げると

Let me have…
an icicle full of stars
from the North Country
Give me icicles
studded with stars from
the province of Michinoku

give me
a star-filled icicle
from the deep north

初めの二つは日本人の訳（英米人の修正を受けた）、三番目はA・ピニングトン氏の訳である。原句には「みちのく」という含蓄ある歌枕が入ってはいるが、それでもなお、この青春性と抒情性に輝く句の魅力は、十分、外国人に伝えられると思った。「みちのく」を「都から遠くはなれた北方の地」という不十分な訳ですましても、中七下五にうたわれた天上的な贈物の玲瓏たる美しさと、率直、純真な希求の声の衝迫力は、一読して外国人の心を捕えて放さないに違いない。

こうしたことがきっかけとなったのか、よくは知らないがその後、私と英語俳句のコンビを組んでいるジャック・スタム氏が、公刊のために、狩行の約五十句を英訳することになった。先日スタム氏に感想をきいたら、彼いわく、「英訳はうまくいったと思う。一茶の俳句は九十パーセントが翻訳可能だが、狩行の俳句もそれほどでなくとも翻訳可能なものが多い。彼の句はニュアンスの問題はあるが、曖昧な所がなく、明快《クリア》でよく理解できる。全体にインテリジェント（聡明、理知的）で、ウィットも感じる。」

スタム氏の感想はおおむね妥当だと思う。狩行俳句は、作者の明晰な測定力によって、事前に句の効果やひろがりが測定され、結果的にそれがほとんど狂わないという、驚くべき印象をうける。肯定的な意味でのストレートな表現をし、韜晦したり曖昧さに逃げたり、思わせぶりでごまかすことは絶対にしない。体言止めの句が圧倒的に多く（次に多いのは動詞の終止形で終る句）、「かな」、「けり」を排除する彼のスタイルもまた、明快に、断定的に表現する狩行の認識的態度を証している。

今回、狩行の既刊八句集、四千四百余句を通読して、私は右のことを再確認した。狩行は、意表をつく発想や特異な感覚をとりざたされたり、熟語・成語を活用した比喩的表現や感情移入の強い擬人化の技法をとかく注目されてきた。しかしそれらは、彼の技法・スタイルの変転と消長の表面に属することだ。もっと重要なことは彼が独自の座標軸を備え、そこにとらえた特殊空間、時空に何をうたっているかである。

露の中もの書かざるは飢ゑに似て　（『六花』）

の旺盛な創作力と、心身の健康に恵まれた狩行の、今後のさらなる展開と豊饒を、私は大いに期待しつつ、注目してゆきたい。

［「狩」一九九〇年一月号］

狩行氏の第十五峯

朝食前に開いた新聞（二〇〇八年四月十八日）で、鷹羽狩行氏の蛇笏賞受賞を知った。氏の十五冊目の句集『十五峯』（既に詩歌文学館賞を受賞）に対してである。句集が刊行された昨年七月、作者から贈られて一読したときに感じたこれまでとひと味違う重みが、一瞬甦った。

長い句歴を重ねるうちに、本当の俳人はいくつもの山を越え、その道程でなんらかの飛躍・変貌を遂げる。かつて西脇順三郎が私も居合わせた座談で、「イェイツのように一流の詩人は、一生のうちに必ず作風《スタイル》を変える、むろん私も変えましたがね」と言われたのが思い合わされる。

「貂」連載のエッセイで、『飴山實俳文集』を紹介した（後出一三六頁）。その中に「鷹羽狩行俳句管見」が収録されていて、それに感銘したあまり要所を書き抜いておいた。

第三句集『平遠』の句には、それ以前にあった何かが剥落していって、そのかわりのように厚みや重さが加わってきているように感じられる。（中略）大まかにいうと、近頃の狩行さんは季語のもつ面白味に心を入れているところが、以前と変ったのかも知れない。以前はことばの曲にあそんだが、この頃はことばの中に入ろうとしている風である。〈おほかたは海を見てゐて野に遊ぶ〉、〈野遊びのため一湾をよぎりきし〉ことばの曲の面白さは後の句にあるし、ことばの働きの面白さは前の句にある。私は後の句には共鳴しない。前の句、野遊びということば自体には海のイメージは寸毫もないし、むしろ海のイメージを拒んだ領域で働くのに、人間がやってきて突然に海と対面させる。この唐突さは新鮮だ。いつも出鱈目で唐突なことをしているのが人間で、そういう人間の日常性が句を面白くしている。野遊びと海の照応がとてもいい(後略)。

この率直で鋭い批評は、背後にヒューマンな温かみと真摯さがあって快い。近頃はなかなか聞かれない作者冥利に尽きる批評で、羨ましい限りだ。

さて、この時期から三十三年経ち、狩行氏はさらに十余の峯々を越え、第十五峯に到達した。

新 涼 や 真 鯉 は お の が 影 の 上

鉦 叩 け ふ の こ こ ろ の 火 を 落 す

流 る る を 忘 る る ま で に 水 澄 め り

右に抜いた句は、「季語のもつ面白味に心を入れ」、「ことばの曲にあそばず、ことばの中に入ろうとしている」、「作者が対象の内側に入りこんで句を作るからこそできる把握」と實が指摘したことの、延長上に確かにある。それらが眼前の対象を超えて、己を投影しつつひろやかな心の世界を展く所に、第十五峯の高みを私は見るのである。

［「貂」一三七号　二〇〇八年八月］

深見けん二句集『日月《にちげつ》』を読む――眼とことば

深見けん二氏の新刊句集『日月』（ふらんす堂、二〇〇五年）は、七十代後半の三百五十句から成る。「私なりの花鳥諷詠、客観写生の道を歩んで」（あとがき）の収穫である。「私なりの」と断わられるが、若くして虚子の（そして青邨の）膝下に学び、六十余年にわたり営々と実践されてきた句業は、今やその正道の一つの典型とも極北とも目することができよう、と私はつねづね注目している。

雪落しつつ白梅の匂ひけり
よぎりたる蜂一匹に水澄める
風の又起る気配に木の実落つ
気配して日のかげりたる草の花

これらの句は虚子の説く「宇宙の消息」を、大小を問わず鋭敏繊細に伝えてくれる。ことばはあくまで平明、的確、簡潔である。対象や素材は日常身辺にあるものばかりで、同じような環境に暮らす私には、なるほどと改めて眼を開かせられ、五感を刺激される思いだ。後の二句に「気配」の語が使われているが、まさにものの気配に総身の感覚を研ぎ澄まして、天の恩寵を待っている作者がうかがわれる。

よく私たちは一句を授かるとか、拾うとか言うが、謙虚に、しかし油断なく出会いと表現の機会を摑もうとする氏の態度は、一種の行《ぎょう》と言えようか。氏はほとんど嘱目で作句し、吟行が制作の大事な場であり、多作多捨を心がけている、と聞く。

ゆるむとも咲くとも風の初桜
咲きふえてなほ枝軽き朝桜
枝々に重さ加はり夕桜

春を代表する季題「桜」の消息――開花、花数をふやした朝の枝、そして夕桜をそれぞれ詠っている。「要は、心がすっと季題に入り込めたかどうかなので、余り力まず、身辺の季題にじっくり親しみ、句を詠んでゆきたい」(「花鳥来」第五十六号)と洩らされる言葉どおりの句である。

やわらかく、ぴったりとことばが対象に寄り添い、見事に造形している。その結果は、単に正確な描写にとどまらず、その場の気配や雰囲気を伴い、言外の余韻をもたらしている。その際、対象の局部に注がれた眼が、感覚が、ある一見ささやかな、しかし本質的な発見をし、それを核に十七字が構成されているのが判る。

流燈を置きて放さず川流れ
流燈に雨脚見えて来りけり

盆の行事である燈籠流しに立ち会っての作だろう。ここではその発見は、「川流れ」と「雨脚見えて来りけり」のフレーズに見出せる。ある事実にふと気づかされたこと——思いがけない一寸した認識が句の核になっている。次の二句では、「一気に」の措辞にそれが集約されている。

退る時ありて一気に荒神輿
どこそことなしに一気や彼岸花

よく「眼のつけ所」などというが、同時に、それにふさわしいことばを見つけることでもある。その二つの行為が表裏一体となる結果である。客観写生は、鋭く見とどけた上で、ことばを見出す、或はことばを造りだすことなのだ。

朝顔の大輪風に浮くとなく
白牡丹大輪風にをさまらず

両句とも二種の大輪の花と風との関わり具合を詠っている。「浮くとなく」と「をさまらず」が、写生眼の発見したことば、フレーズで、そのおかげで句が完成した。べつに珍しくもない日常語なのだが、一句のためにことばの海から慎重に誤りなく選び抜かれ、そこへ引き出されて、初めて命を得たことばである。その意味で、この一回かぎりのために新しく創られたことば、とさえ言えよう。

春蟬の声一山をはみ出せる

人声や二タ間つづきの白障子

右の二句は「はみ出せる」や「二タ間つづき」、

野遊びの弁当赤き紐ほどく

かたくりの花の斜面を蝶滑り

の「赤き」の形容語や「滑り」という動詞は、それだけをみればありふれた語なのだが、一句の世界を成り立たせる上で、決定的な働きをなしている。

以上の引用句が例証するように、作者は宇宙の消息に触れ、ことばで伝えるという容易ならざることを、「季題の恩寵」に与って、たしかに実現している。その練達の業《わざ》に感服しつつ、私は一巻を再読、三読、大いに楽しみ味わった。

［「貂」一一八号　二〇〇五年六月］

『海と竪琴』の二重の響き

形式と技術だけで俳句を作ると、どうなるか。一羽のウサギを描けば一羽のウサギで終わる句ができる。物は上手に描かれ、感覚は研ぎ澄まされてゆくが、それ以上のものではない。十七字分の内容ただそれだけの句。渾沌とした宇宙のひろがりなど気配もなく、作者の声の聞こえてこない句。感心させられるが、心を打たれない句ができあがる。句集は空虚なカタログのようなものになってしまう。

技の時代は「うまい句」はたくさんころがっているが、「いい句」には滅多に出会えない時代でもある。「うまい句」は必ずしもいい句ではないわけだ。

右の引用は、長谷川櫂の新著『海と竪琴』（花神社）の中の、楸邨論の一節である。ここで言う「感心させられるが、心を打たれない句」、「うまい句だが、いい句ではない」に深くうなずいた。たしかに、日々量産され、眼にふれてくる俳句の中に、上手だ、巧みだ、と感心する句はなくはない。しかし、句の背後に借り物でない作者の声が聞きとれ、その人格や世界観・宇宙観にふれる思いがして、感動する句はごく僅かだ。引用した文のあとに、櫂が推称している楸邨句の中から、さらに私の好みの句を抜くと、

こぼれねば花とはなれず雪やなぎ
睡蓮のいまかけつけし蕾かな
ありまきの雌だけの国あをあをと

なんでもない日常の花や虫をうたいながら、ふだんは意識できない自然や宇宙の広がり、奥行きへ通じている。櫂の指摘する可憐な、かるやかなユーモアをともなって、先人の手の跡のない独自の鮮しさ、「みずみずしい心の皮膚」が感じられる。

櫂の新著は、ほとんどが既に諸雑誌に発表した作家論を一巻に編み、時宜にかなった出版となった。私のとびついて読んだ順に並べれば、川崎展宏、飴山實、平井照敏、加藤楸邨、中村草田男、飯田龍太、石田波郷ら七人の俳人論である。いずれも私自身最も関心を深くし、敬愛してやまない人たちである。

展宏を扱った六篇は、一つを除いて既見のものだが、改めて読み返し、いつまでも存在意義を持ちつづける貴重な評論であることを再確認した。ほかの六人に関する章も逸することのできない、洞察と理解に富んだ論と言える。

己《おのれ》が関心を寄せる俳人を語り、論ずることは、畢竟己を語り表すことになる。この本から私は、茫洋たる海に対《むか》って著者自身が弾く竪琴の二重の響きを聞いたのだった。

［「貂」一四九号　二〇一〇年八月］

「巧《うま》い句」と「好《よ》い句」

寄贈された俳誌連載の今瀬剛一のエッセイ「自問他答ということ」（「対岸」二〇一〇年七月号）に、たまたま次の一節を見出だした。

（選句をしていて）「巧い」作品の多いことが妙に気になり始めている。「巧い」ということは確かにいいことである。しかしそれはそのまま「好い」作品とは言えまい。巧いと好いの違い、これはどこにあるのか。それはその巧さの影から作者の姿が匂ってくるか、表情が感じられるか、そうしたところにあるのではないかと考える。それを境涯と呼んでもいいし、個性と呼んでもいい。つまりは巧いことそのことにその人独特の表情、個性というものが加わることが大切なのではないか（後略）。

端的に言えば、俳句は巧いだけではだめで、好い句でなければならないのだ。剛一がそう主張するゆえんは、俳句大会などでの類句・類想句の横行があるからである。入選句を公表したあとで、類句の存在が指摘され、あわてて取り消しをするという場合が決して少なくない。私自身の関係した選でも起こっている。そのため近ごろは、選に当たって「うまい」と思える句は、類似の先行句があるかもしれないと一度疑ってかかる、という哀しい習性がつきかねない。手許の複数の歳時記を調べた程度では解決しない。大きなコンテストでは、作製中のデータベースを使ってのチェックも行われているが、これでも完璧とは言えない。実に悩ましくも困った事態である。

学問・技芸などを習得することの「学ぶ」は、「まねをする、まねていう」の意味の「まねぶ」と同源。従って我々が、私淑する先人や教えを受けた師の作品を手本にして、営々と句作に努め、その結果多かれ少なかれ似通った句を生んでも当然であろう。いかなる分野でも初学の段階では、それは止むを得ないとして許容されてよかろう。だが、公の場で、己《おのれ》の作として発表し、世人の評価を問う段階では、先行句や先人の面影が背後にちらつくようではいけない（本歌取りの句は例外）。先人からのよき影響として認容される態《てい》のものであればいいが、模倣や焼き直しと見做されるものは拒否される。問題は、作者には自覚がなく、先行句から微妙に、僅かに外されて作られたケースで、判断が非常に難しい。疑わしきは罰するか、罰せずとするか、多分に主観に委ねられ、決断が迫られる。

面《おも》　櫂《かぢ》　や　明　石　の　と　ま　り　時鳥《ほととぎす》　荷兮《かけい》

右の句を、芭蕉句〈野を横に馬引《ひき》むけよほととぎす〉の着眼点・発想の模倣と去来は断じ、芭蕉の黙認のもと『猿蓑』に入れなかった。この例を噛みしめるべきである。

［「貂」一五〇号　二〇一〇年十月］

「古池や」の句

虚子は彼の最も早い出版物『俳句入門』（一八九八年）の中で、「俳句の価値を解するのは決して容易なことに非ず」として、〈古池や蛙飛びこむ水の音〉を取り上げている。彼に言わせると、この句の真価を標定できるのは、句作の技倆が進み鑑識も高くなった後のこと。初学のうちは、古来より名句とされてきたため、よく判らないが名句のように感じるだけだ。が、句としては平凡で印象不明瞭、取るに足らないものだということは、幾多の修業を積んでようやく解することができる、と否定的に断じている。

ところがそれから約六十年後の虚子は、二十二、三歳のときの右の評価を覆し、句の鑑賞を縷々と述べ、その非凡な価値を主張するに至っている。そのおおよそを引く。

> 古池の水は冬の間は汚れ沈み勝ちだが、一旦春になると水は温んできて時々泡を水面に浮かべるようになる。地上にはぽつ〳〵穴が開いて、所謂啓蟄の虫が現れてくる。今迄姿を現さなかった蛙も何時か水中に浮かんだり、池のほとりを飛んだりしている。
>
> 芭蕉が深川の庵にあって、聞くとなく聞いていると、蛙が裏の古池に飛び込む音がぽつん〳〵と聞こえてくる。今迄の寂寞とした天地にも活気が出てきたことを感じる。

四時の循環、天地躍動の様が強く芭蕉の心をとらえた。ここに於てかの句を為した。芭蕉はこれより益々花鳥風月に心を労し、造化を友とする、という信念を厚くした。その後出来た千百の句も皆この「古池」の句の範疇を出ない。天地の運行、春花秋月に常に身の細る思いをした芭蕉の志は並々ならぬものがあった。子規の云うごとく、これは誠に一見平凡な描写にすぎないが、その底には宇宙の動脈に触れた消息がある。やはりこの句は古代より喧伝さるるだけの価値がある。

（「玉藻」一九五五年八月）

虚子の鑑賞は、古池の句を「花鳥諷詠」の典型として、一句の生き生きした宇宙的消息をねんごろに説いている。だが、ここに一つ問題がある。子規も虚子も蛙が現実の池に飛び込んだとしているし、多くの人がそう読んできた。ところが近年、長谷川櫂が大方を驚かせる別の解を提示した。「この句は古池に蛙が飛びこんで水の音がしたといっているのではなく、蛙が水に飛びこむ音を聞いて古池を思い浮かべたという句である。古池は芭蕉の心のなかに出現した幻なのだ」（『古池に蛙は飛びこんだか』二〇〇五年）。この解は切字「や」の断切を非常に深いと見ることに起因する。そしてこの解釈に賛同する人が今や相当にいる。三月の「俳句α」15周年シンポジウムで、金子兜太も宇多喜代子も同意見だった。私自身はと言えば、それが投じた波紋の中に小蛙のごとく揺れている。

［「貂」一三〇号　二〇〇七年六月］

ことばと日常——飴山實の俳論

私はよく初心の人にこういう。頭で作るな、体で作れ。他人の俳句も頭で読むな、体で読めと。そのようにすることで、他人のことばでなく自分のことばにも行き逢うようになるからだ。人それぞれに日ごろの体験を体にもっている。それを濾過して滲みでてくるもの、その確かな質感をことばにし、句にすること。体の奥からくるものだけを信じたい。それだけが本当のものだと思うからだ。日常性という普遍なものがそこにあるからだ。ものの質感は体でしか感じとれないものだからだ。俳句を体の中から汲みあげろ。私は自分の句もそうするようにと心がけているし、作品の出来具合をたしかめ、推敲するときにもそのようにする。日常身辺を句にするのも、旅を日常のつづきと考えるのも、その根はここにある。（中略）詩をつくるということは自分の確認、自己認識であり、自分をことばに置き換えることだが、私の詩は俳句なので、定型をともなうことばに自分を置換してしまうことと思っている。（中略）私は身近なところから自分自身をできるだけ平明に簡潔にくっきりと認知したい。（「体の中から——日常にいて珠玉をなす」）

以上は、さきごろ古志社が上梓した千頁の『飴山實俳文集』から、私が勝手に大まかな抜き書きをしたものである。並々ならぬ編集の労がこもったこの大冊のお蔭で、日ごろ實の俳句を愛誦してやまぬ私は、作者の主要な俳論に接し得た。じつに有難く、とびつくようにして読んだ。ここに引いた僅かな章句だけでも、實の珠のごとき俳句作品を生みだしたいわば溶鉱炉の在り様と秘密を垣間見せてくれる。「詩歌をつくるというのは、自分がどんなことばでできているか、自分をどんなことばで作りあげたいか、と、ことばを尋ねることである。私が俳句をつくるのは、生きている自分をことばで俳句の姿に置きかえることだから、定型と季題が最大限にはたらくようにと思い、できるだけ単純な句をつくるように心がけた」とくり返し説く實の、率直、ひたむきな確信と覚悟の姿に感動すら覚える。そして、まるで造物主のように、かけがえのないことばを探し出し、日常に根を下した質感とイメージを尊ぶ實の句作りを、作品に照らしてさこそと思うのである。

今この小文を年の暮に書いているので、私の心にそう当季の實の句を付記しておこう。

湯豆腐のかけらの影のあたゝかし　『次の花』所収

鴨どものつづきに寝たる心地よさ　同

庭石にのせて日にあつ茎の石　『次の花』以後

［「貂」一三五号　二〇〇八年四月］

夕ごころ

今年（二〇〇五）の元旦は朝から晴れ上った。二十一年ぶりに東京の大晦日に降った雪が、庭木の梢や隣家の屋根に積り、眩しく照り映えた。時の経過と共に溶けては、滴りの音を聞かせる。夕方になっても北向きの屋根の雪は消えず、空の茜が静かに微かに染めている。

元日や手を洗ひをる夕ごころ　龍之介

と思わず口をついて出た。それは元旦の句として私の胸中に棲みついている。「『や』の切字による余情が下の句の『夕ごころ』を包んで、広く深い作者の内面が見える」（廣瀬直人『名句鑑賞辞典』）に異論はないが、「夕ごころ」そのものをもう少し見きわめたい気持が残る。「新年の句らしい穏やかなものだが、年頭の諸々の行事も済んで一息ついた情景」（野山嘉正『日本名句集成』）。「いつものように夕暮れになると手を洗って一日が終る。さりげない内容だが、これが『元日』であることによって、作者の静かな心がとりわけ鮮やかに見えてくる。この目出たい日を清潔な気持で終りたいという心配りもあるだろう」

のつも私はこだわってきた。

（廣瀬）。

右の「清潔な気持云々」はともかく、「一息ついた」「静かな心」にはうなずける。が、「心」を形容する「夕」の語の働きの機微がいまひとつ分からない。この句を長年愛誦しつつも私はこだわってきた。

横光利一の絶筆『洋燈』（一九四七年十二月）に、「夕ごころ」のことばを見出したのは最近のことだ。冒頭の節を引く。

このごろ停電する夜の暗さをかこってゐる私に知人がランプを持って来てくれた。高さ一尺あまりの小さな置きランプである。私はそれを手にとって眺めてゐると、冷え凍ってゐる私の胸の底から、ほとほとと音立てて燃えてくるものがあった。久しくそれは聞いたこともなかったものだといふよりも、もう二度とそんな気持を覚えさうもない、夕ごころに似た優しい情感で、温まっては滴り落ちる雫のやうな音である（後略）。

このあと、六歳の時に始まるランプの思い出が綴られる。

利一は、懐かしい追憶にまつわる優しい情感――胸の底からほとほとと音立てて燃えてくるものを、夕ごころに譬えている。静かな夕ぐれの、事を終えた後のほっとした、穏やかだが少し空ろな気分。或る懐しさにちょっと淋しさのまじる、優しい情感……。

実は利一にも「夕ごころ」の句があるのだ。

花冷や眼薬をさす夕ごころ　利一

龍之介の句の「手を洗ふ」に対し「眼薬をさす」とある。共に日常の習慣的行為で、眼を洗うわけだし、文筆家に大切な手と眼で共通点が多い。だが句は龍之介に及ばない。

［「貂」一一七号　二〇〇五年四月］

窪田空穂の生地

信州松本駅から西南へ車で二里ほどの所に、窪田空穂の生家と記念館が在る。私の家内の実家からは、北アルプスの連山が見える方角へ行き、奈良井川を渡って徒歩計三十分位だろうか。そこは松本市に入っているが、かつては東筑摩郡和田村であった。前々から聞いてはいたが、実際に訪ねたのはこの夏のこと。近くのバス停から、たまに来るバスに乗ったら、すぐと和田に着いた。この地方独特の本棟造りのどっしりした構えの母屋に、土蔵と離れがある。玄関の戸も障子も開け放って人っ子一人いず、どうぞご自由にの表示に、土間から広い座敷に上がる。小川が築山から岩の間を音たてて流れ泉水をなす南庭に向かって座ると、中央に高野槙の大樹が空を摩するように立つ。

この家と共に古りつつ高野槙二百とせの深みどりかも　　空穂

松本平の民家の庭には、立派な松、欅、一位が目につくが、これほどの槙は珍しい。まさに庄屋一族の重厚な歴史を証するものだ。家の裏手に出ると、田畑が続き、北アルプスの山並がうす紫に地平を限る。折しも、燕が集まってきたように飛び交っている。

つばくらめ飛ぶかと見れば消えさりて空あをあをとはるかなるかな　　空穂

記念館は細い道をはさんで生家と向かい合う。本棟造りをモチーフにした三角屋根のモダンな木造建築で、温かく人を迎え入れる趣のデザインに打たれる。

一階に、空穂の歌集や著作、原稿、色紙、遺愛品などが、生涯と仕事を年代順に辿れるように展示されている。なかでも懐かしかったのは、『万葉集評釈』全十一巻であった。私は大学院生の時、窪田章一郎先生の万葉集演習に参加し、それを参考書の一つとしたからである。俳句仲間の都倉義孝さんも一緒だったと思う。

帰りがけに『窪田空穂随筆集』『わが文学体験』を購った。初めて読んだが実に面白い、いろいろ勉強になった。空穂は一歌人にとどまらず、小説家、随筆家、ルポ作家の才を豊かに持っていたのだ。観察力、記憶力、表現力が三位一体となっていることは、次に引く断片からも窺えよう。

吊りランプの照明の下で、相対して座って、雑談をかわした時の与謝野晶子の第一印象は、今も残っている。大柄の身に思いきって派手な絞りの浴衣を着、やや横っ尻《ちり》に坐り、片手を畳に突いて、顔を伏せ気味にして物をいう晶子の様子は、若い女性の羞恥とも、甘え気分の嬌態とも見えるのであった。折々横眼に見上げるまなざしを見て、近視の私は、この人、眼が悪いのかしらと惑ったのであった。

［「貂」一一六号　二〇〇五年二月］

連凧

正月明けの新聞に、連凧揚げの世界記録の話が載っていた。愛知県豊橋市の海岸で連凧の数に挑戦している五並《いなみ》中学の生徒約二百人が、平成十年にB5ほどの凧一万五千五百八十五枚を揚げ、ギネスブックに登録されたそうだ。細いロープが太平洋へ数キロも伸び、昇天する白竜を思わせる写真入りだった。

私が連凧を初めて見たのは家の近所の公園で、昭和五十九年のこと。中年の男がダンボール箱から糸つきの小凧を繰り出していた。一箱に五十枚の凧。背後のライトバンには別に二、三箱積んであった。が、風の具合か一箱どまりにしていた。男の話では、千葉の富津岬が最適。東京湾口に長く伸びた砂嘴《さし》で、障害物がなく風のコンディションもいいから二百枚以上は揚げたという。その日の私の句に、

連　凧　を　宙　よ　り　箱　へ　曳　き　収　む

この句の入った第一句集『連凧』を昭和六十一年に上梓した。いくばくもなく、展宏先生はじめ「貂」の仲間たちが出版記念会をして下さった。展宏先生が当日ご用意された芳

名帳を今開くと、冒頭に染筆の句は来賓の作、

連凧や高きは別の風に乗り　櫻井博道

それにつづき、

狂ひさうになり連凧である一つ　川崎展宏
蹤いていく連凧のすそにつながりて　鈴木幸夫
連凧のひとつが遠く光りけり　佐藤和夫
連凧に勢ひを与へ天の声　土生重次

などがあり、送られてきた句に、

連凧の見事に青をわかちけり　矢島渚男

久しぶりに芳名録を見る気になったのにはわけがある。新年早々『櫻井博道全句集』（ふらんす堂）を恵与された。季語別・年代別全句に初句索引が付き、展宏の序という実に貴重な作品集である。平林孝子さん（博道の令妹）の献身的な努力と先頃物故した中拓夫さんの助力等の賜で、私は押し戴いた。句集をめくっていて、第三句集『椅子』の昭和六十一年の部に、〈連凧や高きは別の風に乗り〉を見つけ、思わず本棚の奥から芳名帳を

取りだしたのである。
全句集には未見の「『椅子』以後」が拓夫選で収まり、ありがたい。そこから紙幅の許す限り、心に残る句を引こう。

俤の近づくこの世の牡丹雪　博道
刃のごときビルの日当りシクラメン
櫨紅葉ハガキに文字のあふるるよ
きのふの火事みかんごろりと一つ二つ
若葉雨回診の医師髭伸びて
くび伸ばし紳士歩きの初がらす

［「貂」一四一号　二〇〇九年四月］

『橋本鶏二集』を読んで

　橋本鶏二というと、修行者のような作句態度で、「大胆なる把握と的確な写生句を成し、虚子をして〈鉄腕一打、自然従順〉と評せしめた」（『現代俳句辞典』）の印象が強い。また、「戦中から戦後にかけて、ホトトギスの代表作家の一人となり、伝統派からの新人の顕彰に努めたが、後年病いに倒れ、俳壇との交流は閉ざしがちだった」（『俳文学大辞典』）とも言われる。

　私にとって鶏二との唯一の接点は、一通の手紙である。一九八六年に第一句集『連凧』を出した私は、面識も何もない鶏二に一本を謹呈した。どんな俳人であるかもよく知らなかった筈である。ところが、在所の伊賀上野からさっそく礼状を頂いた。駆出しの無名な私なのに、非常に謙虚でねんごろな感想が四枚の和紙便箋にしたためられ、励まされた。今と違って二十年ほど前の俳人は、心にもっと余裕があり、風雅に費やす時間が多かったのであろう。一方的に贈呈した諸俳人からも沢山の礼状を、ほとんどが封書で頂戴したのだった。

日輪のがらんどうなり菊枯るる　鶏二

昭和十九年（一九四四）の作。暗い戦争が破局に近づいていた時代背景を抜きにしても、「がらんどう」の把握は優れて確かだ。「ものを写しとる一念の中で或る澄徹の佳境をつかんだとき、無心に放心のさまで詠えるのは貴重だ」と作者は言う。

海胆怒る漆黒の棘ざうと立ち　鶏二

自解に「写生派の我々は、一時間位は普通のことで、じっと蹰んで見つめている。眼から与えられて心で咀嚼するというのは写生の鉄則だから、とにかくよく物を見る。」

大雪渓天降《あも》りし雲に隠れたり　鶏二

「この作は大景だが、そのために表現が特別な用法に依っていることはない。あたりまえのことを普通に叙べているだけだ。激しい省略と九割まで景情を抹殺することができさえすればいい。」（自解より）

冬日太し空より太く来《こ》しままに　鶏二

この句も大景だが、冬日の太さを、そのまま単純明快に、他を一切省いて描写し、見事だ。

大ざくら月を含みて落花湧く　鶏二

大ざくらに対抗して、普段より道具立ての多い表現となっているが、「落花湧く」がさすがだ。「わが観照の不断のつづきが生んだ記念の一画図。やや抽象化された具象画が最も好き」と鶏二は洩らす。そしてあとがきに、「木の実を拾ったり、草木の季節的な変化なりに、殆ど瞬時も瞑想と注意を怠ることはない」とまで断言する。

［「貂」一一二号　二〇〇四年六月］

草間時彦句集『池畔』を読む

昨年（二〇〇三年）五月に逝った草間時彦氏は、句集『池畔』を編んで遺された。既刊八冊の句集から選んだ句と以後の十七句、計三七九句から成る。ポケットに入る小冊子で、五十余年の句業を見渡せる点、まことに有難い。（ふらんす堂刊）

俳句文学館近辺にはよい食物屋がないが、ここはましな方です、と氏に誘われて御馳走になった蕎麦屋。酒の相手にはもの足りない私に、俳句評論を書くようしきりに勧められた。それとなく人を見ていることに定評のあるお方である。壮年の頃、あちこちと三十日続けて鰻を食べ歩いたとかで、お薦めの店をうかがいもした。そんなこともあって、私の愛誦する氏の俳句には、食物俳句が多い。

公魚をさみしき顔となりて喰ふ　（『淡酒』）
とろけるまで鶏煮つつ八重ざくらかな　（同）
むし鰈焼かるるまでの骨透けり　（同）
オムレツが上手に焼けて落葉かな　（『朝粥』）

飛竜頭のなかのぎんなん冬ごもり　（同　）
コンソメを冷やす時間の月見草　（『盆手前』）

一口にグルメと称されがちだが、やたらに珍味佳肴を求めるのではない。良い質の普遍的な食材にこだわり、自宅でも手間をかけるタイプのようだ。そこにおのずと日常の暮し、季節の移りが表れ、しみじみした境涯俳句の味わいがある。飲食とは愛《いと》しく、もの哀しく、精神を反映する行為なのだ。

その一方、食物を離れて、推賞したい句がある。

逢ひに行く開襟の背に風溜めて　（『中年』）
運動会授乳の母をはづかしがる　（同　）
足もとはもうまつくらや秋の暮　（『櫻山』）
波郷忌の近付く霜の香なりけり　（『朝粥』）

戦後から一九七八年までの句業に属する。さらに晩年になると、さすがに食物を詠んだ佳句は見つからない。その代り、老いを詠んだ句が多くなる。老・病・死は誰しもがいずれ直面せねばならない。だからそれを主題に、或いはそれに触れて作句するようになるのは、自然の成行きと思えるが、実情はそうでもない。まして、佳句をものするのは難しい。

しかし、以下の句は私の注目を惹いた。

ぼけることおそろしこはし実千両　（『典座』）

忘れものしさうな日なり濃山吹　（同）

身近な植物と取り合せて、アイロニカルでも自己戯画化でもなく、率直に呟く態である。次の句にも濃山吹が添う。

やすらかに死ねさうな日や濃山吹　（『瀧の音』）

かと思えばこうも詠んで、老いのきざす私をゆさぶる。

秋刀魚焼く死ぬのがこはい日なりけり　（同）

［「貂」一一一号　二〇〇四年四月］

俳句二題

炎天へ打つて出るべく茶漬飯　　川崎展宏（『秋』所収）

「炎天」を詠んだ句というと、〈炎天を槍のごとくに涼気すぐ　蛇笏〉が思い浮かぶ。が、掲句の炎天は清澄な山里に於てではなく、都会の、亜熱帯化した現今のそれである。目まいがするような灼熱で、すべて地上のものを威圧するそこへ、よんどころない用事で押し出て行かねばならない。「打つて出る」の強い口調は、男には門を出れば七人の敵がいるからではなく、還暦過ぎの身で炎天そのものに対決する故だろう。徒歩、バス、電車と乗り継ぐためにも先ず腹拵えと、茶漬を掻き込む。いざ出陣の武将を想わせる所がちょっと滑稽で切ない。空元気をつける作者の、真面目でいて照れた貌が背後にのぞく。

俳句の方法をあくなく試みてきた作者四十歳頃の作は、

炎天のひと日終へたり皿に桃　　（『葛の葉』所収）

とまっとうに詠み、一箇の桃に満ち足りて穏やかだった。

あきかぜや皿にカレーを汚し食ふ　　櫻井博道（『海上』所収）

最近の新聞に、「好きな給食メニューの一位は、昔も今もカレー（ライス）」の報道を見て、直ぐと掲句が口にのぼった。昭和二十八年（一九五三）の作だから作者二十二歳、戦後の復興が進んでいたとはいえ、贅沢な食事は遠い時代である。

声に出すと上十二にア音が連続し、下五で一転、オ音とウ音で結ばれる。あたかも口を大きくあけて、カレーライスの大スプーンを運びこみ、口を閉じるような感じだ。

煎った小麦粉でとろみをつけた淡黄色のカレーで、白い大皿を存分に汚しながら健啖に食うところ、まさに時代の青春俳句である。

カレーといえば、コップの冷たい水と共に供される夏の昼食が浮かぶが、取合せた「あきかぜ」が微妙な淡い翳りを生んで、句の奥行をふかめている。作者の後半生が病身のそれであったことを思うと、いっそう「あきかぜ」が身に入《し》みるような気がする。

なお掲句は、早大俳句研究会編の合同句集『苗代』に載り、批評を頼まれた水原秋櫻子が取り上げている。「櫻井博道は集中最も傑出した作者だ。この句は季語がよく利いて、内容に一脈の哀れさを添へてゐるし『汚し食ふ』も前述のやうな無雑作な流儀とは質を異にしたものである。」（「俳句」一九五五年四月号）（本稿の前半は「俳句研究」二〇〇七年八月号より転載）

［「貂」一三三号 二〇〇七年十月］

吉野の花

受贈誌の一つ「珊《さん》」(二〇一〇年冬号)は、深見けん二、今井千鶴子、本井英というホトトギス系の三俳人が、前年度の自選三十句を発表する季刊誌で、八十八号を重ねる。本号には、川崎展宏追悼句が二句載っている。

冬悲し春の花鳥に遊ばれよ　深見けん二
み吉野の花の一会に思ひあり　今井千鶴子

けん二氏の句は、「貂」三十周年記念号(二〇一〇年十二月)にお寄せ下さった中の一句、

ともに見ん虚子の冬日の爛々と　けん二

を併せ読むと、同志に先立たれてしまった花鳥諷詠の徒の、無念さ、淋しさが惻々と伝わってくる。俳句関係の集まりでご両人が出合すと、いつも肩を寄せあって語らい、連れ立っているのを、何度も私は目にしている。

千鶴子氏の句は、ホトトギス連衆恒例の吉野山の花見に、展宏さんが誘われて一度だけ参加したときの思い出によっている。今になってみれば、まさに一期一会の花見となり、共に見た花はいっそう輝きを増すことだろう。

最近いただいた稲畑汀子著の句集『花』を繙くと、四半世紀にわたって続けられた吉野山吟行での、花の三百態が錦のように綴られている。「あとがき」に、

ゲストとしてお迎えしたギュンター・クリンゲ氏や、川崎展宏氏の思い出も忘れられない。（中略）展宏氏は「ホトトギスの人との句会に出るのは怖いなあ。昨夜はまんじりともしなかった」とおっしゃって、私たちを笑わせた。

とある。「貂」三十周年記念号に同じく寄せられた次の句の背景がうかがわれる。

みよし野の露踏み分けて問ふこども　稲畑汀子

句集『花』より六句にしぼって抜くと、

落花踏み固めてそこがけもの道　汀子
暮れてゆく桜一本づつとなる
二度寝してからりと晴れし朝桜

山桜朝日を抱きはじめけり
大景も小景も花吹雪かな
峡深し夕日は花にだけ届く

展宏さんがこうした花の旅に加わって作った句は、つまびらかにしない。が、昭和五十六年「貂」の連衆と吉野山の中千本に一泊し、如意輪寺で詠まれた句は、句集『観音』に収まっている。「ケースに一盛りの鎧の札。楠正行の腹巻という」の前書がついて、

花の塵ならで形見の札《さね》小札《こざね》　展宏

（展宏氏の一周忌、平成二十二年十一月二十九日に記す）

［「貂」一五二号　二〇一一年二月］

テニスと山行と俳句——都倉義孝同人を偲ぶ

二〇一一年六月末に亡くなられた都倉義孝さんを想うたびに、夏の強い日が彼の背後から差している。長身の方だから私は仰向きかげんとなる。テニスコートで出会ったのが最初だった。早稲田大学の教員同志だが、彼は商学部で国文学専門、私は法学部で英文学なので、それまで面識がなかった。一九七五年に早大教職員テニスクラブが発足し、慶応義塾大学教職員テニスクラブと対抗戦を始めた。テニスに趣味のあった二人はそれに参加したわけだ。

都倉さんとは第四回の対抗戦（一九八一年十一月、日吉コート）でダブルスを組み、プレイした。全13マッチの第4シードで、1—6、6—4、6—2と逆転勝ちした。今でも覚えているが、第一セットを一方的に落とした我々を、慶応側はネットへつめて攻めたてた。こちらがロブを交互に揚げてかわすと、相手は二度つづけてロブを打ち損じ、それが転機でずるずると敗退したのだった。試合後の懇親パーティーで、上機嫌の都倉さんはいつになく多弁で、うまそうにビールを干していた。

テニス仲間となってから、都倉さんの紹介で私は彼と同じ地元のテニスクラブに入り、結局七十歳まで楽しんだ。

　山行の手引きも彼による。初めて尾瀬に行った夏、はるか山裾まで一面の日光黄菅に呆然とし、その後も同行した。白馬岳へも何度となく案内された。大雪渓を登り小蓮華岳、乗鞍岳と縦走したり、裏旭岳へ回ったりした。都倉さんの目的の一つは高山植物を撮ることで、以前に手術して肺活量がひどく少ないのに、重いカメラと三脚を持って歩かれた。身軽な私は先行して山小屋に部屋を確保したり、下山では早くバス停に着いて並ぶのだった。

　私の手引きは俳句の道へである。彼は『古事記』や『万葉集』の優れた研究者で、展宏先生も「万葉集のよい論文に出会い、筆者を確かめたら都倉さんなので驚いた」と言われていた。それにも拘らず、俳句作りを選ばれたのはやや意外だった。改めて彼の三十年の句業を顧みると、初期から俳句という詩型をよく理解して、佳品をものしている。ここに僅かを引くが、謙虚で、良心的、綿密な人柄が偲ばれる。

鳥のみな違ふ貌して秋の暮　『十年』より
はなるるやみぶるひしたるしやぼん玉
駆け戻る児や雛の間の灯を消して
あたたかや留守頼まむとすれば留守　『私の24句』より

国原や小さき山ほどよく笑ふ
畝おこす落花のうすきより濃きへ
咳こんで飴の集まる講義かな
吹雪く中日見ゆ日の中吹雪見ゆ

［「貂」一五六号　二〇一一年十月］

なでしこ

去る七月（二〇一一年）のサッカー女子ワールドカップ・ドイツ大会で、「なでしこジャパン」が優勝した。東日本大震災、原発事故と放射能汚染、円高不況、大勢の失業者等々暗いニュースに明け暮れる日本。そこをパッと明るくし、我々の気分・精神を高揚させた快挙だった。ふだんはサッカーを見ない私ですら、早起きして実況中継の後半を見、快哉を叫んだ。

日本サッカー協会によれば、なでしこに求められる姿として「ひたむき、芯が強い、明るい、礼儀正しい」があげられる。それに加えて「最後まであきらめない」も身につけた。欧米の選手に比べ、いかにも軀が小さく華奢な彼女たちが、よくも勝てたものだと今も思う。そして「なでしこ」の命名にほとほと感じ入る。

「なでしこ」といえば、これまで私のすぐ思い浮かべたのは、『おくのほそ道』の那須野のくだりである。広い野越えに難渋した芭蕉と曾良が、草刈る男から馬を借りる。

ちひさきものふたり、馬の跡したひてはしる。ひとりは小娘にて、名を「かさね」

と云ふ。聞きなれぬ名のやさしかりければ、

かさねとは八重撫子《なでしこ》の名成るべし　曾良

「かさね」という名からとっさに、花弁の重なった八重撫子をイメージしたわけだ。もし『おくのほそ道』が映画化されるなら、最も感動的な場面となろう。都倉義孝さんは著書『万葉びとの四季を歩く』（教育出版）で言う。

「なでしこ」ということばには、「撫でし子」つまり愛情をそそいだいとしい娘の意がこめられていたにちがいない。語源は不明だが、花が可憐なので、この意味で名付けたともいわれる。「撫づ」は「いつくしむ・愛撫する・かわいがる」等の意をもつ。「なでしこ」という花の名には、容易に詠み手の愛情をそそいできた娘、恋の相手を喚起させる力があった。（中略）万葉集のなでしこを詠んだ歌二十六首のうち、大伴家持作が十一首。家持が偏愛した花である。

例として家持の一首を挙げると、

なでしこが　その花にもが　朝な朝な《さ》　手に取り持ちて　恋ひぬ日なけむ（3・四〇八）

〔あなたがあのかれんななでしこの花であったらなあ、毎朝手にとってめでいつくしまない日とてないであろうに〕

都倉さんとの北アルプス山行で作った拙句に、

なでしこや日当たる岩にシャツ干され　　恒彦

下山の途中、眩《まばゆ》く日の照る河原に出た。大岩の上に汗に濡れたシャツなどを広げ干している単独登山者がいた。うら若い娘だった（ということにしておこう）。

［「貂」一五七号　二〇一一年・十二月］

ブラジル日系移民の俳句

友はみなアマゾン日焼たたへ合ふ　大楯《おおだて》エツヨ（ブラジル、パラ州）
呼び寄せの書類懐かし紙魚の痕　下小薗《しもこぞの》蓉子（同州）
冬銀河音なく眠る大樹海　大熊星子（同国サンパウロ市）
ブラジルの水に馴染みて水中花　広田ユキ（同市）
イグアスの滝見が見合なりしわれ　瀬良義雄（同国パラナ州）

右に掲げた句は、二〇〇五年九月に行われた第二回海外日系文芸祭の入賞句の一部である。前年の第一回文芸祭が成功したことから、この年も海外日系新聞放送協会と財団法人海外日系人協会等によって催され、引続き私が俳句部門の選者を務めた。

第一句は「アマゾン日焼」が眼目。季語としての日焼はこれまでも農夫や漁夫のそれが多く詠まれている。ここでは炎天下の労働を称え、それが入植地アマゾン河流域であるだけに感慨一入だ。当然推測される長年の労苦は背後に伏せて明るく詠まれ、句の奥行を深くしている。

作者は横浜での表彰式にはるばる来られた。まずアマゾン河に隣る河口のベレン市に車で出、サンパウロへ飛ぶ。そこからアメリカ経由で日本へ。七十九歳の身に大変な長旅だったろう。「今は何を作っておいでですか」と私が尋ねると「養鶏」と言葉少なく答えられた。卵ではなく肉である。

日本が輸入する品目でコーヒーはブラジルが一位、同国のオレンジジュースが二位で、鶏肉も大量に入れている。日本の二十三倍の広さのブラジルに、約百十万の日系人が住み、ほかに三十万が祖国日本へ出稼ぎに来ているのだ。

第二句の「呼び寄せの書類」について、同じく来日された作者に訊いた。彼女ははきはきと、一九五九年、日本から花嫁として渡伯したときの入国手続書類だと説明。その時彼女は二十八歳とか。長くしまい込んでいたものを、久しぶりに見たときの印象を詠っている。紙魚《しみ》は押入れや戸棚の中などにいて、澱粉質のものを食べる。私の蔵書に、紙魚の孔だらけの十九世紀英詩人の本がある。入手したときにすでにそうで、早大図書館で殺虫消毒をして貰った。そのこともあってか、句を読んで紙魚の痕がしみじみと目に浮かんだ。

ブラジルの日系社会に俳句の種を播いたのは、ホトトギス同人佐藤念腹で、俳句は今なお盛んである。だが、受賞者は七、八十代が多く、高齢化が深刻であり、下の世代は日本語ができなくなっているのが実情である。

［「貂」一二二号 二〇〇六年二月］

初めに句会ありき

俳句の初学時代を振り返ると、三十年ちかく前の、薄暗い山家の一室でのことが思い浮かぶ。といっても山里においてではなく、都内の早稲田大学大隈庭園に移築された飛騨の古い民家である。そこでの句会に私は誘われ、俳句を二句作らせられた。中学一年の国語の宿題以来のことだった。早大の鈴木幸夫英文学教授の肝煎《きもいり》で、年に二回ほど開かれた「早稲田句会」である。大学関係の教員や種々な縁ある人の自由参加をえて、和気あいあいと愉しむ句会で、この時（一九七六年）は二十二人が参加し互選した。私の出句の一つ、

貰ひ火の焼け跡照らす緋桃かな　　恒彦

をただ一人採って感想を述べられた方がいた。四月末の陽光をさえぎる軒の深い、囲炉裏のある座敷はほの暗く、離れた位置のため容貌はさだかでなかった。残念ながら言われた内容も憶えていない。

あとで庭を逍遥した際、痩身のその方から名刺を頂いた。「櫻井博道」と隅に寄せて書かれ、住所のみだった。

日頃私の散歩する界隈に火事があり、類焼した家が壊されて更地となった。少し焦げながら塀ぎわに残った緋桃が、春になると燃えるように咲いたのに驚いた。だから嘱目そのままの写生句にすぎない。

博道の出句〈花冷えや頭の中に灯がともる〉は同座した多田裕計の特選を得た。内向的な心象句で、俳句という詩形の幅の広さを私は知らされた。

句会の顧問として常連の裕計が主宰する「れもん」に、やがて私は投句するようになる。翌年十二月の句会では、〈茶の花を嗅いで外人大股に　恒彦〉が、裕計、高橋悦男、佐藤和夫、土生重次の四点を得た。これも嘱目の写生である。切れのない付句のような作りだが、四氏の選に入ったことが励ましとなった。

一九七九年六月の第九回句会に投じた句、

さらさらと内湯つかへり梅雨の入り　　恒彦

は三点を得た。採った一人がゲストで見えた川崎展宏で、氏とはこの時が初対面であったかと思う。右の句は後に裕計によって〈さらさらと熱き内湯や梅雨の入り〉と添削された。切れ字を入れ、めりはりをつけてもっと俳句らしくなった。しかし「熱き」と形容せず、あっさりと表した方が梅雨入りにふさわしいのではと思い、第一句集『連凧』には元の形で収めた。

「総じて星野さんのボキャブラリーは地味なので『形容詞』（イメージ）をもう一歩激しく、オーバーなくらいに、いろいろ探してお使いになってはいかが？」とか「類型的把握を捨てて、その奥の深いところをグッと摑み出すように試みては」といった率直で熱意ある批評と指導を裕計からいただいた。だが一朝一夕に出来るものではない。さらに資質の違いもある。

裕計急逝後の四半世紀、私は展宏の指導のもと直接、間接に多くを学んできた。古典と現代、雅と俗の落差と俳意の句作りに接し瞠目《どうもく》したが、今も途上で模索している。

〔「俳句」二〇〇五年四月〕

縁を大切に——退職に当たって

私の研究室がある九号館廊下の東窓を通して、旧八号館の跡地に日々組み上げられてゆく巨大な鉄骨がいやおうなく眼に入る。完成すれば十二階建てのビルになるという。だがその前に、私は教場を去るわけだ。

そこに長らくあった八号館は、法学部の教室棟であった。ずっと以前は文学部の校舎で、四号館と呼ばれた。私が第一文学部の英文科を志望して入学試験を受けたのは、まさにその校舎でだった。試験の合間や面接試験の前に、廊下の窓から、今もある裏手の墓地を眺めて、気を落ち着かせたのを覚えている。

校舎の廊下は板張りで、歩くと少したわんだように記憶している。〝早稲田文学〟にあこがれ、作家にでもなれたらという淡い夢を私は抱いていた。だから、同じ廊下を通って、薄暗い教室に学び、作家や詩人として名をなした先輩たちの眩しい名を幾つも心に刻んだ。指導教授の尾島庄太郎博士は、かつて同級生だった詩人の吉田一穂や小説家中山義秀の思い出話をして下さった。

昭和三十年頃の日本はまだ貧しかった。私たちは質素で、地方出身者が多く、下宿は三畳間が普通だった。机に書棚と蒲団しかなかったが、書棚には本がぎっしり詰まっていたものだ。

結局、私は小説家にならずじまいだった。英文科の講義で出会った詩人T・S・エリオットに、特にその詩論に瞠目して、二十世紀の英米詩に親しむようになった。拙い詩を書きもした。そうしていたら、英文科の故・鈴木幸夫教授が年に一、二回やっていた俳句の集まりに誘われた。あまり気が進まず、何度目かにやっと顔を出した句会で、俳人多田裕計（早大仏文卒）と出会った。裕計は横光利一の弟子の芥川賞作家である。彼は利一や石田波郷との交わりのうちに、句作にとりつかれた人であった。

これがきっかけで、私自身も俳句へ導かれ、しだいに身を入れるようになった。研究する英米詩に、俳句が年々影響を強めていくのに並行するようにだった。不思議な縁だった。

今、私の研究室に、俳句に惹かれ句作をする学生たちがやって来る。伝統ある早大俳句研究会の学生たちの外に、他大学生や高校生まで混じる。一緒に句会をしながら、早稲田文学の一環として地味ながら確固たる歴史を残している俳句が、世界的なブームになっているのに私は驚く。はしなくもその連綿たる伝統の末につながる縁を省みては、早稲田に学び、その教壇に立てた幸せを思うのである。

［「早稲田大学法学部報 ― テミス」No.23、二〇〇四年三月］

初学時代の本棚――エリオットから山本健吉へ

私にとって俳句の初学時代は、四十歳という中年に当たる。それも、乗気になれず再三さそわれた挙句、やっと出席した句会が始まりだった。埃をはたいて句会報（一九七六年四月）を取り出すと、「れもん」主宰多田裕計のほか俳人に、櫻井博道、火村卓造、佐藤和夫、中拓夫、高橋悦男が参加（後に土生重次、川崎展宏も）。会の肝煎は、早稲田大学英文科の教授で俳句好きの鈴木幸夫先生で、大学構内で年に二回ほど句会を催していた。

大学に縁のある者が呼びかけられて集まった。鈴木教授の講義を受けた若手の教員らが半ばお義理で出ていた。私もその一人で、それまで俳句を作りも読みもせず、詩めいたものを時折書くだけで、専ら英詩とつき合っていた。詩とは短くとも十四行はあると思っていたから、十七音の詩形が窮屈でもどかしかった。季語や切れ字の知識も自覚も乏しいものだった。

句会は二十一人が出句したが、私の二句はいっこう採られず、終わり近くにやっと一点入った。

貰ひ火の焼け跡照らす緋桃かな　恒彦

採って下さったのは面識のない博道氏だった。

その後、たまに句会に出、促されるまま「れもん」に投句するようになった。俳句入門書の類は手にしなかったが、山本健吉の『現代俳句』（角川書店）は興味深く、感心しながら読んだ。近・現代の代表的な俳人の秀句へみごとな案内を受け、自分の作るものの未熟さが分かり、俳句の面白さ、奥深さを知るきっかけとなった。

私の学士論文のテーマはT・S・エリオットの詩論だった。『荒地』などの詩業でノーベル文学賞を受けた彼は、批評の面でも卓越し、一世を風靡していた。

「テニソンとブラウニングは詩人であり、彼らは思考したが、その思考をバラの薫りのように直接的に感じることはなかった。」

「普通の人の経験は混沌・不規則で断片的である。彼らは恋をし、スピノザを読むだろうが、この二つの経験は互に何の関係も持たず、またタイプライターの音や料理の匂いとも係わりがない。詩人の心は、これらの経験から常に新しい全体を形成する。」

「一民族の詩は、その民族の言葉から詩の生命を取り出す一方、その言葉に生命を与える。そして民族の意識の最も高い程度と偉大な力と、最もデリケートな感受性を表す。」

「芸術の形式で情緒《イモーション》を表現する唯一の方法は、〈客観的相関物〉を見つけることだ。」

「芸術家は自分よりもっと貴重なものの前に、己を絶えず空しくする。それは自分の個性の間断ない没却に他ならない。」

右にほんの僅かを引いたようなエリオットの批評が、実は健吉の批評に大きな影響を与えている事に気づき、直接の引用がある俳句評論も読んだ。それが健吉の評論に私が親しみ、共鳴できた一要因であったと思う。

〔「俳句」二〇一二年七月号〕

朱鷺《とき》のバッチ

「貂」の新潟支部を今年（二〇〇八年）も訪ね、句会と吟行をしようと思った。昨年は五月末にやっている。渡り鳥も来ている十一月十四、十五日とし、ついでに別の用事も足すことにした。途中の長岡は私の父祖の地である。寛永七年（一六三〇年）に三河出身の牧野侯（七万四千石）が入府したとき、私の祖先も行を共にしていたから、父が社会人として上京する大正中頃まで、ざっと三百年は住みついていた。

その縁で私の手許に一幅の掛軸がある。長岡藩幕末の家老で、戊辰《ぼしん》の役に指揮を執って果敢に戦い、戦没した河井継之助の肖像画だ。昭和九年歳晩、伯父の星野蕪芳《そぼう》が描き、翌年画の上部に十五代藩主牧野忠篤公（子爵、貴族院議員）が、継之助の座右の銘を揮毫した。「一忍可以支百勇／一静可以制百動」（一忍以て百勇を支ふ可く、一静以て百動を制す可し。）

三十歳台の私に下の叔父が軸を下さった時、同じものが二幅作られ、一つは昭和十年、ロンドン軍縮予備交渉の日本代表だった山本五十六に贈られ、五十六はそれを携えて行った、と聞かされた。それに私は簡素な表装をしたきり箪笥の奥に四十年眠らせてきたが、長岡市に継之助記念館が設立されたのを知って寄贈を申し出たのである。

十四日の朝、新幹線「とき」の指定席へ行くと、並びの席にすでに人が座っていた。黒系の瀟洒な背広の胸ポケットに燕脂の飾りハンカチをのぞかした、六十半ばの紳士だった。「こちらですか」と立たれたので、窓ぎわの空席に私はついた。高崎を過ぎた頃、その方の襟元にトキの素敵なバッチを認め、思わず尋ねると、トキの保護団体に関係しているとのこと。それをしおにお互いに長岡に用事がある身と分かった。私は網棚の軸の包みを指して、画像のこと、銘文が忠篤公の書と言い及んだ。とたんに相手が「私は子孫で十七代の当主です」。私は呆気にとられた。頂いた名刺に、牧野忠昌、肩書に柏友会（旧越後長岡藩士会）名誉会長とあり、三ツ柏の家紋が刻印されている。

軸を拝見したいと言われ、長岡駅構内の観光案内所に導かれた。いわばお殿様のお国入りだから、職員も丁重である。借りた机上に展《ひら》いた軸の肖像（墨絵）をじっと見、よく描けていると一言。傍らの女子職員に、この字はおじいさんが書いたものですと言い、初見の軸だと付け加えた。

記念館では、稲川館長と市の観光課の課長と主査が私を待ちかまえていた。偶然列車で牧野様と隣り合せた始終を話すと、皆な驚き、ご先祖の霊の引き合せでしょうかなどと言う。私は宿願を果たした安堵と不思議の思いにひたっていた。

［「貂」一四〇号 二〇〇九年二月］

III

高濱虚子の渡欧——覚え書

古綿子著のみ著のまゝ　鹿島立　　虚子

一

高濱虚子がヨーロッパへ旅したのは、昭和十一年二月十六日〜六月十五日までの、約四ヵ月（百二十日）である。往路も復路も、日本郵船会社の一万余トンの客船、箱根丸に乗り、横浜——マルセイユ、及びマルセイユ——横浜と船旅をした。

船の上で暮した日数は、往復合わせて約八十日で、それを差引いた日数は半分の四十日ほどである。したがって、虚子自身もいうように、この海外旅行の経験は「主として海上生活の経験であったともいえる」（「海上生活」『渡仏日記』451頁）のである。

昭和十一年という年は、国の内外共に大きな動乱のあったときだった。まず、虚子の乗船が横浜を出航して十日後に、二・二六事件が起こり、虚子は箱根丸にもたらされた無電によって、この事件を知った。前年にヴェルサイユ条約破棄宣言をしたドイツは、三月初め、ラインラントに進駐した。同月末、英米仏はロンドン海軍軍縮協定を調印。四月、イギリスは戦艦大建造計画を発表する。フランスは五月初めに下院選挙を行い、人民戦線派が過半数を獲得する。同月五日、イタリアはアジスアベバを占領、エチオピア併合を宣言する。同月二十五日、七月にはスペイン内乱が始まる。十一月六日、スペイン反乱軍はマドリード包囲を開始。同月二十五日に、かねてから日独間でひそかにすすめられていた交渉が成って、日独防共協定がベルリンで調印された。日中戦争が始まったのは、翌十二年である。

このように、台頭したファシズムは他国侵略や反乱という実力行使に訴えるようになり、第二次大戦前夜ともいうべき重大な時期にさしかかっていた。そうしたときに、虚子初めての、そして生涯一度のヨーロッパ旅行がなされたのである。

よりによってこのような時期に、虚子がヨーロッパ旅行をすることになった理由はいくつかあろうが、その最も大きな理由は、虚子の次男友次郎（池内姓を名のる）が昭和二年よりあしかけ九年、パリのコンセルヴァトワールで音楽を研究していたのだが、いよいよこの年に帰国することになったためだろう。「息子がパリにいる間に一度ヨーロッパ見物かたがたパリまで行こう」（『渡仏日記』414頁）と考えたわけである。

さらにまた、日本を代表する船会社のヨーロッパ航路の客船の機関長が、虚子の俳句における忠実な弟子、上ノ畑楠窓で、彼のいたりつくせりの親身な世話を受けることができることも大きかったろう。実際、上ノ畑楠窓は虚子にヨーロッパ旅行をさかんに勧誘し、こまやかな計画をねり、なにくれと世話をしたのである。機関長室で日課のごとく、虚子の口述筆記さえ務めたのだった。のちに虚子はこう述懐している。

多年日本郵船会社の機関長を勤めてゐた上ノ畑楠窓といふ人が、俳句を熱心に作つてをつたのでありますが、その人が欧州航路から帰つてくると私の所へ来て、一度ヨーロッパの方に旅行してみないかといふ事を何時も勧めるのでありました。その他、高野素十なども、ぜひ一度西洋に行つてみたらよからうといふ事をかねがね勧めてをりました。ある時、又、楠窓、素十両人が落合つた事がありまして、その折に、私の外遊を勧めたのでありました。丁度その時分に、武蔵野探勝と称へる俳句会が多摩川のほとりでありまして、その話が出たのでありました。私は戯れに、それでは多くの諸君がもし行く方がいゝといふのならば行つていゝ、又多くの諸君が行かない方がいゝといふならば行かない事にする。どちらでも、諸君の意志のまゝに動かうといふ事を申しましたら、その俳句会の後で、主な人々が赤星水竹居邸に集まつて、評議会といつては仰山でありますが、とにかく話をする事になりまして、その席上に楠窓、素十の両君も列席しまして、とにかく行つてみるのもよからうといふ事になつたので、それならば行つてみる事にしようといつて、きまつたのでした。そんな事の為に、格別用意もしてゐないので、準備などする時間もなかつたのですが、楠窓君の乗つている箱根丸が近々に出るといふので、その船に乗つて行く事になりました。楠窓君が万事面倒をみるといふので、一に楠窓君の世話になるつもりで出掛けました。それで、帰りはアメリカの方を廻つて帰るつもりでありましたが、都合によつてやはり帰りも印度洋を通つて帰る事になつたのですから、往復共に箱根丸でありまして、楠窓君の世話になつて帰つたのです。（「ヨーロッパの旅」『俳句の五十年』昭和十七年刊、123頁以下）

虚子のこうした語り口を聞くと、まことに他人まかせの、消極的態度にみえる。だが、この時虚子はすでに満六十二歳、健康であったといっても、当時としては老人というべき年齢である。おまけに、俗にホトトギス王国と呼ばれる俳句の大結社を主宰する巨匠として、毎月いくつかの句会の出席・指導や厖大な量の選句、執筆、結社の経営（月刊誌「ホトトギス」の発行を含む）と、多忙な責任ある躰である以上、自分一個の意志よりも、自分をとり巻くもろもろの状況、都合を優先せねば、長期間の留守はとうていかなわないわけである。

それにしても虚子の言動には、あわてず、さわがず、悠々として時機の熟すを待つという趣がある。ここで、横浜を発った乗船が神戸に寄港した際、長男年尾の居に立ち寄って怱忙のうちに記した稿（「麻耶」掲載）を引く。

愈々渡欧する事になつた。兼々一度渡欧して見てはどうかといふ話は、素十君が帰朝した時分からあつたのであるが、さういふ時は容易に起りさうにない事と私自身も考へて、格別問題にしないでゐたのであつたが、今度どういふものだか、行くのならば行けぬことは無いやうな心持が、諸君の勧誘をきくにつけて、頭の中に起つて来て、其事が今迄とは違つて確実性を帯びて来るやうな心持がだんだんして来て、終に行く事になつてしまつたのである。たゞ行くといつても、何千里の外に行くといふ考へはまだはつきりと起つてゐないので、唯鎌倉から東京へ毎日通つてゐるその延長のつもりで、十六日の午後三時に横浜を発つて今日の午後五時に神戸に着き、それから今このお前の芦屋の家に来てゐるやうな次第である。これから四十日の日を船の上でくらすとマルセーユには友次郎が迎へに来てくれてゐて、それから半日を汽車に費して、パリの友次郎の宿に一と先づ落つく事を考へて見ても、やはり鎌倉から東京へ通ふ延長であるやうな感じがするのである。それで又四五十日を欧州に暮し、それから大西洋、アメリカ大陸を横断して、太平洋の船に乗り、横浜へ帰著する事を考へても、やはり鎌倉から東京へ通ふ延長のやうな心持がするのである。かくして六月一ぱいには帰朝する。

実際、著の身著のまゝの旅行で、鎌倉から東京通ひの羽織袴をつけたそのまゝの服装である。ただ章子を同伴して何かの面倒を見てもらふ事にしてゐるだけが、些か異つて居ると云つてもよからう。

私の旅行中は、東京でも総て在来の通りに、俳句会其他をやつて行くやうに諸君に希望してゐる。俳句界が総て現在の状態を持続して運行して行く事を希望してゐる。（下略）

（「行つて来よう—年尾へ—」『渡仏日記』365頁以下）

右の文中、「鎌倉から東京へ毎日通ふ」というのは、鎌倉の自宅から、東京駅前丸ビル内のホトトギス発行所へ通うことを表す。「著の身著のまゝの旅行」といっても、それは「たいした準備もせずに」の謂であり、着換えなどはもちろん持って行った。正装用の紋附きの羽織も持参している。ただ注目すべきは、外遊中終始、和服で押し通した事実である。虚子に言わせれば、

今度の旅行は、和服を著て行つたのであるが、私は何にも、西洋を和服で歩くといふのが得意な訳でもなく、必要があれば洋服を著ても差支へないと思つてゐたのであるが、和服で一向差支へがなく、格別不便を感じなかつたので、それで押し通して来たといふまでである。つまり、不断着のまゝで、不断着のまゝの心で一寸ヨーロッパを覗いて来たといふまでである。（傍点、星野。「洋行雑記」『渡仏日記』447頁以下）

洋行だの外遊だのといって、別に気張ったり、緊張したりすることはない。平常心で、国内を旅行したり、通勤したりするときと何ら変らない気持や態度でやってこよう、と思

い、そうしたまでであるようだ。そして虚子は、「日本服は、日本人が著るべき自然の要求があつて出来たものと考へる。世界に持ち出しても堂堂たる服装であるが、たゞ、それを見慣れぬ田舎者が驚嘆瞠目するだけのことである」と付言する。和服を誇りをもって着て、それに不都合も不便も感じなかったので、そのまま着通したとする虚子の自然な態度は、今に残る写真を見ても裏づけられる。戸外での写真ではソフト帽をよくかぶり、つねに草履ばきのため背はいよいよ低く写っているが、堂々と正面切っている。ロンドンでのペンクラブ例会では、主賓として正面中央に座していて、紋付袴が、立派な能役者のごとくきまっている。かたわらにいた満十六歳の末娘章子は、「父は私の背ぐらいしかない小さな人だったのでございますけれども、私の目からはすばらしく大きく見えました。堂々と講演をして、皆の大拍手を受けました」と後に語っている。(「書斎の窓」有斐閣、昭和五十七年八月号)

とはいえ、和服で通すことに格別の不都合も不便も感じなかったとばかりは言えない場面が、時にはあったようである。虚子に同伴して、虚子の脱ぎすてた袴をたたんだ章子は、カイロ見物の思い出をこうも語っている。

観光客のきまつて乗るラクダに父も私も、並んだり、前後したりして揺られて行つた。

同行の人達が、袴をつけてラクダに乗つた人は、はじめてであらう、きつとラクダがくすぐつたがつてゐるぞ、といつて笑つた。
父の袴は強い風になびき、ラクダの横腹をはたはたと、たたいてゐた。
ピラミッドの中は、横に細い木を打ちつけた一枚の板の上を、腰をまげて、頭を低くして、登つて行かなければならなかつた。
私の前を行く父が疲れないかと心配であつた。袴の裾が時時、その板の角や、釘にひつかゝる度びに私は急いでそれをはづした。私の目は唯々父の袴の裾ばかり見てゐたのが強く印象に残つてゐる。

（『虚子物語』有斐閣、166頁）

虚子自身も、船のタラップの昇降や、ランチに飛び移る際などの袴さばきには心をつかい、しだいに習熟していったのである。また熱帯地方にかかると、浴衣に袴をつけて食堂に出席したのだった。この辺の事情を、虚子の筆はこう述べる。

港に船が著くと、誰も争うて上陸するのであるが、その場合袖がタラップの手摺に引つかゝつたり、袴の裾を踏んだりするのには多少の不便はある。しかしそれも、慣れて来るとそんなへまはやらず、軽快にタラップの急勾配を昇降し、ランチに飛び移ることも出来るのであつた。そして、一旦上陸して陸地に立つた場合は、少しも日本の内地における時と変りはなかつた。（中略）

船の上でも熱帯地方にかゝると暑さに堪へられなくなつて、西洋人がだんだん上著を脱ぎ、チョッキを脱ぎ、シャツ一枚になつてそれに半ズボンをはき、毛脛を露出して食堂に出席するやうになる。女もブラウスを著て半ズボンで太腿を出して出席する。私は、浴衣に袴をはいて出席することに極めた。浴衣がけで袴もはかずに出席したところで、かれら西洋人の服装よりは礼儀正しいものと考へたが、しかし袴だけは著けることにした。少なくとも日本の船では、そのうち、西洋人達もだんだん日本人の真似をして、浴衣がけくらゐで食堂に出席するやうになることであらうと思ふ。さういふことが、早晩必ず来るべきであると思ふ。

（『渡仏日記』448頁以下）

万事この調子で、外出する時は羽織を着（ときにはさらに和服用の外套をつけ）、足もとはいつも草履だった。その姿でしばしばソフト帽をかぶる点だけが、純和風とはいえず、当時の日本の文化人の面白い服装風俗である。

当然のことながら、虚子の和服姿はどこへ行っても注目の的となった。中国人、マレー人、インド人、アラビア人、フランス人、ドイツ人と、民族の別なくみな好奇の眼を向けるが、軽蔑の色はなかったと虚子は観察し、「田舎者が、見慣れぬものを見て眼を睜るのと同じもののやうに受取れた。ベルギーとかドイツの田舎に這入ると、寄つてたかつて目を円くして見てゐるといふ事からでも、それが物に見慣れぬ田舎者の心理であることは証明せらる丶のである。パリ人士は或意味において田舎者である。かれ等は自分の国、自分の都会、自分の流行があることを知つて、他に如何なる国があるかを知らぬ者が多いのである。」と看破する。それに反して、「さすがロンドンは、往来を歩いて見ても、あまり人のなり恰好を凝視するものは沢山なかつた。かれ等の眼が、日本の服装を見慣れてゐるためでは必ずしも無かろうが、少くとも自分達と違つた服装のものが世の中に存在してゐるといふことくらゐは承知してゐるのであらう。実際、各種の民族が、その街路を大手を振つて往来してゐるのを見るのである。」(『渡仏日記』448頁以下)と、観察は鋭く、的確である。虚子は遠い異国へ行っても、あくまで観る存在であって、観られる一方の存在ではなかったのである。

このように民族の別なく、どこへ行っても物珍しく虚子の服装は見られたのだが、ことに、足元の草履を不思議そうに人々が凝視することに虚子は気がつかされた。ヨーロッパで最初に上陸したマルセーユの停車場で、「其辺を往来する人が皆私の身なりを一応見て、最後には草履に目をとめて不思議さうに其を見るのであつた。之は昨日船を降りるとからもさうであつた。又カイロを歩いてをる時もさうであつた。」(『渡仏日記』141頁)

エッフェル塔のあるシャン・ド・マルス公園を散歩して、「公園を通る人が私の服装殊に草履を不思議さうに見ることは例の通りであるが、中には立どまり振り返つて熱心に見詰める人もあつた。そんなに見なくつてもよさ丶うなものだにと思ふが致し方が無い。」

（『渡仏日記』164頁）

さらに、ベルギーのアントワープ近郊のヒヤシンスやチューリップ畑を訪ねたときは、「畑の中をあちこちして居る中に、人々は皆花畑を見るよりも寧ろ私の風態を不思議さうに見てをるのに気が付いた。殊に私のはいてをる草履を一心に見つめつゝ、ぞろぞろと蹤いて来て居るのに気が付いた。」（『渡仏日記』191頁）

それより以前、アデンに上陸したとき、「皮で拵へた草履のやうなものを履いて居るアラビア人が居つた。皮の切で拵へた原始的の鼻緒が、足の拇指と、他の四本の指との間に挟まつて居るのは、日本の草履の感じと同じであつた。私が草履をはいて居るのを、不思議さうに土人は眺めて居たのであるが、この履物が矢張り草履と同じ理屈なのが可笑しかつた。」（同書101頁）と、草履が何も日本の特産物ではないことを発見し、興じている。

ついで、カイロのエジプト博物館見学では、「先づ発掘された大きな石の彫像やミイラが林の如く立つて居るのに驚かされた。それから二階に上つて見ると、最近ツタンカーメンの墳墓を発掘して得た沢山の宝物類を並べてあるのが目を驚かした。その宝物の中に私だけに目に止つたものは、金の履物が沢山ある中に金の草履があつた事であつた。それは日本で見るやうな鼻緒の附いて居るものであつて、現在私の履いて居る草履と比べて構造上何の相違もない事であつた。ツタンカーメンの時代は紀元前二千年と云ふ事であるから、凡そ四千年前になるのであるが、足の指の間に鼻緒をはさむといふことは此時代にも当然行はれてゐたことが証明される。」（『渡仏日記』124頁）と、博物館見学の記事の最も多くのスペースを金の草履に割いている。このことからも、虚子にとって、「草履の発見」が一番印象深いことであったことが判る。そして、他国人が寄せる虚子の草履への非常な関心が、逆に虚子自身の注意を喚起し、虚子は恥ずかしがるどころか、彼らの反応を可笑しがり、興じているさまが以上に引用した文に見てとれる。そしてついに、思いがけない発見にまで到るのは、無邪気で鋭い俳人の眼の働きとしかいいようがない。

倫敦の春草を踏む我が草履

四月二十八日、ロンドン到着第一日の作である。この句には、異国人の眼によってさんざん意識させられた草履、おのが五尺の身を支え、万里の波濤をこえて運んでくれた草履への思いがあろう。それが今、ヨーロッパ最大の盛都の春の大地に密着して、やわらかく自然体に虚子を立たしめているのだ。

前夜、虚子は友次郎とオランダのフック・オブ・ホランドより乗船して、朝イギリス東岸のハーウィチ港に上陸した。そこより列車で、ロンドンのリバプール・ステーションに着き、何人もの日本人の出迎えを受け、車でシティなどの都心部を通って、タフネル・パーク・ロードの常盤別館に入った。（これは、デンマーク街に本店のある日本人経営のホテルで、主人は紀州新宮出身の岩崎盛太郎）。晩飯まで三十分ばかりあったので、迎えに

出た八田一朗のために小俳句会をやった際の出句である。ほかに、

囀の鳥あらはれし梢かな

庭の木のブラックバード春の鳥

の二句が見られるが、これは平凡である。

踏みて直ぐデージーの花起き上がる

二日後、シェイクスピアの生地ストラットフォード・オン・エイボンへ、三菱商事ロンドン支店から借りた車でドライブした時の作。「春草」がこの句では広い緑の芝地を白く点々と彩る「デージー」に変り、草履の重しがとれると直ぐ起き上る可憐な花の命を讃えている。ここには、「虚子の草木を見るは猶有情の人間を見るごとし」(子規)の面が窺われる。同時の作に、

牛の牧場羊の牧場春の丘

蒲公英の柵にせまりて多きかな

とイギリスの田園風景を詠っているが、平板な写生句といえよう。

ストラットフォードで、昼食をとるために入ったシェイクスピア・ホテルで、虚子の和

服は思わぬ効果を発揮した。虚子自身の筆を藉りると、

私達が行つた時分には、それも旅行者であろうか、一組の男女が物静かに片隅のテーブルに就いて食事をして居つた許りであつたが、間もなく隣室にどやどやと這入つて来た一団の人があつた。ホテルの者が私の和装を物珍しく思つて居るので、松本君が私の事を何か話して居たやうであつたが、其為であろうか、私達が食事を執つて居る時分に、ボーイが一人の男を私の傍に連れて来た。その人が差し出す名刺を見ると、Mr. B. Iden Payne とあつて、是はシェクスピア劇場の総支配人でもあり、また演出家でもあるとの事であつた。シェクスピア劇場では、シェクスピア記念劇を十二週間興行するのださうで、既に四月の十三日から始つて居るのであつた。今日は四時から"The Taming of the Shrew"が始まるから見に来て呉れと云つた。その一団の人は、皆シェクスピア劇に関係して居る人であつて、男女優もそこに混つて居た。それ等の人はテーブルに著いて食事をしながら、笑ひさゞめいて居た。

(『渡仏日記』249頁以下)

文中「松本君」というのは、案内役の松本覚人、ロンドン三井物産社員で、ロンドン・ペンクラブ例会での虚子の講演の英訳に助力してもいる。彼がホテルの者に虚子のことを、日本の代表的なハイク詩人だと告げたであろうことは想像にかたくない。和服の堂々たる

態度で、ぞろぞろ人を引き連れている虚子は、正に偉い詩人なる印象を他国人に与えずにおかなかったろう。食後に訪れたシェイクスピア生家でも、虚子は番人から特別の署名帳に記帳することを求められ、そこの一老女から個人的にサインを乞われてさえいるのである。

虚子が書き記したものを読むと、異国人たちからいつも好奇の眼で見られ、野次馬につきまとわれがちな状態にありながら、冷静に腰をすえて、逆にそうした彼らの生態を観察し、詳細正確に記録しているのに感心する（外出の際、大判のノートを携え、鉛筆を走らせることを励行していた）。長年にわたって写生文できたえた眼と筆の力が、異国にあっても少しも乱されずに発揮されているのである。その背後には、虚子の人間に対する旺盛な好奇心があって、すべてにわたって可笑しがり、楽しんでいる。そして、西洋文化の真只中に投げ出されても、花鳥諷詠の眼は、

ロンドン・キューガーデン吟行三句

蒲公英に下り沈みたる雀かな
雀等も人を恐れぬ国の春
引き寄せて放せし桃の枝撥ねる
神赤く染分手綱チューリップ

鉢植の芭蕉青きを含みけり

和蘭《オランダ》の国の溝川までも夕焼す

と、自然や動植物の生の普遍相へ向けられがちである。虚子は、パリではベルサイユ宮殿とかルーブル博物館とか、一番に旅行者の見に行く所は格別見たいとも思わなかった。ベルサイユ近くのムードンの森へ吟行したのだから、ちょっと足を延ばしさえすればよかったのだが、森の中に咲いている杏の花とか、近傍の草の中に咲いている蒲公英《たんぽぽ》などに気をとられて、その気になれなかった、と自ら言っている。

シェイクスピアの生家を見物した時も、「シェクスピアの常に上り下りした梯子段と云ふのは今は朽ちて居て通れさうもなく、一方の梯子段を下りて裏庭に出ると、そこには芍薬が蕾み、梨や林檎が花を著けて居り、その他見なれない木が規則正しく植つて居つた中に、ホーソンが青く芽を吹き出して居た」と記す。

四月二十九日に、テームズ河の下流（イースト・エンド）の波止場に繋っていた箱根丸へ、荷物の出し入れのため虚子一行は車で行った。虚子は、ロンドン市街のゴー・ストップに止まっている何十台の自動車や電車の中に立ち混じった二頭立の馬車を注視する。そして、馬の脚の蹄に近い所が、「大変毛深く蹄を覆ふやうに膨れ上つて居るのを珍しく眺めた。」

また彼は、

主婦の頬に子猫の爪の痕のあり

と、パリの下宿の主婦の頬の僅かな傷も見逃さず春を感じとるのである。（「子猫」は春の季語）。

ストラットフォードへのドライブの帰途、オックスフォードに廻り、「夕暮の村を非常なスピードで駆けつた。村に、売家と書かれた札の沢山出て居るのを見て、戯れに」詠んだ。

売り家を買はんかと思ふ春の旅

この句では、作者が遠い異郷にいるという思いはいささかもなく、まるで東京や京都の郊外に一日遊んで、春を楽しんでいるような、のんびりした心持ちが感じられるばかりだ。

虚子はドイツへ行った時、ポツダム郊外のヴェルダーという桜の名所に車を駆った。

「桜は一定の距離を置いて直線に植ゑられてゐて、その桜の下には沢山なテーブルが置かれてあり、家族連れらしい人、男女の一団等が、そのテーブルを取り囲んで酒を飲み料理を食つて居た。私達もその空いて居るテーブルに陣取つて、渡辺、藤室両夫人がもたらした弁当を取り出して食つた。別のテーブルに居る独逸人が皆不思議さうに私達のテーブルを見て居つたが、箸で弁当を食ひ始めるのを見て、向う向いて腰掛けて居る人は振り向き、人蔭になつて居る人は延び上りして珍しさうに見るのであつた。

箸 で 食 ふ 花 の 弁 当 来 て 見 よ や

（『渡仏日記』227頁以下）

群衆の好奇の眼にさらされながら、虚子は悠々と箸をつかい、反対に彼らの物見高いさまを見て興じている。〈ここに日本人というものがおります。興味がおありなら、どうぞご覧下さい〉とばかりの、快活に打ち開いた心だ。国振りを誇示する気負いや虚勢もなければ、気後れや悪びれたところもない。世の中を在るがままにあると観じて、安んじていく心、自然さをよしとして、それに従おうとする自由な態度は、見事に一貫しているのである。

虚子は伊予尋常中学校を卒業し、京都第三高等中学校、仙台第二高等学校に在学して中退した。坪内逍遙のシェイクスピア講義を聴きたくて、東京専門学校にしばらく籍を置いたが、ワーズワースの講義だったので興味が続かなくなり、出なくなったという学歴を持つ。明治二十年代のことであるから、彼は高等教育を受けたエリートの部類に入り、英語も相当に勉強していたわけである。

しかし虚子は、外国人から「英語を話すか」ときかれても、首を横に振るのをつねとした。六十二歳の渡欧のときばかりでなく、昭和四年、中国東北部のハルビンで白系ロシア人にインタビューしたときも、相手のちょっとした英語の会話が理解できたのに、彼自身は首を横に振って英語を口にしようとはしなかった。(「白露物語」)今回のヨーロッパ旅行でも、虚子のそうした態度はまったく変らない。

英吉利でも逢ふ人毎にDO YOU SPEAK ENGLISH? と聞くのが一番最初の言葉であつた。私はたゞ首を横に振つて相手の顔を見た。ペンクラブの幹事のオールド氏もさうであつた。チェアマンのバイング氏もさうであつた。誰もがよりつく島がないやうな表情をして私の前を立ち去るのであつた。

パリの宿の主婦はフランス語はもとよりのことだが、またドイツ語も話した。私にフランス語は話さないのか、ドイツ語は話さないのかと畳みかけて聞いたが、私は矢張り前の如く首を横に振つて相手の顔を見てをるばかりであつた。悴の友次郎が通訳をして、万事はすんだが、それでも友次郎のゐない時は、双方無言のまゝ飯を食つたこともあつた。居るうちに絶えず使はれるフランス語は耳になれては来たが、しかし一向それを覚えようとも思はなかつた。私は「私がフランス語を覚えるよりもあなたが日本語を覚える方が早いだらう、あなたの方が年が若いから」とさういつて黙々としてゐた。主婦は章子にフランス語を教へるかはりに、章子から日本語を教はるべく二人とも帳面に両国語の対訳を書いて勉強してゐた。

（「行人旁午」『渡仏日記』458頁以下）

少しも外国語をつかったり、覚えたりしようとしない虚子の態度に、なんたる国際性のなさ、と思う人がいるかも知れないが、皮肉にも結果的には、虚子はパリの主婦に日本語を習わせるという国際性を発揮したことになる。在りのままの日本人を押し通すことで、虚子は私的にも公的にも、日本人というものを文化もろとも宣伝してまわるようなことをしてのけた。

私はパリの宿に著いた翌日から日本食を宿の主婦に請求した。主婦はおかゆのやうでしかも心《しん》のある御飯を炊いて、それに塩で味をつけたりしてゐたが、終には「これはよく出来た」とほめてやるくらゐの御飯を炊くやうになつた、（中略）どうやらまづいながらも日本のお菜のやうなものを食べることが出来るやうになつた。フランスの習慣で、同じものを何度でも強ひるのが礼式と心得てゐるので、同じ菜を二度も三度もすゝめるので「もう沢山」といつてそれをしりぞけるので「もう沢山」といふ言葉だけは主婦も終には自ら用ひるやうになつた。主婦は茶碗に御飯を盛つて箸でそれを食べるやうになつたが、しかし箸は左の手で持つてゐた。

私は和服でパリのシャンゼリゼエとか、ベルリンのウンテル・デン・リンデンとか、ロンドンのピカデリイとかに立つて、何となく意気の軒昂たるものがあるのを覚えたが、然し次の瞬間には、それら各都会の人の各々自己の生活にいそしんでゐる行人旁午の有様に興味を覚えた。（『渡仏日記』459頁）

パリの虚子は、友次郎の下宿にもう一室を空けて貰って同居したのだが、フランス人の主婦に日本食の料理を仕込んだばかりでなく、箸をつかって食べるようにさせたのにはいささか驚く。いってみれば、民間外交の最たるものであろう。

渡欧の百二十日間に虚子の詠んだ句は、『渡仏日記』に数えると、およそ二百六十三句（一日平均二句強）である。それにはもとより、長い船旅での洋上吟も含まれる。昭和十二年六月刊行の句集『五百五十句』には、そのうち四十句が採られている。

海外詠の難しさはよく言われるところだが、虚子とても例外ではなかった。昭和五十四年に、虚子のかつての訪英を記念して、ロンドンの広大な王立植物園キュー・ガーデンズ

に、虚子の句碑が建てられた（遺族が公園管理者にお願いして実現）。刻まれたのは、そこへ虚子が吟行したときの作、

雀等も人を恐れぬ国の春

で、そのためもあって今やよく知られた句になっているが、俳句としてはたいして優れたものではない。人を恐れぬ雀との出会いは、すでにパリで、エッフェル塔を見物したときにあった。「塔の頂に仏蘭西の国旗が樹つてゐた。鳩や雀にパン屑を擲げ与へてゐる老婦人があつた。其雀は日本の雀と喉のあたりの色が少し違つてゐるやうに思はれた。其が飛びながらパン屑を待受けてゐて巧にくはへとぶ様は一寸面白かつた。私は此公園ではじめて雀を見たのであつた。」（『渡仏日記』163頁）

ロンドンやパリの公園で、人の掌から餌を啄む雀を見ることは、今日も珍しくないが、雀を焼き鳥にして食べ、雀は逃げるものと思いこんでいる日本人の眼を瞠らせるには十分なことだ。その驚きと感興が、イギリスという国への挨拶をかねて生んだまでの句である。

二百六十三句を見渡しても、虚子一代の代表句に入れられる句はないといえよう。すでに引いた句の大部分は、それらの中で注目されるに足る句である。ほかにも、その部類に入れて掲げたい句を追加する。

春の海鷗の色のまた違ふ
香港の春暁の船皆動く
春潮や窓一杯のローリング
夕焼の雲の中にも仏陀あり
コロンボ入港
古倫母に黄金色なる鳶が居た
面舵に船傾きて星涼し
月もなく沙漠暮れ行く心細そ
スエズより陸路カイロへ
フランスの女美し木の芽また
巴里に赴く。ローヌ河辺嘱目
アネモネは萎れ鞄は打重ね
巴里下宿
春雨に濡れては乾く古城かな
ハイデルベルヒ
春風や柱像屋根を支へたる
サンスーシーの宮殿（ポツダム）

色硝子透す春日や棺の上　シェクスピア菩提寺

ストーヴの焔のもつれ見てゐたり　伊藤邸招宴

星の座を失ひ星の空涼し　紅海

スコールの波窪まして進み来る

帆舟あり浅瀬越しかね雲の峰　シンガポール

船と船通話して居る灯涼し

すでに述べたように、虚子が渡欧した昭和十一年という年は、内外ともに大きな動乱があり、政治的・社会的に重大な時期にさしかかっていた。二・二六事件の報は、乗船が香港へ向かう洋上で無電によりもたらされた。『渡仏日記』二月二十七日朝の記録にこうある。

食堂から帰りがけに、楠窓君、横光君（作家利一、星野注）、章子と共に海図室に至り、船長に海図を見せて貰ふ。此辺は、厦門の沖であつて、島と見えたのは陸地であらうとの事である。（中略）それから船長は語を継いで「時に今朝ニュースが這入つたが、日本は大変な事が起つて居ます。齋藤内大臣、岡田首相、渡邊教育総監等が暗殺されて、高橋蔵相以下傷いたものも沢山あるとの事であります。」との話であつた。皆黙然として其話を聞くばかりであつた。

　水仙に日本のニュース聞いてたゞ

　まさに「たゞ」それだけである。その後、事件について何の言及もない。わずかに、三月二日の条に、「暫く無電が来なかつたのが三通来る。其中に、水竹居氏の無電に、『皆無事、安心乞ふ。こちらは騒ぎも鎮定、空晴れ、長閑に、雛祭する。』とある。」を見るのみだ。（傍点、星野）

　前年十月にエチオピア侵入を始めたイタリアは、着々とエチオピア各地を占領し、昭和十一年の五月五日には首都アジスアベバを陥落させ、九日、エチオピア併合を宣言するに至る。虚子に同行した章子の思い出によると、

　地中海に入りますと、ナポリに寄るのでございますけれども、その時ちょうどイタリーとエチオピアが戦争をしている時で楽しみにしていたナポリには寄ることができませんでした。しかしエチオピアに向いますイタリーの兵隊を山のようにのせた船とすれちがい、甲板から溢れるような兵隊達が手をふる有様は私の胸に強く焼きつきま

した。私共も皆興奮して手を振りました。父も静かにゆっくりと、その兵隊さん達に手をふりました。（「渡仏日記をめぐって」、有斐閣発行「書斎の窓」昭和五十七年八月号）

エチオピア侵略へ赴くイタリア兵と熱っぽく手を振りあう日本人乗客の姿は、今からみればちょっと奇異な感を受けもするが、長い孤独な船旅と情報不足、ドイツ、イタリアのファシズムと手を結ぼうとしていた日本の国情等を考慮に入れる必要があろう。いっぽう虚子は、『渡仏日記』三月二十三日の条にこう記す。

晩食の時、楠窓君の話に、昨日私達がカイロに居る時分に、伊太利の船が一艘、披西土《ポートサイド》に著き碇泊したのであつたが、エチオピア行の兵隊を溢れるやうに満載して居つて、其等の兵隊は箱根丸を見て盛んに歓呼の声を挙げて居つたとの事であつた。

この記事によると、虚子自身はイタリア船を目撃していず、章子の思い出の場面とは一致しないが、似たような光景がくりひろげられたことは確かである。

後に、虚子はナチズムの横行するドイツの土を踏む。四月二十日、ブリュッセルから汽車でリエージの町を過ぎ、国境を越えてドイツに入ると、「忽ちナチスの旗が山間の家にも飜つて居るのを見た。」そして一行はケルンに着き、ドーム旅館に投じた。

部屋に料理を取り寄せて晩飯を済ました。下に太鼓の音が聞えて来たのは、かねがね聞いて居つたナチスの行列であらうと思つて、窓から見下ろすと果してさうであつた。其行列が通る処では電車も自動車も立往生をして居て、楽隊が先きに立つて行進する其後からナチスの行列は歩調を揃へ軍歌を歌つて行進するのであつた。

と虚子は書く。

四月二十四日にはベルリンにいて、七月に開くオリンピックの施設を案内される。未完成の広大な敷地の周囲を自動車で見て廻った後、選手村へ向かう。

既に建築されて居る寄宿舎もあるし、また是から建築するものもあるやうであつた。オリンピックが終つた後は兵営にするのだと云ふ噂を聞いた。其途中に飛行機が盛んに飛んで居り、また兵隊の教練もやつて居た。軍国独逸の全貌の一端を見得たやうな心持がした。

その日に記した虚子の俳句は四句で、

瓶 に 挿 す リ ラ の 花 あ り 夜 の 宴

以下すべて、ベルリンの三菱商事支店長邸での晩餐会におけるリラの花を詠んだものである。

四月二十六日は、三菱支店の自動車でポツダムへ赴く。ここで初めてナチスを詠みこんだ句が作られた。

春風やナチスの旗もやはらかに

花杏ナチスの子等は行列す

あとにもさきにも、ヨーロッパの激動する政治的・社会的現実にふれた句は、右の二句のみである。それとても、ナチスのカギ十字の旗も、ヒトラー・ユーゲントの行進も、春風や花杏の中になんとやわらかく、霞のように、溶解してしまっていることだろう。花鳥諷詠の真骨頂といえばそれまでだが、いやおうなく眼に耳に入ってくる厳しい政治的・社会的現実の、あまりの投影のなさ、あるいはその徹底した排除にあらためて驚き、注目せずにはいられないのである。

注 『渡仏日記』は昭和十一年九月、改造社刊。「ホトトギス」、「玉藻」に時をおかずに掲載した「渡仏日記」及び、「大阪朝日」、「東京朝日」、「東京日日」、「大阪毎日」等の新聞、「中央公論」ほか諸誌にのせた「渡仏雑記」、「洋行雑記」、「俳話」等を一巻に集成。

二

虚子はヨーロッパへ旅立つに当たって、「此度は不用意な旅でありまして、何の計画もないのでありますが……」（「留別俳話」二月十三日、東京中央放送局）と語っている。のちになっても、「人に勧められるがままに、何といふ目的もなしに、兎に角伜の居るパリまで行ってこようと思ひ立つて」とか、「その旅行の目的といふやうなものは、殆んどなかつたのでありまして」、「大概の人々が外遊する場合には、何等かの知識をそれ等の地方から得て来ようといふつもりで行くのでありますが、私はさういふ考へは少しもなくて」と述懐している。（『俳句の五十年』）

そうは言いながらも彼は、大別して二つのことをやりたいと考えてはいた。一つは、船の寄港する土地の人々の生活状態を見たり、自然や景色風物に接したい、ということである。もう一つは、「もし向ふの要求があつたならば、俳句といふものの知識だけを向ふの人々に与へて来よう」ということであった。「それは威張つた意味ではなくつて、年を取つても居るし、何か学ばうとしたところで仕様がない。それよりも、私の多年携はつて来た俳句といふものについて、何等か人々に教へる機会があるならば教へて来てもいい」との考えであった。（同書125頁）

第一の目的については、旅行中に見聞きした現地の人々の生活状態というものが、虚子の好奇心を十分満たしてくれたのだった。（同書124頁）。三月二十八日より四月十七日まで、パリの息子の下宿に腰を落着けていた虚子はこう記す。

宿の日の当たらない窓から外を見てをる。空は見えない。唯中庭をへだて、沢山の窓が見える許りである。私は其の窓を見ながらもう大概巴里は判つたやうな心持がしてをる。巴里が判つた許りで無く、欧州全体が判つたやうな心持がしてをる。もうどこにも行く必要が無く、この儘帰つてもい、やうな心持がしてをる。

が、友次郎の都合で、六月末にこ、を発つて帰ることにしてくれないかとのことで、仕方なしに滞在してをる。十八日に発つて瑞西からハイデルベルヒに行つて、高野素十君の下宿のあとでもたづねて、それからライン下りをしてベルリンに出で、倫敦に渡つて倫敦俳句会と倫敦のペンクラブの会合に出て、都合がよければ、倫敦の田舎に居て、来月の中旬巴里に帰ることにしようかと思つてをる。けれどもこれも別に興味があるわけでもない。先づひまつぶしといつた恰好である。（中略）

支那人、馬来人、印度人、亜剌比亜人《アラビア》、仏蘭西人と其等の人の生活を見て来て、人間の生活は大概似通つたものだ、といふ平等の感じが強くなつて来た。人間の幸福と不幸とは同じ程度のものであるやうな感じがするのである。到る所に仏様があり、到る所にクリストがあつて、人間は凡て平等を分け前どつてゐるといふ感じが強いのである。

（「もう大概欧羅巴も判つた」『渡仏日記』421頁以下）

虚子の写生できたえた観察眼は、民族・人種は異なってもしょせん人間生活の本質はそう違うものではないのだ、という結論を導きだした。表面的な風俗習慣の違いの奥に、人間性の普遍的な相をみてとり、たとえば、シャンゼリゼ通りのマリニアン座で映画の試写を見たときのことを、次のように記す。

筋は月並の詰まらぬことのやうに思へたが、隣に座つて居る婆さんが、主役が咽び泣くところになると徐ろにハンケチを取出して涙を拭いて居るのは、日本も西洋も同じであることが可笑しく思はれた。

（『渡仏日記』176頁）

そしてまた、外国の自然や景色風物に接して、日本のそれと比較してみたいという虚子の気持も、十分に満たされたようである。帰朝後間もなくに、東京中央放送局での「欧州俳句の旅」（六月二十二日）で彼はこう語っている。

私は、春夏秋冬の循環が正しく行はれ、その現象が変化に富み、華やかで美しい、といふ国は日本を措いては他に無い、といふことを、兼ね〴〵持論として述べて居たのであります。併し今迄は、親しく西洋の各地を見ないで、それを論じて居たのであ

ります から、或は西洋の文明国にも同じやうな変化があるのかも知れない、さうであつたならば、此持論を訂正しなければならない、と考へて居つたのでありますが、親しく英、独、仏の土地を踏んで、親しく接した処から見ても、又其地に在留して居る人々から聞いた処に依つても、私の言つたことに誤りの無いことが証明せられたのであります。世界は広いのでありますから、どこかを捜せば日本と同じやうな国が存在して居るかも知れません。併し少くとも文芸の盛んである国々、殊に泰西の諸国には、日本ほど時候の変化に恵まれた国は無いといふ事が明かになりました。（中略）それで時候の変遷、その各現象を詠ふ俳句は、わが日本に於て始めて発生し発達して来たといふ理由がいよ〳〵明白になりました。

（『渡仏日記』504頁以下）

以上が、同じ放送局で渡欧直前に虚子が語った「かねがね私の考へてをる、俳句は日本の島国が生んだ誇るべき存在であるといふことが、事実に於て証明されゝば結構だと思ひます」（「留別俳話」）という課題への解答でもあった。

その「留別俳話」で虚子はさらに言葉をついで、こうも言っている。

それと同時に、又海外にある多くの俳人諸君が、どうも俳句が作りにくい、どういふ風にしたらば海外の句が作り得られるのであるか、例へば、シンガポールといふやうな熱帯の地にあつては、日本の春夏秋冬を土台にした俳句の歳時記といふ書物は当にならん、それはどういふ風にとり扱つたらいゝのか、又、ヨーロッパの大陸に遊ぶ者はヨーロッパ人の生活を観るのはまことに興味があるが、ヨーロッパの風景時候には俳句になる材料は乏しいやうに感ずる、といふやうな話を聞く。（中略）日本の国土に生れた俳句なるものを、外国に移植するとして、それがどの点までは成功するものであるかといふことを見ることには又大いなる楽しみがあるのであります。此度の外遊をいゝ機会にして、それらの地方にある俳人諸君と共に俳句を作り、又諸国を旅行する時分に、多少の俳句を自ら作る機会を見出すことが出来るといふことは又幸なことゝしなければなるまいと思ふのであります。

つまり、気候風土の違う海外においてはどのように俳句を作るべきか、季語はどう扱ったらよいか、という今日ますます大きな問題となっていることの解決の糸口を、実地の体験を通して摑もうという遠大な意図が、虚子にはあったのである。実は、欧州航路の客船の機関長で虚子の俳句の門弟、上ノ畑が虚子に外遊を勧めたそもそもの動機の一つが、「親しく先生の御来遊を乞ひ、熱帯風物を御覧願うと共に、その作句上の特殊性について先生の御示教に預りたい」という願いであった。（『渡仏日記』338頁）

虚子は、外地に在留する俳人たちのこうした願いにさっそく応えて、「熱帯季題小論」なるものを書いた。そして、きわめて実際的な解決策として、歳時記の夏の部に、「熱帯」

という項を設け、「天文」として、赤道、スコールの類、地名としてシンガポール、コロンボ等、動植物に、象、鰐、ゴム、椰子、ブーゲンビリア等を季題として入れ、熱帯俳句を積極的に詠むよう提唱したのだった。

渡欧の第二の目的——俳句というものの知識を外国人に与えることについては、どうであったろうか。出発の直前に放送した「留別俳話」(「ホトトギス」に掲載)で、虚子は以下のように語っている。

仏蘭西には「ハイカイ」といふ名で仏蘭西の詩を作る人々があることを聞いてをります。それは如何なるものであるかと申しますと、雑誌で散見したのでありますが、左の如きものださうであります。

日本に於けるやうな
澄んだ朝に、海が
私に詩を作らす。

三味線の音
門に音がする。お、わたしの愛人?

い、や、風、風！

　これでは私達の考へてをる俳句とは全く性質の違つたものでありまして、愈々私の、俳句は日本の本土が生んだ詩であるといふ事を確めるやうになるのであります。これらの詩の如く「私に詩を作らす」とか或は又「おゝわたしの愛人」とかの如く抒情文句、悪くいへば理窟といひますか、さういふ理窟なり感情なりをむきだしに述べることは俳句としては最も嫌ひます。俳句は春夏秋冬四時の風物を叙するものであることは前言つた通りでありますが、作者の感情は内にこめて、それを容易に暴露することは致しません。これは東洋人的とでも申しませうか、西洋の詩人と東洋の詩人と異つてをる最も著しい特色の一つであらうと思ひます。所謂、柳は緑、花は紅式でありまして、たゞ客観の事実を述べて、その事実を述べる言葉の斡旋によつてそれとなく作者の感情を叙してをる所が俳句の特色なのであります。（中略）

「ハイカイ」と称する仏蘭西の人々の作つてをる仏蘭西の詩を見ますと、全く種類の違つた彼の地の人の従来作つてをつた種類の詩になつてをつて、唯文字の数が少ないといふ許りであります。（中略）仏蘭西語で俳句と称へる詩を作るといふのであれば、柳は緑、花は紅式の諸法実相、即ち客観の景色なり、事実なりをありのまゝに描き出すといふ詩作法を採用すべきであらうと思ひます。若し仏蘭西に行つてそれらの所謂

「ハイカイ」を作ると称へてをる仏蘭西の詩人に会ふ機会でもあつたらその事だけは話して見ようかと思つてゐます。　（『渡仏日記』494頁以下）

いわゆる「ハイカイ」なるものが、俳句とは異質のきわめて西洋的な詩であることを指摘し、そのことを現地の人に伝えることは非常に大切な問題である。虚子は「漫遊の旅」であるといいつつも、事前に、ハイカイの実体を相当にわきまえ、外国での俳句認識の貧しさを予期していたのだった。そして、右にみたように重大な問題意識と、啓蒙の意思を彼が抱いていたことは注目されていい。日本を代表する俳句詩人というより、日本の俳壇をリードする花鳥諷詠の俳人としての、責務であるという気持が虚子には強かったと思われる。

実際に虚子はパリでハイカイ詩人たちに会い、日本を出立する前から抱いていた希望を達することができた。その様子をやや精しく、『渡仏日記』を中心にさぐってみよう。

五月六日に、ロンドン[1]を去って再びパリに戻った虚子は、その夜、ジュリアン・ヴォーカンス Julien Vocance の家での招宴に出た。そこには同じくハイカイ詩人アルベール・ポンサン Albert Poncin も同席していて、彼は次のように話した。（同座した友次郎、松尾邦之助、佐藤醇造の通訳による。）

一千九百年頃ポール・ルイ・クーシュー（Paul Louis Couchoud）と云ふ医師が、

日本に赴いて、首下り病（星野注、原始的筋無力症）を研究して帰つた。首下り病と云ふのは瑞西と日本にある許りの病気であるさうな。その時俳諧と云ふ詩が日本にあることを知つてそれを仏蘭西の詩壇に伝へた。私や、こゝに居られるヴォーカンス氏がその話を聞いて、それから「はいかい」と云ふ三行詩を作り始め、それが段々人々の間に伝はつて、一時は好奇心で随分仲間も出来たが、今やつて居るのは少数だ。

ヴォーカンス氏も其話を引取つて、当時の事は書物があつて、すつかりそれに記述してある。ロマンチック時代の冗長性を打破して、新時代の要求に応ずるのに、俳諧の集中性を持つて来た事は時代の要求に応じたものであつた、なぞといつた。

私（星野注、虚子）は五七五の問題を持出して、聞く所によると、五七五のシラブルを採用して居る様子であるが、それは日本語に於てこそ重要なものであれ、仏蘭西語で果たして重要なものであるかどうかと云つた。ヴォーカンス氏は、五七五の日本語に於ける特異性は認めるが、仏蘭西語でも、五七五でやり来つて、別に不都合を感じないといつた(2)。

それから私は、季の問題を持ち出して、日本の俳諧では、季と云ふ事が俳諧の根柢を為してゐると云つて、大体季の説明をして、さて季と云ふものを仏蘭西の「はいかい」では如何に取扱つてゐるかと云ふ質問を発した。

ヴォーカンス氏は、仏蘭西の俳諧では、季と云ふ問題には今まで触れなかつた、と云つた。

以上は、友次郎や、松尾、佐藤の両君を通じて、大体の意味は話す事が出来たが、季の問題になると充分に了解する事が出来ないやうであつた。ヴォーカンス氏は続いて云つた。

一つの椅子があれば、それからの連想で百の詩でも出来るではないかと。私はそれに応へて、それは詩であつて俳句ではない。何となれば季を外にして俳句はないのだから。若し俳句で椅子がうたひたければ、先づそれに配するに時候のものを以てせなければならぬ。花の下の椅子とか、涼風に置かれた椅子とか、月を見る椅子とか、ストーヴに対する椅子とかいふ風に。椅子に対する連想ならば何でも俳句になるとはいへず、唯季に限られたる連想のみが俳句になるのである、と云つた。ヴォーカンス氏は首肯し兼ねるらしい様子であつた。

クーシュー氏は二十年前、俳句の二つある重大性質の一つ、而も国語の性質上仏国では比較的軽かるべき十七シラブルと云ふ事を伝へて、より根柢的な、より大切な季題と云ふ事を伝へなかつたのである。

私達は更に季の問題を繰返して述べ、若し仏蘭西の詩で此季に重きを置いた新しい詩を作つたならば、それこそ仏蘭西の詩壇に一革命を起し得る可能性を持つて居るのではあるまいか、と云ふ事を云つた。又、季の連想を伴ふ俳句が如何に簡潔で力強いものであるかを説明した。

それから又友次郎は、日本にも新傾向なるものがあつて、十七字といふ形も季といふことも一切無くしてしまはうといふ運動があつて、一時は盛であつたがすぐに衰へてしまつた、其後も亦それに類した運動が起ることがあるが、常に其に向つて闘つてゐるのが父であると云つた。

ポンザン氏は、「どうも相済みません」と両手を挙げて降参したやうな表情をして、「二十年間勉強したのより、この一時間の御話を聞いた方が大変な進歩になつた」と云つた。


（『渡仏日記』281頁以下）


西洋人の詩観においては、自然や気象をうたうことはよく行われていて、理解されるが、季節の味わいをうたうということは解りにくい事柄だろう。晴れとか雨とか、暑さ寒さ、強風、旱といった一時的な天候、気象についての挨拶は日常よくするが（特に雨天の多いイギリスなどでは）、いわゆる「季節の挨拶」はしない。めぐり来る季節の在り様をデリケートに感じとり、口に出して共に味わう習慣がまずないからである。

それは民族固有の気候風土の問題であると同時に、習俗、文化の問題である。日本人と西洋人との習俗、文化の差異は、それを保持する民族の世界観や価値体系に深くかかわっているから、一筋縄ではいかないのである。虚子自身、フランスのハイカイ詩人を前にして、この問題の奥深さ、困難さを感じとったと想像される。「季の問題は、一夕の談話で是を説明し尽す事は出来ないのであつて、今夜は此宿題を提供したのにとどめて、徐ろに今後の発展を待たうと思ふ。尚ほ松尾君などが今後私の季の問題を論じた書物を仏訳するとの事であり、また今後折々の文通で更に意見を叩く機会もあるであらう。」と虚子は一先ず打ち切ったのであった。

右にみたように、虚子はハイカイ詩人たちを相手に、俳句をめぐって、相当に突っこんだ話を交わしたのだった。後年、虚子はこの時のことを次のように述懐している。

その時分に、私は俳句といふものを外人に説明する場合に、一番俳句の大事な事であつて、さうして外人の頭に入りにくいものは、季題といふ事であると考へまして、これを外人に如何に説明したならばい丶だらうと考へたのでありました。それは結局日本の風土の、春夏秋冬四季の移り変りが最も正確であつて、変化に富んでをり、又日本の山川、溪谷、山嶽、平野、長汀、瀑布等の変化も著しい。(中略)又縦には気候の変化でありまして、非常に寒い冬があり、それに挟まつて気候の快適な春秋があり、その間に花鳥風月から生活の上にも常に変化がある。(中略)英独仏あたりに比べますと、日本の方が変化が著しく、さういふ点の天恵がある所からして、国民の四季に対する感じといふものは極めて強い。殊に風景に対する関心が極めて多い。それはつまり風景美であり、四時の変化をうたふのを専らにしてゐる俳句といふものを生んだ原因であり、即ち日本独特の詩である。（中略）その、日本独特の俳句といふものの最も肝要な所は、つまり季といふものに対する関心であるといふ事を説明したのでありました。果して西洋人の頭に、その季についての感じが理解されたか理解されないかは分らないのでありますけれども、話す事は話しておいたのでありました。

尚、帰つて後も私は、この季感といふものを充分に説明しようと思ひまして、若干の俳句を翻訳して説明し、それを『ホトトギス』に毎号掲載する事にしてきたのでありました。

（『俳句の五十年』、126頁以下）

一九〇二年に医学上の研究で来日したフランス人クーシュウ（一八七九―一九五九）は、知日の銀行家カーン氏が組織した財団、「世界周遊会」から派遣された新進の医学博士、哲学博士である。彼は一九〇四年まで、東京、京都に滞在したが、その間に俳句を知って、句作もし、勉強もした。帰国後、一九〇五年に自作のハイカイ詩集『川の流れに沿うて』*Au Fil de l'Eau* を出版し、また論文「日本の抒情的寸鉄詩」'Epigrammes Lyriques du Japon'（1906）を発表したりして、俳句をフランスに紹介し、やがてハイカイ詩の流行を惹き起した。(3) しかし彼は季語なるものに注意せず、その紹介はしなかった。そのためもあって、フランスでかなり行われたハイカイ詩なるものには、季節をうたう面は稀薄であった。

文献の上で、欧米に最も早く俳句を紹介したイギリス人W・G・アストン（Aston）は、その著『日本文学史』*A History of Japanese Literature*（1899）第七章「十七世紀の詩——俳句、俳文、短歌」において、以下に要約するごとく、系統立ててかなり学問的に俳句を紹介した。

「十六世紀に俳諧として知られる一種の詩（十七音節《シラブル》から成る）が出現した。俳諧は短歌から終りの十四音節をとったもので、次のように各五・七・五音節の三句《フレーズ》から構成される」とあって、〈古池や蛙飛びこむ水のをと〉をローマ字体、三行書きで挙げている。そのあとは、室町時代の山崎宗鑑、荒木田守武から松永貞徳と俳句をひとつずつ引いて歴史的に紹介し、芭蕉に至るや、

花の雲鐘は上野か浅草か

草臥て宿かる此《ころ》や藤の花

初雪や水仙の葉のたはむまで

など八句を引き、「情緒や美しい想いの、微細だが本物の真珠を秘蔵する、完成された適切な文句。仔細にみれば、英知と敬虔さが窺われ、暗示性こそ最大の特徴である」と解説するが、季語については一言も述べていない。

アストンのこうした著作や、チェンバレン（Basil Hall Chamberlain）の論文「芭蕉と日本の寸鉄詩」'Bashō and the Japanese Poetical Epigram'（1902）を読んだにちがいないクーシュウも、同じく季語を無視している点にかんがみると、季語の存在と、それを中核にしてうたう俳句の特性は、当時の西洋人の共通の盲点となっていたと思われる。

虚子は帰朝後間もなく、「東京朝日」に寄稿した「海外に於ける俳句熱」で、「フランス、イギリス、ドイツの田舎に住んで居る人々であつても、煉瓦の壁によつて固く外界との交渉を遮断され、たま〳〵窓を開けて外面を眺めたり、ドアを排して家の前に有る花園に出ることはあるにしても、彼等と自然界との交渉は稀薄である。殊にロンドン、ベルリン、パリ等に住つて居る都人士は、僅に街路樹に四季の変遷を知るくらゐである。クーシュー氏が俳句の十七文字のみを伝へて季題を伝へなかつたといふのにも相当の理由は有る。」（『渡仏日記』466頁）と、その辺の事情を推察して理解のほどを示している。

この文章の終りで虚子は、ついに訪れずにしまったアメリカにふれ、「コロンビア大学の先生をして居る人に最近『バンブー・ブルーム』といふ俳書を出した人が有る。それ等の事に就ても尚いふべき事が有るが、茲には矢張りこの間旅行をして来たヨーロッパに就てのみ言ふ。」と記した。

ここに言及された『バンブー・ブルーム（竹箒）』*The Bamboo Broom* は、一九三三年に神戸で出版された英文の俳句解説書で、著者ヘンダスン（Harold Gould Henderson）は、ニューヨーク生れで、一九三〇年に来日し、京都で日本の文学、美術を研究した人である。はたして虚子がどこまで精しくその本の内容を承知していたかは知らないが、第一章「俳句の特性」で、ヘンダスンは季語について明快に述べている。

> 俳句作者は効果をあげるために、いわゆる「連想」を大いに利用する。それにはいろいろ違ったやり方がある。先輩俳人たちは、すべての人に共通する経験が、四季折々の天候の変化だという結論に達した。そこで、ほとんどすべての俳句に「季」として知られるものを導入した。つまり、俳句のほとんど全部が、一年のある時季を示す語や表現を含み、それが、読者の心にもたらそうとする絵の背景を成すのである。そうした「季節」は、「夏の暑さ」、「秋の風」のようなはっきりした季節を名ざしたり、梅や雪への言及のように、単なる暗示にとどまったりする。「季」を用いる習慣は牢固として抜きがたいものとなり、破ってはならない規則になった。だから、たいていの近代の俳句集は、その内容を季節別に配列している。

このように正確で目くばりのよくきいた英文の俳句解説書の出現は、虚子が訪問した当時のヨーロッパ各地では、まだ知られるまでには至っていなかったのであろう。この本の大幅な改訂版『俳句入門』*An Introduction to Haiku* は、戦後の一九五八年にアメリカのペイパーバックで出版され、今なお版を重ねるベストセラーになっていることは周知の通りである。従って戦後の欧米諸国では、俳句に肝要な季語については、理解の程度はともかくも、一般に知るようになったのである。

ヴォーカンス氏の招宴の翌日（五月七日）、パリの牡丹屋という鋤焼屋で、佐藤醇造夫妻の催すフランス詩人たちとの茶話会があった。出席した十人ほどのフランス人は、いわゆるハイカイ詩人ばかりではなかったようだ。そこで俳句について講話を求められた虚子は、「俳句は十七シラブルの詩として此地に伝つて居るやうであるが、それよりもむしろ季の詩として伝へられるべきであつたらうと思ふ。俳句は季を諷詠する詩とも見るべく、または季の連想を俟つて作者の感情を詠う詩とも解釈して差支へない。」「この季題の連想が俳句の根柢をなしてゐることは、昔から一貫して変らない。」「俳句を移植しようとするならば、この重大な季と云ふものを顧みられる事を希望する。」「十七シラブルと云ふ事は、必ずしも重要な問題とは考へない。」と持説を明瞭に唱えた。

ハイカイ詩人の祖たるクーシュウも出席しており、かくしゃくとして、始終微笑を湛えて虚子の話を聴いていた。彼は虚子に呈上した寄せ書に、次のハイカイを書いた。

Dans un monde de rosée　　　露の世に
Sous la fleur de pivoine　　　牡丹のもとで

Rencontre d'un instant　　　つかの間の出会い

（星野恒彦訳、第一行は、当初、「ばら色の世界」と誤訳されていた。）

虚子はこの詩を見て、「其は（寄せ書の十種ほどの詩の中で）一番私達の考へて居る俳句と云ふものに近いもの、やうであつた。否、その表現法は全く俳句と同じ行き方であると云つてよい。」の感想をもった。たしかに原句は十七シラブルで、牡丹の季題を含んだ、虚子への挨拶句になっている。

別室で茶をのみながら、二人三人ずつ議論したり、雑談したりしていた時、ロベルト・ド・スーザという七十歳以上に思われる老人が、やはり十七シラブルから成る三行詩ハイカイの草稿を拡げて虚子に批評を求めた。

友次郎が傍に居つて大体の意味を翻訳するのを聞いて居ると、（中略）例へば、「雲が重畳と重なつて居る、私の恋がどうかした」と云ふ類の句であつて、初めの方は叙景で行つても、直ぐ後には、其情を露はに述べると云ふ傾になつて居るやうであり、私達の俳句とは全く異なつた叙法になつて居た。さうして、多くの仏蘭西の「はいかい」を作る詩人と云はれる人は大概同じ傾向を持つて居るやうに思はれた。其は又独り「はいかい」派の詩人に限らず、総ての仏蘭西の詩人と云ふよりも、寧ろ西洋の詩人の共通性であるやうに思はれる。東洋の詩、殊に我が俳句にあつては、所謂黙して多く語らずと云ふ主義で、さう露はに感情を叙する事をしない。そこが全然行き方を異にして居るのであると思はれる。
スーザ氏に、「私の恋がどうかした」と云ふやうな月並なことは省いて、それよりも自然現象の観察を充分にして、其自然現象を叙するうちに自ら情を運ぶといふ叙し方をしてはどうかと云つたら、首を振つて承知しなかつた。（中略）
季題の連想を土台にして感情を詠ふと云ふ事と、景色を象徴の道具に使つて抒情詩を作ると云ふ事は、根柢に於て大変な相違があるやうに思はれる。これもまた一朝一夕の談話で尽すことの出来ぬ問題であらう。

（『渡仏日記』302頁以下）

ちなみに、寄せ書にスーザが書いた詩を引けば、

偉大なるもの、汝の善行
それは我々の魂を救ふ。
そこに極致がある。

（山崎朔三訳）

原句は十七シラブルの三行詩だが、きわめて観念的な、非俳句的ハイカイ詩で、虚子を称えている。

スーザの詩をめぐっての議論は、あの「留別俳話」での虚子の主張のむし返しだった。「理窟なり感情なりをむきだしに述べることは俳句としては最も嫌ふ」のであり、こうしたタイプのハイカイ詩は、たんに十七シラブル三行という形式をとった、西洋的な短詩に過ぎない、と虚子は断じるのである。

三

四月十八日に友次郎、章子とパリの下宿を発った虚子は、ベルギーのブリュッセル、アントワープを経て、二十日にドイツ国境を越えた。一行はライン河沿いの古い町、ケルンのホテルに一泊、河をさかのぼって、高野素十が二年間留学していたハイデルベルヒにも一泊してベルリンに入った。市内見物やオペラ座での「カルメン」観劇、日本人学校訪問、八月に開かれるオリンピック会場見学をしたりする。面会した井上庚二郎代理大使から俳句の講演を持ちかけられ、虚子は応諾した。他の人がまだ寝ている朝、勤勉な虚子は講演の原稿を下書きした。

四月二十五日に、さっそく虚子は日本学会で俳句の講演をした。聴衆は五、六十人で、ドイツ人が半分、日本人が半分位であった。ドイツ人は日本文学を研究している文学者や、ベルリン大学日本科の学生たちであった。通訳はベルリン大学で哲学や文芸を研究している仙石氏が急遽頼まれ、虚子が原稿の一節を朗読すると、逐次訳した。それはかなり困難な仕事で、一時間以上に亙った。

虚子が慌しい中で用意した原稿はかなり長く、後に本に印刷して十二頁にわたることからも、この講演への彼の力の入れようが判る。虚子は冒頭で「私は主としてドイツの方にお話しする積りでこの講演を致します」と断わった。彼は自分が日本文学研究家ではなく、ただ俳句の作者としての限られた範囲の話をするとし、筋道だって以下のような構成で講演をした。（章立ては星野による）

(一)　俳句の形式

日本人は複雑な意味をも簡単な言葉で表すのを好む。そして五七五の十七字で俳句は成る。日本の詩は韻を踏まぬかわり、調子を貴び、この五字と七字が最も調子のいい言葉として昔から日本の詩は大概この連続からなっている。

(二)　俳句はどういうことを詠うのか。日本人は何の要求があって俳句を作るのか。

この点がこの講演の主眼。俳句では春夏秋冬の四季のうつり変りの現象に重きをおく。この四季の現象を詠って、それによって作者の情懐を述べるのが、俳句の存在の最大理由、否、存在理由の全てだとする。

(三)　では、それをどのように詠うのか。

虚子はライン川沿いの旅で、眼にした春景色——桜や林檎や梨の花盛り、木々の若芽、小鳥の囀り、雪解の水が青草を浸した氾濫状態、菜の花畑や青麦畑、たんぽぽの花などを具体的に挙げ、そういう現象を詠う場合に、それを人間の運命に譬えたり、又それによって恋を詠ったり、又哲理をその中に見出したりすることは直接にしない。ただそれらの現象は、現象として受け取って、自然を礼讃し、それによって作者の情懐を遣るのだ。

㈣ 俳句の簡単な歴史。

俳句は始ってからおよそ四百五十年たつ。はじめの二百年位の間は、四季の現象を詠うのに、この人生を滑稽とみる態度で詠う傾向があったが、芭蕉が出てからこの人生を閑寂な淋しい心持で詠う傾向になった。そして今日の我々の態度は、滑稽とか閑寂とかいう心持に拘泥せず、ただあるがままの自然を詠って、それを礼讃する。

㈤ 何故そんなに四季の現象を詠う詩が日本に行われるようになったか。

日本の春夏秋冬の現象は最も複雑であり顕著であり、それが地理、地勢の多様美妙な変化と相俟って、日本人の心を捕え、その性癖を養ってきたからだ、と説く。虚子は日本の自然の複雑美妙さを、ことこまかに（本に印刷して四頁に及ぶ）描写説明する。たとえば、桜の花については、「こちらに咲いてゐる花の様に色彩のうすいものではなくて、色彩も濃ゆく香ひもあり華やかで、一本の桜が咲いてをりますと是非その下に立ちよつて、これを眺めねばならぬといふくらゐに人を刺戟することが大きいのであります。従つてその桜も、桜を愛憐するあまりに詩人がこれを懐しみ呼んだ言葉が沢山あります。例へば八重桜、遅桜、朝桜、夕桜、夜桜、花の雲、花吹雪、落花、花冷、花便、花守等があります。さういふ風に日本人は春の現象の上に一々愛憐の情を持つてのぞみます。」といった具合である。

(六) フランスやドイツにも四季の変化がある。その現象は日本ほど著明ではないが、俳句を作るに足る材料はある。

(七) 俳句はどこまでも日本の国土が生んだ文芸だから、俳句を作るには日本を宗としなければならない。もし外国人が本当に俳句を研究してみたいと考えるならば、日本に来て、親しくその風土に接し、四季の現象や日本人の生活状態を精しく観察、翫味する必要があろう。

もしそういう篤志な人があれば、西洋の人が今まで夢想もしなかった新しい天地がそれに由って開けてきて、西洋の詩壇に新しい影響を及ぼすことが無いとは断言できない。最も日本的な文芸の俳句が、何等かの影響を西洋の文芸に与える事もまた無意義な事ではなかろうかと考える。

(八) 最後に、俳句の見本として

古池や蛙とびこむ水の音　　芭蕉

五月雨や大河を前に家二軒　蕪村

を引き、丁ねいな解釈、鑑賞をドイツ人のために行った。前の句については、日本の家屋の構造を知らないと、句の趣味は充分に解らないと虚子は考え、家屋と庭の説明を加えている。

（『渡仏日記』473頁以下）

聴衆はみな熱心に聴いていた。ノートを取っている人もあった。日独協会会長のベーンケ提督は、虚子の手を握り、彼の講演が（在独）日本人の心を日本に戻した事を祝福し、何故ご自分の句を引かなかったのか、自分の句を言わないのは謙譲に過ぎると言った。虚子は戯言と取ったが、ベーンケ氏は本気でそう言ったのだと思う。詩人が自分の作を披露することこそ、聴衆が期待する第一事であることは西洋の常識である。

虚子のヨーロッパ旅行において、結果的に公的なメインイベントとなったのは、ロンドン・ペンクラブ例会への主賓としての出席と講演であった。このことは、虚子がパリに着いてから初めて持ち出され、決定したのであった。『渡仏日記』の四月三日の記事に、「午後二時、読売新聞社の松尾邦之助君が来訪した。仏国のペンクラブから招請講演のこと、又英国ペンクラブから五月上旬招請のことの相談に来たのである」とあるが、ロンドンに永く住んでいる駒井権之助がそもそもその考えを抱き、パリで虚子に会って一件を進めたようだ。「此前巴里で駒井君に会つた時の話では、五月五日がペン倶楽部の例会日なので、その時に私にも出席しろと云ふ手軽い簡単な話であつた……」、「駒井君が、私に会つた後で直ぐ倫敦ペン倶楽部の幹事に電報を打つて、私が出席すると云ふ事を云つてやつた……」と虚子は記す。（『渡仏日記』238頁）

ところが、ベルギーへ行ったとき、アントワープに寄港中の箱根丸に一泊した虚子は、友次郎、上ノ畑楠窓と三人で今後の旅程のことを相談した（四月十九日）。

楠窓君も友次郎も、私等単独で米国経由で帰ることに断然反対し、米国は改めて行くことにしてはどうかといふことになつた。さうなれば箱根丸で帰ることにするのが一番便宜であると、遂に其事に一決した。（中略）それから、駒井権之助君に手紙を書いて、五月五日倫敦のペン倶楽部の会合に出席することは出来なくなつたと云ふ事を通知した。それは是から一週間ばかり独逸を廻つて倫敦に渡り、二三日倫敦に滞在して俳句会に出席。五月始め巴里に帰つて、それから瑞西、伊太利を駈足で見物し、八日馬耳塞《マルセーユ》で箱根丸に乗ると云ふ事に一決したからであつた。（『渡仏日記』189頁）

このようにロンドン・ペンクラブ例会出席を虚子が急にとり止めにしたのは、なにも正式に招待を受けたのではなく、ついでに出ようくらいの「手軽で簡単な」話と当初から考えていたからである。それが、四月二十八日虚子がロンドンに到着し、デンマーク街の常盤本店に落着く間もなく、ロンドン・ペンクラブの件を再考しなければならなくなった。というのは、虚子が出席するということを駒井がペンクラブの幹事に知らせたので、虚子を主賓とする会合として既にその旨を会員全体に通知してしまった。その後から欠席との手紙が着いたので、幹事も狼狽し駒井も当惑し、虚子と同じ船で渡欧していた作家の横光利一に急遽出席の事を交渉する始末だったのである。

そういう事になっているのならば今更欠席するという訳にも行くまい、と虚子は考え、瑞西、伊太利の旅は割愛して出席する事にした。その旨を駒井に電話で通知すると、彼は虚子が宿泊のために移ったタフネル・パーク・ロードの常盤別館へ飛んで来た。虚子の筆を引く。

入浴、昼飯を済ました処へ駒井君が見え、私が出席の事に極つたので、大いに安心したと云つた。駒井君の示した案内状には、成程 Chairman: L. Cranmer-Byng Guest of Honour: Takahama Kyosi (Japan) と明記してある。私は軽く考へて居たのに、少々事が重大なのに驚いた。

駒井君の話に、此前坪内、徳富の諸氏が此地に来られた時分に、出席の事を交渉したが二氏とも逃げて出席しなかつた。今度また逃げられたら面目を失すると思つたが、まあよかつた。ペン倶楽部を作つたのは英国が始めであつて、今日では四十四箇国に出来て居る、日本も最近に漸くそれが出来た、君はその最初の出席なのだし、五分でも十分でもよい故簡単な挨拶をして呉れゝば僕の面目が立つ、横光君にも松尾君から交渉して貰つてゐるので、多分来るだろうとの事であつた。当日は日本デーにして、多くの日本人も客として列席して差支えない筈になつてゐると、そんな事を話して帰つた。

（『渡仏日記』238頁以下）

こうして虚子は、外国文学と最もかかわりの少ない文学者でありながら、臆せずにペンクラブへ出席することを諾した。五月一日にはペンクラブの講演原稿を口述し、松本覚人が筆記した。三日に松本が来て、講演原稿の訂正したものを示した。虚子は五月五日までロンドンに滞在しなければならなくなり、パリには一日半しかいられないので、松尾邦之助とかねて約束したフランス・ペンクラブへの出席はできないが、ハイカイ詩人二三人だけにでも会うことが出来れば仕合せだと、松尾、佐藤醇造の二人へ連絡した。この結果が、先にふれたヴォーカンスの招宴と、フランス詩人たちとの茶話会となったわけである。

講演原稿は、日本語に堪能なイギリス人のメーヤー夫人（日本で虚子に会っており、俳句礼讃の演説をしたことがある）に松本が協力して、事前に英訳が作られ、当日はメーヤー夫人が通訳した。

ロンドン・ペンクラブ例会は、グレイト・ポートランド・ストリートのパガニズ・レストランで開かれ、晩餐会の形式であった。虚子は紋付の羽織袴の正装であった。同席した横光、駒井も同様であった。主賓たる虚子のほかに、オーストラリア、インド、中国などからの客もあった。

その時の写真（虚子著『俳句・俳文・俳話』昭和十三年河出書房所載）を見ると、虚子は大広間の暖炉を背に、七十人許りの列席者の中には、チェアマン・クラマー・バイング氏の右手に端然と座っている。いずれも正装した七十人許りの列席者の中には、東洋系の民族衣裳の者が何人か眼につく。同じく和服で同席した娘の章子は、後年、「――今、考へて見ると父は随分、大変であつたらうと思はれる。しかし私の目には、大きく、立派な父であつた。私は父の娘であることが、世界から集つた人々の中で誇らかに思へたことを覚えてゐる。」と述べている。（『虚子物語』有斐閣167頁）虚子は能面のようと評されたりする眉濃く端正な容貌の持主であり、能役者のごとく和服がぴたりと決まる人だから写真で見ても実に堂々と立派である。

クラマー・バイング氏は、「東洋文学の造詣がかなり深く、『孔子』『清少納言』等の著書があり、又俳句についてもいささかながら知る所があった。」彼は虚子の講演に先立つ挨拶で、「私は俳句に就ては詳しく知らないが、宮森麻太郎氏の著述によると、(4)俳句は数百年前に起った文学で、五七五の三節から成る十七音の詩であります。我々がこの俳句の真髄を摑む事は非常に困難な事ではあるが、俳句の数百年の歴史に現れた大きな作者芭蕉、蕪村、一茶、それに続いて子規、さうして其後を受け継いだのが、今夜来賓の光栄を得た、この高濱虚子君であります。」と言い、虚子の句、

白藤を見し目に牡丹かゞやけり
高波の上にゐがくや春の月
蝶々のとまりかねたる風の百合
秋風や眼中のもの皆俳句

を紹介し、その大体の意味を一々説明した。(松本、八田一朗の意訳による。)

虚子の講演は、メーヤー夫人の通訳共に二十分位であった。先にみたように虚子は十日ほど前、ベルリンの日本学会で相当に長い俳句講演を行っていたが、今回はそれを踏まえて、ずっと簡潔なものにしている。

まず俳句という詩型を紹介し、内容的には時候の変化の上に最も重きを置き、それを通して、自然及び人生を諷詠する詩と定義する。日本の四季の多様な豊かさが日本人の性情を培い、季物の変遷に特に詩的感興をもつようにしたと説く。

そして、この春夏秋冬によって生滅変化するものを「季題」又は単に「季」と呼び、十七音より成る一つの句に必ずこの季を詠むことになっている。それは「季」が小さな詩の中に在ってその時候を連想させ、驚くべき自然の背景を現出させるからだとする。

次に、十七音というのは、日本語として四季の現象を詠ずるに最も適した形であるが、その他の国語で作る場合は必ずしも十七音を必要としない。各々その国語の要求する形によって、適当な詩形を選ぶべきだと主張した。

俳句作者の虚子は結論として、きわめて実践的な感覚で、西洋人にとって最も肝要な二点に絞って説いたわけである。即ち、季題を詠む必要と、十七音に固執せず、各国語に適した短詩型を選べという事である。この二点は、現在ますます殖えている外国のハイク詩人たちにとって、今なお傾聴すべき大切な提言でありつづけている。虚子の洞察の鋭敏、的確と、先見の明に打たれずにはいられない。

虚子の講演に続いて、駒井が、前夜日本人会の講演の時虚子が読み上げた今度の旅中の俳句を英訳で朗読した。ベルリンでの講演のとき、自作を披露しなかったことを残念がられたのが、虚子の念頭にあってのことだろう。

虚子は昭和十七年刊の『俳句の五十年』の中に「俳句の講演」の章を設け、「パリーとかベルリンとかロンドンとかいふところでは、此方から少しでも求めたのではなくて、自然に其土地の人々から私の俳句についての話を要求されたのでありました。（中略）俳句といふものを話すといふ機会が、自然にめぐつて来たといふ事にも、満足を覚えて帰つたのでありました」と回想している。あれほど熱心、積極的に、外国人へ俳句を説いてまわった虚子が、こちらからその機会を求めたのではなく、自然に求められてそうなったことに「満足を覚えた」と強調するところは、いかにも虚子らしい。その悠揚迫らざる態度の底に、実は、俳句の使徒たる者の責任感、義務感が燃えているのである。「季のことを彼等に知らしめるといふ事が私の重大な責任として頭上にかぶさつて来たやうな心持がした。(中略)彼等は季のことについての好尚も趣味も極めて薄い。現にはいかい詩人の一人は言つた。季のことを詠つたところで誰一人其詩を読むものはあるまいと。其詩を読むものゝない許りか、季のことを詠はうとする衝動が彼等詩人には皆無なのである。日本人としての私達から見ると其点に於て彼等に気の毒な感がするのである。常に私達人間の生活を押し包んでをる四季の変遷に目を開くことは新らしい天地に目醒めることになりはしないか。彼らはいかい詩人に先づ之を説いて、ひいて全詩壇に及び全人類に及ぶことを得れば幸である。一千年先きになるか一万年先きになるか其は知らないが、兎に角全人類をして四季の変遷にも少し敏感であらしめることは一箇の福音を伝へる所以と信ずる。」(「ホトトギス」昭和十一年十月号)と虚子は、まさに伝道者のごとき使命感をもって述べている。

その使命を果たすべく、帰朝後いくばくもなく虚子は、まず「ホトトギス」昭和十一年十一月号より、「外国の俳句」なる頁を設け、ハイカイ詩人たちの作品、手紙、エッセイ、及び海外便り等を載せた。そして、同誌の昭和十二年五月号よりは、虚子の俳句を毎号一句ずつ翻訳して連載し始めた。それには、外国人の鑑賞、理解を助けるため、虚子自身の精しい解説に挿絵をつけるという周到な配慮がなされている。これだけ懇切に行き届いた俳句の翻訳・解説は、空前絶後と言ってよい。昭和十四年一月、留学中の山口青邨がパリにヴォーカンスを訪ねた際、青邨は彼にこう訊いた。

「ホトトギスに虚子先生の句の翻訳が出ていますが、あれがよくおわかりになりますか。」

「あれはよくわかります。面白いと思って、いつも読んでいます。殊にあの解説が中々いい。そしてあんな短いものの中にあれだけの内容が豊富に入っていることを示されて私は実に驚くのです。」とヴォーカンスは高く評価したのだった。(「ホトトギス」昭和十四年五月号「ヴォーカンス氏と語る」)

句の翻訳・解説の実例を一つ掲げよう。

芳　草　や　黒　き　烏　も　濃　紫

芳草や……春になると土地に雑草が生える。普通に雑草はきたないものとして卑しまれるのであるが、併し俳句では、雑草の上にも春夏秋冬の現れが有るので珍重する。殊に春の草は芳ばしい草として愛される。その春の芳ばしい草が土地に生えることを、「芳草や」と嘆美していったのである。

黒き烏も……支那や朝鮮には烏の一種に鵲といふ白い斑の交ったものも有るが日本の烏はみな黒い。烏の黒いことは鷺の白いことと同様言はずとも明かな事であるが……。

濃紫……その黒い鳥も陽気の最もよい春なればこそ濃紫に見える。濃紫だと思つて鳥を見れば光線の工合で濃紫ともいへないことはない。尚この「濃紫」といふ言葉は、言葉の響から特に其色を愛で懐かしむ心が有るのである。

春なればこそ、雑草も芳ばしく、鳥も濃紫だと、雑草や鳥を藉りて春を謳歌したのである。

——を引いた文字が俳句の生命で有る処の季題である。今迄の句も皆それぞれ季題が有つたのであるが、特に注意することをしなかつた。これから其文字には——を引いて示すことにする。季題といふのは春夏秋冬の現象の一つである。俳句には必ず此季題といふものが有る。俳句は季題の詩といつてもいゝのである。

（「ホトトギス」昭和十三年四月号）

右に続いて、全文の翻訳が記されている。まず掲句をローマ字で書き表し、ついで解説と句の訳があり、墨書きの挿絵（灌木にとまった一羽の鳥が、地面の草を見下している）が添えてある。この号では、仏語と英語の二通りで行い、句の仏訳と英訳は次のようであった。

Les herbes odorantes
Le corbeau noir lui aussi
Prend un reflet violet sombre

Oh ! *fragrant grass!* Springtide !
Even the crow in black
Seems deep-purple in your light.

次号からは独訳もつけ加わり、やがて、ポルトガル語や中国語の訳も付いたりするようになった。（訳者の都合で、外国語の種類には異同がある。）同じ昭和十三年四月より、「ホトトギス」五百号記念の一つとして、高浜年尾を編集発行人とする「誹諧」なる新雑誌が並行して発行された。これにも、虚子の句の翻訳や、外国の俳句についての記事が載せられ、俳句に関していっそう西洋人を啓蒙することに力が注がれた。当時ドイツにあって新雑誌を手にした山口青邨は、『伯林留学日記』四月二十七日に、こう記した。

――『誹諧』が届く。俳文、俳諧詩、古俳諧、俳画、俳句など二百二十頁。五分の一くらいは外国に俳句を輸出するといふやうな気持で編集されてゐるので、そんなやうな材料、そんなやうな取扱のものがある、ちよつと面白い趣向である。
まさにその通りで簡にして要を得た同誌の紹介となっている。同号ではまた、ジョルジュ・ガリニエ（アルジェリアの医者）の詩集『キモノの袖』のうち、第二部「ハイク」から十四篇を佐藤朔が抽いて、紹介している。

——原詩は韻を踏んだもの——然しあちらのハイカイストが今までより幾分多く自然現象に目をとめて、三行の詩の中に出来るだけ深い豊かな感懐を盛り込もうとしていることは、これでもどうやらわかるだろうと思う。『ホトトギス』に毎号載っている仏訳の俳句と解説とが、こんな風にして徐々にではあるが、フランスのハイカイストを本物の俳人にして行くのであろう。

と佐藤は述べ、虚子の遠大な企ての意義とある程度の成果を証言している。
西洋に対して不完全で偏った紹介のされ方をし、気ままな模倣をされてきた俳句の、本来の姿を、正しい実作例の翻訳と解説を通して知らしめようとする虚子の努力はなおも続いた。しかし、昭和十二年に日中戦争が始まり、昭和十六年にはついに太平洋戦争に突入するに及んで、こうした国際的な文学運動は宙に浮いていく運命にあった。戦争による時局の悪化のなかでも初志を貫こうと、得意の二枚腰で頑張る虚子は、彼の周囲に集まる外国語に堪能な人材を活用しながら、「ホトトギス」と「誹諧」に俳句の翻訳をほとんど休みなく載せてきた(5)。その情熱は驚くべきものである。だが、印刷用紙の配給制度の締めつけが厳しくなり、両誌の頁数がしだいに減少して、とうとう「ホトトギス」では、昭和十七年一月号の、「掃初の帚や土に馴れ始む　虚子」の翻訳（独、仏、英、葡、漢語）をもって休載となった。同誌の「消息」に虚子はこう記す。

――頁数減少のため、独・仏・英・葡・支那語等に翻訳を試みてゐたものも当分休載することになり、（中略）今後尚ほ頁数の減少するに従って順次休載するものも多くなって参りませう。尚ほ翻訳は『誹諧』誌上には続け得るつもりであります。

「誹諧」誌上では続けようという決意は、虚子ならではの頑張りであった。だがこれも、昭和十八年十月号（第28号）の、「ふみ外づす蝗の顔の見ゆるかな　虚子」の中国語、英語訳の掲載を最後に中止となった。そして雑誌「誹諧」そのものも、昭和十九年四月号（第33号）をもって、当局の要請に応え、「ホトトギス」に統合という形で終刊となったのである。それまでに発表された虚子俳句の翻訳・解説は、両誌合わせて、八十二篇の多くにのぼった。

注

（1）本名ジュール・スギャン（Jules Seguin）俳人に俳号のあることを承知して、「ヴォーカンス」の俳号でハイカイを作った。長年フランスの鉄道船舶交通の行政官をつとめる。

（2）日本語の音数や俳句形式への理解が足りないため、フランス語での五・七・五音節の詩形が、情報量を俳句よりずっと多く包含しがちなことを、認識していない言である。（星野）

（3）後藤末雄著「仏蘭西の俳諧詩」、『俳句講座』第七巻、改造社、昭和七年刊参照。

（4）*One thousand Haiku, Ancient and Modern*, 1930　同文社。

（5）翻訳に当ったのは、池内友次郎（仏訳）、鳴沢花軒（英訳）、手塚杜美王と日本学者H・ツァハルト（独訳）等であった。

［「人文論集」第二十六・二十七号　一九八八年二月・一九八九年二月、早稲田大学法学部］

IV

HAIKUをめぐる対談――有馬朗人氏と

有馬　歴史をさかのぼるときりがありませんが、明治の頃、ラフカディオ・ハーン、そしてもう少し前のチェンバレンあたりが、まず、俳句を世界に紹介しましたね。チェンバレンは日本人の独創性のなさについて悪口を言う反面、日本語学を創始し、俳句だけでなく、あらゆることについて日本のことを世界に紹介した人です。
　その後、高濱虚子という巨匠がヨーロッパに行き、詩人たちと直接対話するということをした。そこで非常に端的に、当時の彼らの俳句に対する考えがはっきりした。
星野　ええ。高濱虚子は、生涯ただ一度ヨーロッパへ旅行しました。一九三六年（昭和十一年）の二月から六月までおよそ四ヵ月、フランス、ドイツ、オランダ、イギリスとずっと旅をし、またパリへ戻って、そこで俳句をつくっているフランス人たちと二日間にわたって親しく話し合いました。
　そのときに、虚子が愕然としたのは、「ハイカイ」と当時フランス人たちは言っておりましたけれども、日本の俳句について、五七五のシラブルでつくられているということはわきまえていても、季、あるいは季語については何も知らないということでした。そのことを虚子は『渡仏日記』（一九三六年）という本に書き記しています。季題・季語に対する外国人の理解あるいは受容について、一つの時代を画するような二日間だったと思います。

「季というものが俳諧の根底をなす」

と虚子は主張しますが理解されない。特にヴォーカンスというハイク詩人が、こういうことを虚子に向かって言っています。

「一つの椅子があれば、それからの連想で百の詩でもできるではないか」

虚子は応えて、

「それは詩であって、俳句ではない。何となれば季を外にして俳句はないのだから。もし俳句で椅子がうたいたければ、まずそれに配するに、時候のものをもってせなければならぬ。花の下の椅子とか、涼風に置かれた椅子とか、月を見る椅子とか、ストーブに対する椅子とかいうふうに。椅子に対する連想ならば何でも俳句になるとはいえず、ただ季に限られたる連想のみが俳句になるのだ」

しかしその答えにヴォーカンスは納得しない様子だったと記してあります。ヴォーカンスは、日本の俳句についてポール・ルイ・クーシューを通して知りました。クーシューは一九〇六年に「日本の叙情的エピグラム」という、俳句についての紹介論文を発表しています。これがフランスにおけるハイク詩人たちの一番の手引になった。その中でクーシューは季語をどう紹介していたかというと、何も言っていない。ただ五七五のことしか言っていないのです。

有馬　リルケに影響を与えたのはクーシューなんですね。

星野　ええ、クーシューです。クーシューは日本にもちょっと来て俳句の勉強をしたけれど、一番参考にし、刺激を受けたのが、前出のチェンバレンの「芭蕉と日本の詩的エピグラム」（一九〇二年）という論文です。私はチェンバレンの書いたものにも目を通しましたが、季語とか季についてはやはり何も書いていない。結局、五七五だけです。そういう状況の中でいわゆる花鳥諷詠論者、季題の主唱者であり、俳句は季題に重きを置くということを前面に掲げる虚子がパリにやってきた。この取り合わせは非常におもしろい、歴史的な対面だったと思います。

有馬　虚子は和服を着流しで歩いたんじゃなかったですか。ロンドンでもパリでも。

星野　草履に和服でしたね。ロンドンで行われたペンクラブの例会に主賓で招かれ、紋付羽織袴で中央に座っている写真があります。虚子は比較的小柄でしたが、和服で正装すると実に立派で、これぞ日本という感じでした。

有馬 聞き伝えではなく、民族衣装を着ているその国の人間から俳句とは何ぞやということを直接聞いたことは、彼らにとって非常なショックだったんじゃないかと思うんですが。

星野 今から思いますと、その時点で季題や季語について何も紹介されていなかったのが不思議なくらいです。どうしてそういう偏った歴史の展開になったのか。

一九三三年、虚子がパリに行く三年前に、ハロルド・G・ヘンダスンが『竹ぼうき』という俳句の入門書を出しました。神戸で発行して、日本とロンドンで販売しています。それほどの部数ではなかったでしょうし、虚子がパリに行ったときには、この英語の本をフランスのハイク詩人たちはまだ全く読んでいなかったと思います。しかしその中で既にヘンダスンは季語のことを書いているんです。

「俳人たちは連想というものを活用して俳句をつくる。その手段の一つが、俳句の中に季、つまり季節を持ち込むことだ。万人に共通する経験として、季節による気候の変化があるからです。そして、ほとんどすべての俳句には、一年のある時期を指示する言葉や表現があり、読者の心に喚起しようとする映像の背景を形づくる」

と。さらにヘンダスンははっきりこうも言っています。

「季語を使う習慣はほとんど絶対のルールとなってゆき、現代の俳句集では、季節に従って句を並べるのが普通である」

『竹ぼうき』は、戦後一九五八年に『俳句入門』という改訂版として大手の出版社から出て、ベストセラーになりました。

有馬　そうそう。あれは私持っているんですよ。

星野　その後、R・H・ブライスが大著『俳句』四巻を出しました。一九四九年に第一巻が出て、この中で季語のことを説明しています。終わりのほうの「俳句の技法」というところに「俳句における四季」という小見出しをつけて、このようにブライスは言っているんです。

「俳句にはほとんど常に季語がある。季語は背景となる雰囲気を与えるかもしれないし、一種の『種《たね》』で、音、色、匂い、感情などの世界全体を解き放つ引き金であるかもしれない。季語は直感の散漫な要素を、一つの全体に統一するという付加的な働きをする。ある意味で、俳句のそれぞれの季節こそが主題であると言うことができる。句は心を空間的・時間的世界の広大な側面へと導く」

有馬　私もそれを読んで、まさにそこが非常にインプレッシブだったものだから、外国人で一番はっきりと季語の役割を理解したのはブライスかと思った。

星野　ヘンダスンとブライスは、俳句を通じて親しい友人関係になりました。お互いに俳句についてよく語り合っていたでしょうから、二人の俳句についての認識は、かなりきちんとした高いレベルだったと思います。

有馬　海外の人が一番俳句でショックを感ずるのは、短いということではないでしょうか。季語は内容のことだから、後になる。

星野　俳句が五七五の極端に短い形式だという点は、一目瞭然で、容易に伝わりますね。しかし季語の役割は、外国人にとって理解するのは大変なことだと思うし、実は私たち日本人にとっても難しい。その点で、虚子のフランス訪問の次に思い出すのは、山本健吉のニューヨーク講演です。一九七八年にアメリカ俳句協会に招かれ、森澄雄と一緒に訪問しました。その講演の一節で、こういうことを言っています。

「おそらくアメリカで俳句をつくる場合には、日本の季の約束、季の法則というものを必ずしも守ることはできない。あるいは守る必要はないかと思います。では、アメリカの俳句における生命の指標（インデックス）は何かということは、皆さんがお考えになればいいことであって、私が差し出がましくここで言うことではありません」

ここの「皆さん」とは、集まった聴衆約二百人、アメリカ人と少数のカナダ人からなる、英語で俳句をつくる人たちです。山本健吉は、季について一家言を持っており、講演の五年ほど前に『最新俳句歳時記』を編纂してロングセラーになっています。民俗学的な立場から季語を解釈して、古典とのかかわりを見直した画期的なものだという評判でした。健吉の考える歳時記というのは、こういうことです。

「日本の季節的な風土現象と人間生活についての客観的な記述であると同時に、もう一つには季節現象を通じて養われた日本人の美意識の表現でもある。千数百年にわたって日本人が磨き上げ、築き上げてきた一つの美的創造物、あえて言えば一つのフィクションの世界でもある」

それをアメリカ人たちに理解させ、君たちもこれに倣ったらどうだということは、毛頭彼は言うつもりはないわけです。この問題は皆さんにお任せすると、はっきり講演で言っている。これは一つの歴史的な出来事だったと思います。

有馬　一九七〇年初めぐらいから、俳句は短いだけではなく、季語があるということをアメリカの連中はかなり知っていたと思いますが。

星野　意識はしはじめていました。ヘンダスンは『俳句入門』の次に『英語俳句』（一九六七年）という本を出しました。英語での俳句のつくり方を教えるハンディな本ですが、これがまたベストセラーになる。その中で季語に触れて、

「自然や自然の諸相は、古典的な日本の俳句のなくてはならない要素である。このことはアメリカ俳句についても大体言えるけれども、季語の使用の点でアメリカと日本とでは大きな違いがある。アメリカの俳句作者は、季語を使うことに賛成したり反対したりする者と、全然季語のことを知らない者との二つに分かれている。そして、全然知らない人たちが大部分だ」

と言っています。

季語の使用に反対するアメリカ人たちの理由は、季語が非実際的で、人為的、不自然だということでした。日本の季語を踏襲できないのは、アメリカの季節、花、動物、風俗、習慣などが日本のそれと非常に異なっているからだと。仮に似たようなものであったとしても、アメリカの読者には、「更衣」が夏で、「鹿」や「月」といえば秋で、「ナマコ」といえば冬を指す、こういうことを学ばせるのは不可能だ。こうした季語に過度に頼ると、俳句は人為的、不自然なものになってしまうとして反対する人たちが相当にいると、当時の状況が伝えられています。

その後、カナダの俳句詩人ジョージ・スウィードなども、一九九五年の、北米俳句についての学位論文の中で同じ趣旨のことを言っています。

「英語俳句に季語がエッセンシャルなものかどうかについての私の結論は、エッセンシャルなもの、必須のものではない。多くのすぐれた英語俳句が季節を指示せずに書かれている。ただ、自然をうたう必要性は認める」

彼らが自然と言うのと、我々が季語と言うのとは大分内容が違いますね。

有馬　ただ、これは一九八〇年ころからかな。自然を現代文明が破壊していくことに対して、世界共通に考え直そうという気運が起こってきたのではないかと思います。海外におけるＨＡＩＫＵの勃興は、文明論的にいうと、ちょうどそういうことと一致する気がするんです。それまではともかくどんどん大量生産、大量消費で、工場をつくり、自然を破壊していった。そのことへの反省から、街をきれいにしていく、自然を壊さないような産業をつくっていこうという時代となり、ＨＡＩＫＵの勃興が対応している。それまではインプレッショニスト的に、短いことによって、さっと人間の印象に入るんだ、というところがＨＡＩＫＵのよさとして強調されていたのが、だんだん、自然と共生していく必要がある、自然と共生する人間の対応を鋭くつかまえている詩がＨＡＩＫＵである、というふうに捉え方が変わってくる。

星野　それは確かに、ある一面を言い当てていると思います。俳句をつくる人たちはいわゆるエコロジストが多いんですね。いつでしたか、東京の俳句文学館をアメリカのハイク詩人が訪れ、書庫に案内されて、集められている膨大な数の日本の俳句雑誌を見たとき、まず発した言葉が、「これで熱帯雨林が失われていく」。

俳句雑誌に使われる紙の量から、森林がパルプのために伐採されていくことを想ったわけですね。

有馬　そのときに答えりゃよかった、「木はまた生えますよ」って（笑）。自然を大切にしようという気持ちが世界中に広がるとき、俳句というのは自然を詠むものだという認識が深まって、いよいよ季語への認識が始まる。現代のイギリスの俳人は、今、季語をどう考えているのでしょうか。

星野　イギリス俳句協会の会長だったデービッド・コブは、アメリカのＷ・Ｊ・ヒギンスンの作った『俳句・国際歳時記——Ｈａｉｋｕ　ｗｏｒｌｄ』（一九九六年）を見て、私への手紙にこう書いています。

「あの労力は大いに多とするけれども、賛成できない面もある」

この本は、世界五十ヵ国の六百人余のハイク詩人によって書かれた千を越える句（使用言語は二十五種）から成っています。それらは、季語及び無季の項目合わせて六百八十項目のもとに分類、配列されています。

その後、コブは俳句大会での講演で考えをまとめて、一つの提言をしました。

「『国際歳時記』へ向けての今後の努力は、地域地域の季語をつくり、発達させ、それぞれの季語集を編むことに向けるべきだ」

ヒギンスンの『国際歳時記』には、地域ということはあまり念頭にありません。日本の歳時記をベースにして、日本にない季語は、春だったら春の部に、夏だったら夏の部に入れるということをしている。そうはしても、全体としてはやっぱり日本の歳時記がモデルです。あと無季の句のために、通年《オールイヤー》というのを設けています。それに対してイギリス人のコブはこう言うのです。

「地域地域特有の季語というものがどうしても生まれるべきで、各地域それぞれが季語集を編むべきだ。独自の『歳時記』を持つ必要がある」

そして、その場合に注意すべきこととして彼はこうも言っています。

「今までよりもっと意識的に季語を使えば、もっといい俳句ができるだろうと思う。特に俳句に深みが出る」

季語と言わないまでも、自然に関連するものを読み込めば内容が深まるということはわかってきているんですね。だから季語は大変有力な手段だということです。

しかしコブは、「ただし」と言うんです。「季語の奴隷になってはいけない」。それからこういうことも言っている。

「季語は過去の文物にではなく、私たち自身の観察結果と現代の書き物、つまり直接的経験に求めるべきである」

この辺が日本人の伝統的に持っている季語観とは違います。

有馬 ただ、これは我々に対する批判でもあるんですよ。「日本人の俳人よ」と。特に現代俳句の中でも伝統派に属する人たちは、どうしても季語にとらわれている。歴史的に与えられたものとして初めから季語を前提にしているけれど、今一度見直せということも言われている気がするんですね。

星野 確かに考えさせられるところはあります。

有馬 実は私は、十日ほど前にパリに行き、ユネスコの賢人会議に出て、それからアメリカで別の国際会議に出て、きのうの夜、日本に帰ってきたんです。その間、俳句はつくりやすかった。フランス、アメリカ、日本のシーズンは、極端に言えば全く同じです。要するに北半球だから。南アフリカに行ったらまるっきり違うけれど、赤道を越えたと、頭を切りかえれば、これもまた同じともいえる。北半球が夏なら南半球は冬になるだけの話です。ちょうど私が南半球に行ったのは昨年の真冬でしたが、ロンドンからシベリアあたりはずっと雪山、氷の連続で、赤道を越えるやいなや、今度は真夏になる。でも頭の中でパッと変換を行って、今は夏だよと思いながら回りを見ると、トカゲもいる、アブも飛んでいる。

そういう意味で、海外で季語を見つけるのが難しいという説に対しては、私の答えはイエス&ノーです。南半球でも南緯四十度前後ではほとんど共通している。ヨーロッパは北緯四十五度前後でだいたい似通っている。でも赤道直下はお手上げです。「朝涼し」とか、そういう季語くらいになる。それから、うんと北とか南、北極、南極あたりは季語を見つけにくい。けれども季語とは結局、目の前にある自然の中で、ある程度季節を反映して詠めということだと思うんです。その地の自然を体験せずに、日本からすっと行って、日本の季語感覚だけでつくろうとするから難しいのであって。季語は自然と接触する際のキーワードであり、接触する窓になるもの、それをその土地の人と共感することだと思う。

星野　加藤楸邨は、何度もシルクロードに行き、日本と全然異質の風土で俳句ができるかどうか挑戦しましたね。そのとき一番楸邨が警戒したのは、季語にまつわる日本的情緒を持ち込んでしまったら、現地の俳句にならない。日本的情緒をいかに排除した季語で作句するかということでした。

有馬　それは難しいことで、芭蕉が『おくのほそ道』で経験することと同じですね。芭蕉も、当時の江戸あるいは京都の季語感覚しかなかったところに、異なる土地に旅してかなり違うものを見てその地の自然の感覚を得る。もっと極限の地、たとえばゴビ砂漠や北極圏などでは、日本で経験するような、自然との共存を謳う気持ちとは全く違うものを感じます。そういうところまで俳句は拡大できるか、季感は拡大できるか、そしてそのとき季語はどうであるべきでしょうか。

星野　私が海外で一番長く滞在し、少し住みついたのはイギリスでした。イギリスは、緯度が高いにもかかわらず、海流の関係で温暖ですから、日本とあまり気候が変わらないですね、ですから、私はわりと安易な気持ちで、あちらでも俳句ができるだろうと思って行ったんです。

そこでイギリスのハイク詩人たちと句会をやったときに、つたない句ですけれども、「地下牢の角を曲がれば春灯《はるともし》」と詠みました。三月の中旬でした。ヘイスティングズというドーバー海峡に面した港町があり、ここはノルマンディー公ウィリアムが渡ってきて、サクソン軍を打ち破った有名な場所です。そこの古城の薄暗い地下牢を見物して歩いたとき、ふっと角を曲がったら向こうに灯が見えてほっとしたんですね。陰惨な気持ちから救われたんです。そこで「春灯」と詠んだ。するとイギリス人たちががやがや言い始めて、私に質問するんです。

「春の灯に特別な意味があるのか。灯は一年中同じじゃないか」

言われてみてハッとしました。「春灯」というのは確かに日本的情緒を濃密に伝える季語です。日本の春の湿潤さ、やわらかい朧な闇を背景として、明るさ、華やぎで私達の眼と心を打つ。希望や懐かしみの気持ちを持たせる季語です。これに対してイギリスは、春といっても寒々と乾燥しておりましてね。

有馬　だからT・S・エリオットが『荒地』の最初に「残酷な四月」と。四月は残酷なんですよ（笑）。イギリスならイギリス、アメリカならアメリカで、その土地に生きる人たちの文学の思想、伝統、歴史といった大きな文化の伝承の上に、新しい季語、季語集がつくれるでしょうか。

星野　最近コブは「イギリスの季節的イメージ」という冊子を書きました。その中で彼は地域ごとに独自の歳時記を、イギリスの場合に即して作ろうとしています。ただ、やっぱり例句が乏しいんです。季節の項目は立ててあるけれど、例句のない項目がかなりある。ということは、これからそこにおさまる例句を生み出していくということが、今後のイギリスの俳人たちの仕事になる。そういうものの積み重ねが、いわば歳時記となっていくんだろうと思います。ヒギンスンの『国際歳時記』とは異なり、完全にイングランドに根をおろして、そこでどんな歳時記ができるかという一つの試みで、まだ始まったばかりですけれども、一つの芽になると思います。ご本人は非常に謙遜して、「自分はこれをもって、これが作句のいい手引になるとか、そんなことを押しつける気持ちは全くない。ただ試みてみたのだ」と言っています。

有馬　ひるがえって、虚子が、戦争中に南洋季語、熱帯季語というものを出していますね。もう消えてしまいましたが。虚子という人は必要に応じてパッと変わる。あれだけ厳しく季題を言っていても、南方に兵隊が行って苦労するようになると、パッと熱帯季語を出してくる。赤道も季語だったんじゃないかな。そういうところまで拡大するということを、伝統俳句の権化である虚子がやっている。我々も伝統的な季語にとらわれなくていいのかなという気もする。

星野　虚子という人は、初心者に対する教えと、中級あるいはベテランに対する教えでは、随分態度が違うんです。ましてや外国人に対して頭から季題論はぶつけていない。そんなことを言っても無理だということはよく承知している。ですから、「四季の中での自然の現象」という言い方しかしません。それを皆さんうたえばいいんだと。実は、虚子がパリを訪問する前の年、昭和十年八月号の「ホトトギス」の座談会の中で、虚子自身が国際歳時記ということを既に言っているんです。

「もし俳句が世界化してきて、地球至るところで俳句を盛んに作るということを空想してみて、春夏秋冬という感じが希薄になって、遂にそれを撤廃するということが起こるという時があると仮定すれば、国際歳時記というものが編まれる時が来るかもしれない」

途中略しましたけれども。さらにその座談会でこうも言っています。

「俳句は時候の変化によって起こる現象を詠う文学であるから、春夏秋冬の区別は必ずしも重きをなさない。ただ時候の変化そのものが重要だ。ブラジル辺では、春夏秋冬の観念の混乱があったところで、その四時の移り変わりの現象を詠うということに変わりがなければ、俳句の使命は達せられる。地球の回転によって起こる変化と現象を詠えば、それでいいということになる」

地球の回転によって起こる変化と現象をうたえばいいと、そこまで言っているんです。いかなる地帯にあろうとも、移り変わりの現象ということには変わりないわけですから。

有馬　虚子というのは非常に図々しいというか、実に心の広い人だと思いますね。その一つが熱帯季語であると思うんです。

星野　先ほど赤道直下の国ではお手上げだと言われましたけれども、虚子の考え方だと、赤道直下の国であろうと、地球の回転に伴って変化はあると。例えば雨季と乾季。「夜寒《よさむ》」というのもありますね。

有馬　そうです。やはり毎日、雨季・乾季ばかりでつくっていてもしょうがありませんから、一日の中の変化まで許容していかなきゃいけないんじゃないでしょうか。現にそういう季語はありますね。「朝涼し」、「日盛り」、「夜の秋」などは一日の中の変化でしょう。少し注意深く見れば、どの土地にも自然に対して非常に鋭敏に影響されている人間の生活がある。それをうたうのが俳句の役割であり、可能性の拡大ではないかと思います。

ちょっとグチ話になりますが、一九七〇年頃、私が海外俳句を多く含む句集を出したとき、随分厳しい批評がありました。海外の俳句は認めないという人がいましたよ。虚子はどうなんだとこっちも言いたかった、言わなかったけど。やっとこの十年ぐらいではないかしら、理解が深まったのは。一つには、ジャンボジェット機のおかげで、二十年前ぐらいから、非常に多くの人が海外に行きやすくなったということがあると思う。同時に、今度は外国の人々が俳句を深く理解する時代がいよいよ来るのかもしれません。それで私が恐れていることがあるのです。

印象派の絵は、浮世絵から影響を受けたとよく言いますね。しかし日本の画家は、浮世絵の影響どころか、そういったものはきれいに忘れてしまって、海外の印象画家の影響を受けている。さて、同じパターンで今から百年先を考えてみてください。そのとき、柔道や相撲は全部海外の人が中心であろうと思う。相撲はもうすでに、かな。俳句も、日本人以外の海外の俳人たちが、季語とはこういうものであると、我々に教える時代が来やしないか（笑）。

もう一つは、我々日本人も海外に行く機会が増え、日本の季語も見直されていく。なるほどヨーロッパの秋の雨は日本のしぐれみたいには降らないなあとか、異なるイメージもだんだん広く認識していく。そうなったとき、日本の俳句は一体どう変わるでしょうか。ここで予言をしておきましょうよ。

星野　お互いにそれを見届けることはできませんけれども（笑）。

有馬　だからいい（笑）。

星野　今後どうなるか、予想をつけるのは難しいですが、リー・ガーガーさんという、アメリカで、今、非常に活動的な俳人がいます。「モダンハイク」という、英語の俳句雑誌の中では最も充実した、歴史のある俳句雑誌の編集長を務めていて、昨年（二〇〇三年）『俳句、詩人の手引』という良い本を出しました。その中で、英語俳句における季語というところで、こういう発言をしているんです。

「日本と違って我々西洋の詩では、季節的連想の強い伝統に欠けている。その結果、英語俳句での季語の使用は、大抵が自分たちの個人的な自然体験に結びついてしまっていて、なかなか普遍的に広がらない。これは私たちハイク詩人が今後取り組むべき大きな問題だ」

そして、もう一つ具体的に意見を添えている。

「例えば北アメリカと一言で言っても、気候や地勢といった風土は非常に多様であって、フロリダの冬とアラスカの冬とでは全く違う。だから北アメリカ人だからといって共通の季節的な認識を得ることはなかなか難しい」

ここに一つの、これからどうしたらいいかという大問題が横たわっていると、彼は述べています。ガーガーさん自身は自然や季節に関心があり、どうも非常に自然環境に恵まれたところに住んでいるらしい。本業は歯医者ですが、馬を数頭飼っているとか。やっぱり人は、自分がどこに住んでいるかということに影響されると思うんです。

一方イギリスのコブは、こういうふうに言っています。

「我々はほとんどが都会生活者なんだから、自然をうたえといってもなかなか難しい。むしろ都会生活者としての俳句をつくるほうに向かいがちだ。そうすると、やっぱり無季の句で人事的な俳句が次々と生まれていくんじゃないか」

ですから、今後どうなるかを、一つの方向に向かうと予言することは到底できないと思います。むしろ今、季語の問題とか、自分たちの生活環境などをそれぞれが受けとめて道を見出していく。まだそういうステージのような気がします。

有馬　私がいつも思うのは、世界中、この二十年共通して変わってきたことは、自然への認識です。宗教や文化の違いで受けとめ方が違っても、自然を破壊してはいけない、共存していかなくてはいけないということですね。さっき言ったユネスコの会議テーマは、「これから経済を持続的に発展させながら、人間が自然と共栄していくことができるのだろうか」ということでしたし、どこへ行っても、今、その問題が議論されています。

そういう意味で、特にヨーロッパの人たちの間では、自然を自分よりも下のものだと見ていた認識が明らかに変わってきた。これからは庭園のつくり方も変わると思います。今までは自然を押さえ込んで、非常にきれいに整えた庭をつくっていた。真四角につくるとかね。そういうものから変わって、今後は山水に近いものが出てくるのではないか。欧米人も、中国人もそれぞれ変わってきて、自然と共生していこうという意識が非常に強くなっていくだろうと思います。

そのとき、俳句は、人間と自然の共存をあらわすのにふさわしい詩として愛されるようになるだろうと思うんです。単に、俺は私はこう思う、と自意識をぶつけるのではなく、自然と一緒になって生きている人間として、その美しさを、残酷さをどう見るか。自然にダイレクトに接してつくる詩として、ＨＡＩＫＵは世界的に見ても新しいものを見出していけるのではないか、そう思っています。世界で新しい季語が発見されれば、そういう季語があるんだなと見ることで、自然をより深く理解することができる。新しい風物が季語に入り、それに対応するとき、詩心は必ずふだんより強く動く。

星野　それはあると思いますね。
有馬　それと、最後になりますが、星野さんはよくご存じのように、詩というのは、イギリスの桂冠詩人をはじめ、欧米では相当な知識階級がつくるわけでしょう。
星野　そうです。
有馬　それに対して日本の俳句が革命だと思うのは、庶民がつくれることだと思うんです。なぜ庶民がつくれるかというと、やはり短いことと、季語を使ってやればだれでもつくれるんだという認識。あちこちに、にわかに俳人がわっと出てきたけれども。ＨＡＩＫＵが世界に広がっていくということは、世界の人たちが文学に対する関心を強め、単に知的にすぐれた人の文学を鑑賞するのではなくて、自分もやれるんだ、日常詩人になれるんだということを発見し、実現する引き金になっていると思うんです。
星野　そのとおりです。なぜ海外でこれほどＨＡＩＫＵが盛んになったかというと、もしこれが伝統的な詩ならば、本当に才能のあるエリートにしかできない文学的営為であって、自分たちは到底縁がない。ところが、俳句という形式を借りれば自分たちにもつくれるからです。自分たちの身の回り、日常生活の中から生み出せるということですね。これは外国の人たちにとって大きな発見であり喜びで、日本の見事な文化的輸出品だと思うんです。
有馬　浮世絵の次に、ですね。
星野　そうですね。大きな意識の変革を迫ったと思います。季語の問題に絞って考えても、海外の人が今、戸惑ったり、悩んだり、悪戦苦闘しているわけですけれども、これは他人事ではなく、私たち日本人も従来の季語の上に、あぐらをかいていてはならない時代が来ていると思います。特に今年の夏など、ものすごい猛暑で、歳時記があまり頼りにならない。

有馬　それこそ赤道直下に行ったみたいな（笑）。

星野　そういう意味で、地球の温暖化や、自然環境の激しい変化を受けて、私たちも従来の季語や歳時記にどう対応すべきかということを迫られると思うんです。遠からず、海外のハイク詩人と同じように、対応の仕方を真剣に求められるときが来ると思いますね。

有馬　やはり一種の変革の時代なのでしょう。外国からの影響、外国への発信の仕方を含め、俳句を、キーポイントである季語、季題といったものを通じて、これからどう考え直すか、発展させるか。このあたりに新しい変革を引き起こす出発点があると思います。

（二〇〇四年七月二十七日　科学技術館にて）

［「すばる」二〇〇四年十月号］

半世紀を経た英語ハイク――「游星」集談会講演

　ただいまご紹介いただきました星野恒彦でございます。私、この会の存在は早くから承知しておりました。「游星」というすばらしい雑誌、出るのは年に二回ぐらいですか、大分前からいただいていて愛読しておりまして、どういう方が集まって、どういう話がそこで取り交わされているかということもずっとフォローしてまいりましたし、その雑誌も全部保存してあります。いつぞや私にもこの集談会にいらっしゃいませんかというお誘いをいただいた覚えがあるんですけれども、何かと都合が悪かったということと、私は、会とかパーティーに出るのが苦手でございまして、できたらそういうものは遠慮したい、そういうところもございまして、とうとう皆さんにお目にかかるのが今日になってしまいました。

　実は、今になってみますと大変残念に思っております。もう少し早く、少なくとも星野慎一先生がご存命のときに、こうやって私も参加していればどんなにかよかっただろうと今になって悔やんでおります。それにはいろいろな理由がございますけれども。

今回は特に尾形仂先生からお声がかかったということでもありますので、大変光栄と思いますと同時に、緊張もしておりますが、まあ皆様に話題を提供し、何かのご参考になればと思うことを少しお話ししたいと思っております。どうぞよろしくお願いいたします。

お手元にプリント一枚でございますけれども用意していただきました。これを黒板に書くのは短時間でちょっと無理だろうと思いますので、特に英語ハイクのいろいろな形式の資料はここに印刷させていただきました。後ほどこれに触れようと思います。

実は今回私が思い切ってお誘いをお受けしたのは、先ほどもちょっと触れましたけれども、星野慎一先生とのご縁でございます。慎一先生の『俳句の国際性』（一九九五年）という大著、これはエッセイストクラブ賞を受賞されたんですが、私は実は先生を個人的には存じ上げていないんです。お名前は聞いておりました。ただ、私は英米文学が専攻でございまして、英米文学でも二十世紀の詩歌を若いときからやってきました。慎一先生は、私以上に皆さんよくご存じのように、ドイツ文学、特にリルケの研究家で、私とあまり接点がこれまでなかったんです。しかし、この『俳句の国際性』という本、これは関忠雄さんを通してでしょうか、私のところに贈られてまいりまして、拝読してたいへん感銘を受けました。

この本を一読して、まさに国際俳句のいわば基本図書だと思いました。そして、やはり出るべき時期に当然出なければいけない本だと、そして、今後とも折りにつけてこの本は参考にされるべきものだと、こういう印象を受けました。何よりも世界への広い目配り。私なんかは、やはり英文学をやってきましたので英語世界には目をある程度配っておりますけれども、ドイツ語圏などというと、どうしてもそちらのご専門の方にお任せしよう、そういう気持にまずなるんですね。たとえば渡辺勝さん、きょうお見えになっていますけれども、ああいう方がいらっしゃいますし、またそのほかにもおいでになります。

それから、その広い目配りがどういう方法・手段で支えられているかというと、とにかくあらゆる機会・手段を使って正確な情報を得る。その情報の収集たるや本当に驚くべきものだと思います。そして、集めた情報を非常に客観的妥当な判断でもって区分けし、的確な分析と総合ということをあの本でなさっておいでです。

大体私どもは外国の情報といいますと、どうしても自分の気に入ったところ、自分の専門領域に引きつけてそこだけを強調、拡大する。場合によっては偏って人に伝えるということをしがちなんですね。それは情報としては意味があるんですけれども、実はやはり歪められた像を伝えてしまうというおそれもあるんじゃないかと思います。その点、慎一先生のご本はそういうことはありません。非常にバランスが公平に保たれている。遺漏がない。そして、その書かれている文章が適切、明解な表現と説得力をもっておいでです。少し砕いて言えば、非常に読ませる文章で難しい表現は少しもない。といって、浅く通俗的なレベルでは決してない。やはり、その背後には豊かな学識と詩心というものが裏打ちしている。そういうふうなことを感じました。

そのいただいたご本に対して私はお礼の手紙を差し上げました。それが初めての手紙であり、最後ということになったのですが、そうしましたらご返事をいただきました。ここにもっておりますけれども、六月十八日と書いてあって年号がないんですが、おそらくこれは本を出された年ですから一九九五年六月十八日だと思います。私はその読後感とお礼の手紙のなかで、ご苗字が小生と同じ星野で、洩れ聞くところによると新潟県長岡のご出身のようですけれども、実は私も長岡の出身でございます。生まれは東京ですが、父の代まで何百年と長岡在住でございました。と書きそえました。そこで、『長岡の歴史』という全五巻か六巻の大著があるんです。（今泉省三著、野島出版、全六巻、一九六八年刊）。そのなかの一八七六年ごろに私の曾祖父の名前が出てきておりますので、それを手がかりになればと思って書きつけて、何かご縁がありますでしょうかということを記したんです。それについても慎一先生のご返事は触れております。これは私信ですのでほんとはやたらに人に公開してはと思いますけど、まあ慎一先生はこういう席ですのでお許しいただけるんじゃないかと思いまして、まくらにちょっとこのお手紙を紹介させていただこうかなと。よろしゅうございますか。というのは、これは講演会じゃないということで安心して参りました。集談会だということでちょっと座談的なところから話をさせてもらいたいと思います。

拝復、六月十四日付お手紙並びにブライスについての御文章と芭蕉論、それに数々の御高作などお送り頂き、感深く拝見致しました。それにつけても、長岡の星野家というものは元はみな豊橋（愛知県）から牧野について——（牧野というのは譜代大名の牧野侯です—恒彦注）——長岡まで来たのであり、その星野はいろいろの分家・親戚に枝分かれし沢山になりましたから、もとはみな親戚のようなものと考えています。それには全くびっくりすると共に、深い御縁を感じますよ。今後とも何卒よろしくお願い申し上げます。小生の家は宝暦年間に分家しております。（宝暦年間というのは、一七五一年から六三年までですね—恒彦注）。それにしても先生が——というのは私のことで大変恐縮なんですが——それにしても先生がブライスの出身小学校を訪ねられ、ブライスの故郷でブライスの存在意味を説いておらるる事はすばらしい事ですね。小生は長い間日本詩歌のすばらしさを確信していましたが、これを世界的な意味で証明するのは、やはり沢山の西欧の学者や詩人たちの力を借りねばなりませんでした。これからは東洋的な詩歌のあり方と西洋の詩の意味の相互理解がやがて広く進むよう心から期待される時が来るような気がいたします。これを機会に、若い星野先生よ、何卒『游星』にも折りあらば御寄稿あらむ事をいのっております。

どうもありがとうございました。これを御縁によろしくお願い申し上げます。お礼と御返事まで。不一亡くなられたのは昨年（一九九八年）の十一月ですが、こういうものをいただいておりましたので、今回のお誘いはもう断っていけないだろうと思いまして出てきたのです。

ちょっと補足しますと、牧野侯は三河牧野（豊川市）に興り、のち牛久保城に居す。初めは今川義元に服属していましたけれど、一五六六年徳川家康に服属する。徳川十七将の一人と言われるんですね。星野一族はその牧野侯と終始行動を共にしまして、家康の関東入りに従って、まず上州大胡《おおこ》、群馬県ですけど、そこに移り、それから一六三〇年、寛永七年には長岡に牧野侯が城主として入りました。七万四千石です。そのときも星野一族は一緒に長岡に入りました。そして、この慎一先生の手紙にあるように、いろいろと分家し数がふえたんですけれども、私の一八九二年生まれの父が三十年前に亡くなりましたので、慎一先生のような方にもうちょっと詳しく祖先のことをお聞きできればという気持ちもありました。今はもう叶えられないわけです。どうも祖先は何か客分というか、登城自由の身で、そして領地を、かなりの地所を行く先々で自分も確保する。何かそういう関係だったようです。ですから、いざ戦《いくさ》となると軍用金を一部供出する。そういうような関係もあったようです。

長岡というと河井継之助が出、山本五十六が出たところです。七万四千石といっても実高は十三万八千石、台所の豊かなところでした。それは越後の米どころを押さえ、信濃川の通運権、新潟港の管理権、それらの権利を長岡藩が譜代大名として持っていたんですね。

ですから倍近い実高を持っていたんです。そのために近代的な軍備も整えられたのですけれど。

そういうなかで私の先祖たちはどういう歴史をたどってきたか。私はあんまり調べてないのですが、とにかく曾祖父は戊辰戦争で長岡が落城したときに、殿様と一緒に会津に落ち、やがて仙台藩に預けられ、そしてまた戻ってくるわけです。そういう苦難の歴史を経て長岡藩は復興するのですが、人材を育てる以外に道はないという、ちょっと高濱虚子の出た松山藩と似ておりますね。結局、人材を育成する。東大総長をやった小野塚喜平次とか、詩人では堀口大学なんかもみんな長岡藩士の子孫でございますけれども、そういうふうなところで慎一先生もやはり星野の一族として勉学にいそしまれ、ドイツ文学を研鑽されたんじゃないかなと今になって考えているわけです。

前置きはこのくらいにいたしまして、きょうは「半世紀を経た英語ハイク」というタイトルをつけましたけれども、「英語ハイク」というものの歴史とかそういうことにはあまり立ち入らずに、もうちょっと別のことに焦点を当ててみたいと思います。

二つの柱を考えておるんですけれど、一つは英語ハイクというのは定型詩だろうか。それから、英語ハイクの本質は一体何なんだろうか。その辺をめぐって私の調べたこと、私の考えを交えながら報告かたがたお話しできたらと、思っております。

まず最初は、英語ハイクというのは定型詩か。

なぜそういうことを私が疑問に思うかといいますと、日本の俳句はまぎれもなく定型詩だと思っております。私はそういう立場で俳句をつくっております。皆さんもご承知のように、五・七・五、十七音からなる定型詩で、通常季語を入れる。辞書を引けば大体そういうことでございますけれども、そういうことで一応ふだんは通していているわけですね。じゃ英語ハイクはどうなんだろうか。向こうの人は「ハイク」と同じ発音といいますか、呼び方をしておりますのでつい誤解してしまうんですけども、やはりそういうところから問題を提起したいと私は思っております。

アメリカ俳句協会というものがございますけれど、昨年（一九九八年）結成三十年を迎えました。このアメリカ俳句協会が機関誌を出しております。その機関誌は年に三回。何か半端な数だと思いますけれども、外国は意外と年に三回刊行というのが多いんですね。あとはクオータリーといいまして年に四回。日本の俳壇が雑誌をほとんど毎月出していると言うとびっくりするんですよ。毎月も出してよく俳句がそんなに次々とつくれるなあと。そんな忙しいなかでどうしてよい句がつくれるんだ（笑）。言われてみると、なるほどそういうものかなと反省させられるんですけども、ここに「フロッグ・ポンド」というアメリカ俳句協会の機関誌を一冊、最近号ですけどもってまいりました。この俳誌の冒頭にまず大きく俳句の定義を掲げているのです。この俳句の定義が一と二と分かれておりまして、これは毎号こういうふうに大きく掲げるんですよ。そして、この定義のもとにこの俳句雑誌を編纂し、俳句を載せ、俳句評論、それから書評が非常に充実しているんですね。日本の俳句雑誌は率直に言ってあまり見るべき書評はないと思いますけれども、外国の文芸誌というのは伝統的に書評にものすごく力を入れている。立派な書評を書くということが評論家の基本的な条件のようになっているんです。

この冒頭に掲げた俳句の定義をまずご紹介します。

一は、

「日本の俳句は脚韻（ライム）を踏まない詩で、鋭く知覚された瞬間の真髄《エッセンス》を記録する」

鋭く知覚された瞬間のエッセンス、真髄とでも言っていいでしょうか、を記録する。

「そこでは自然と人間性とが関連していて、通常十七音から成る。」

こういうふうに日本の俳句を定義づけている。

二として、

「英語ハイクは右に述べた日本の俳句の外国における翻案——adaptationという英語を使っていますが——である。通常、五・七・五音節の計十七音節、三行で書かれる。」

この定義づけができたのは、実は今から二十五年前なんです。相変わらず今の号にも掲げているんです。この英語ハイクの「通常五・七・五音節の計十七音節、三行で書かれる」というところに「注」がついていまして、その「注」は、

「十七音節はあくまで通常であって、音節の数や行数にはいろいろなバリエーションがある。英語ハイクでは十七音節が標準とはいえ、もっと少ない音節で書かれることがますます多くなっている。ただし、十七音節以上で書かれることはまれである。」

ここが大事なんですけど、十七音節より少ない音節で書かれることが時とともにますます多くなっている。

その次にもう一つこういうつけ足しがあります。

「日本のすべての古典俳句及びたいていの近代俳句は、季語を含んでいる。しかし、アメリカ合衆国の気候風土はきわめて多様であるから、アメリカハイクのすべてに認定した季語を入れることは不可能だ。したがって、アメリカハイクは、日本の俳句ほどには季語にかかわらない。」

アメリカは広大ですから砂漠のような地帯もあれば、フロリダのように熱帯に近いような湿地帯もある。ですから、認定した季語を統一してつくるなんてことは不可能である。だから「季語、季語」とは、すくなくともアメリカ合衆国の英語ハイクでは言わない。こういう注意書きがついています。

アメリカ俳句協会の一九七三年一月の会議でこういう定義に決着したんです。この定義に落ちつくまでは実に長い間論議を重ねているんですね。集まっちゃ議論を重ね、そしてたたき台にする定義を持ち出して、あっちがだめだ、こっちがだめだと言いながらこの定義に落ちつく。その点は向こうの人のやることは徹底しています。そのあげくに落ちついた。今度は日本の俳句についての従来ある定義ですね、いろんな辞書類、百科事典類をみるとこの定義とずいぶん違うものだから、あちこちの出版社にこれを送付して、これが正しい日本の俳句及び英語ハイクの定義なんだというふうに働きかけて、とうとう一九七五年版の『新コロンビア百科事典』ではそっくりこれを採用させた。非常にそのことを誇りに思っているんです。自分たちの協会としての仕事がついに認識を改めさせたというんです。

私はさらにここから話を出発したいと思うんですけれども、現在、その後二十年たっているわけです。そうするとこの二十年の間にこの定義に照らし合わせて実情はどうなっているんだろうか。そういうことを今日はまず問題にしたい、話題にしたいんです。アメリカの有名なハイク詩人であり、アンソロジーの編纂者であるコー・ヴァン・デン・フーヴェルさんという方がおいでです。この方の二つ目のアンソロジーで、一九八六年、十三年ほど前に出したアンソロジーのなかでこういうことを編者であるヴァン・デン・フーヴェルさんが言っています。

「一九七〇年代初めに多くの詩人が五・七・五音節の限定を離れて、より自由なハイク形式に向かっていった。しかし、一行形式が目立ちだしたのは七〇年代後半になってからだ。そして二行詩というのはまれである。」

こういうふうに十三年前のアンソロジーの序文で言っているんですね。その彼がことし三回目のアンソロジーを出したんです。これは日本の洋書店でも手に入りますけれども、少し厚くなりました。そのなかでは、こういうふうに言っております。「英語ハイクで一番好まれている形式は自由な三行で、第二行が第一行及び第三行より少し長い形だ。これは普通、十七音節より少ない音節である」。もう少ないとはっきり言っている。「一行詩と二行詩は一九八〇年代初期と中期で盛んだったが、いまは折々にみる程度となっている。」一行詩と二行詩は一九八〇年代初期と中期で盛んだったけど、だんだんまたそれが少なくなってしまった。数の上では大体三行詩に落ちついてきている。そして、その三行も二行目がちょっと長い。五・七・五にちょっと似ているわけです。

私自身、英語圏でつくられているいわゆる英語ハイクをみる機会が非常に多いんです。その理由の一つは、俳人協会の運営する俳句文学館の国際部の部長というのを佐藤和夫さんが引退されて、私が跡を継いでおりますので、月に三回ぐらい俳句文学館に行って、向こうからの郵便物に目を通したり、返事を出したり、句集や雑誌の受け入れをしたり、そういうことを定期的にやっておりますので、どうしても目に触れる機会が多いわけです。非常に恵まれた立場にいるんですけれども、私の目に触れる限りでは、行数の点では一行あるいは二行、三行、そして四行の四種がある。たまに五行で書かれているのが載っているんです。ようくみると、カッコして（短歌）と書いてあるんですね（笑）。本人も短歌じゃなかろうかと思って、それでも俳句の欄に一緒に突っ込んでいる。そこまで来ているんですよ。

その具体的な例をこのプリントにいたしましたので、みていただきたいんですけれども。まず、一行詩。

先ほどのアンソロジーを三度も出しているコー・ヴァン・デン・フーヴェルさん。アメリカのニューヨークにお住まいです。そこで句会を主催しております。私もお会いしたことがあるんですが、この方の一行詩。

a stick goes over the falls at sunset

一行ですね。かなり短いです。できるだけ直訳的に私のつたない訳をつけましたけど、自然とこれは五・七・五になっちゃう。

枝一本滝を落ちゆく入日かな

これは季語はといえば「滝」がありますから、ああ夏の季語の「滝」も入っているなということで大変親しみのもてる句ですし、決して悪い句じゃないと思います。

もう一人、ジョン・ウエルズ。この方は亡くなりましたけれども、一行詩では非常にいい作品を残した人です。大変惜しまれている人の作です。

dusk――ここでちょっとあくんですね。おそらく日本の俳句だったら、「や」か何かが入るべきところでしょう。ポーズがあって、

dusk from rock to rock a waterthrush　　夕暮　岩から岩へ河烏

この河烏というのは日本にも生息しているんです。小型のカラスで水に潜ったりします。でも、あれは季語になっていないようです。しかし、何か非常に季節感もわかるような感じですけど、日本人の目からみれば、一応無季の句になるでしょうか。こういうのが一行詩です。

その次が二行形式。二行形式はそれほど多くないんですけれども、

walking with the river　　川といっしょに歩く
the water does my thinking　　流れが思考をすすめる

とでもいうような意味でしょうか。これは季語がありません。しかし、うたっていること

はよくわかると思いますね。こういう散歩に私なんかは憧れます。ボブ・ボルドマンという人の句です。

その下、同じ二行形式です。

on the teacher's apple —
small teeth marks

先生の林檎に —
小さな歯形

apple の次にダッシュがついていますけれど、これが切れ字のかわりとして一番英語ハイクでは用いられている記号です。

「林檎」ですから秋になりますね。フランク・ダラガンという人の句です。

こうした一行と二行形式は、ヴァン・デン・フーヴェルさんに言わせれば、一九八〇年代初期と中期で盛んだったけど、最近は折々にみる程度だと、こう言っているんです。

一番よく目にするのが、次の三行形式です。最初の lily、これ、スイレンなんです。これは有名な句です。今上天皇にもこの句を佐藤和夫さんが紹介して、ご進講したときに尾形先生もご一緒だったんですね。普通はスイレンというと water lily と言うんですけど、その water を省略することもよくあるんです。ただの lily をこの文脈のなかではスイレンと訳すべきなんです。

lily:
out of the water…
out of itself

睡蓮 —
水中から…
それ自身から

やはり二行目にダッシュ、切れ字のようなもの。それから lily の後にコロン。ここにポーズをかなり細やかに入れております。

その次の句はそれほど知られていないと思いますけれども、アニタ・ヴァージルという女性の作です。この人はいろんな幅広い句材でうたう人です。男女関係のことをうたうのが得意な人です。一度お会いしたいなと常々思っているぐらい、いろいろな人間関係、特に男女関係、まあ人事句といいましょうか、いろいろつくっているんです。連作句もありますけれども、

A rainy day—
even the toiletpaper
comes to pieces

雨の日や
トイレットペーパーも
切れ切れに

「雨の日や」――「雨の日や」というのはダッシュがあるからやったんですが、これは自然と五・七・五になってしまいました。

ちょっとぴったり合わないかもしれない。日本人だったら、梅雨時か何かでも連想するでしょうか。

その次が、五・七・五の十七音節を守った句です。ジェームズ・カーカップというイギリス人で、長らくイギリス俳句協会の会長さんをやっていましたけれども、詩人としてかなり知られた人です。俳句もつくるけど、普通の詩も作り、詩集がずいぶんあります。日本で長く教鞭をとりました。この方は五音節、七音節、五音節をしっかり守ってつくるのが大好きな人なんですね。

Crescent moon lying
on its back, relaxing in
a sky without cloud

三日月が
仰向けに、くつろいでいる
雲のない空で

「三日月」とありますから、日本の『歳時記』でいえば秋ということになるんでしょう。長く日本にいて東北大学だのいろんな大学で教鞭をとられて日本の風土・気象にはよく親しんでいる方ですから、こういう句もつくっているんです。

ただ、五音節、七音節、五音節を守るこういう句というのはだんだんと少なくなっていいます。むしろ、いまや少数派です。それは理由があるんですけれども、後ほどちょっとそれに触れようと思います。

それから四行形式。これもそうはたくさんはないんですけれども、

Wind-bells
Before the rain —
And after the rain.
Wind-bells.

雨の前の
風鈴 —
雨の後の
風鈴

「風鈴」ですから夏ですね。四行のわりには各行単語が少ないから、あんまり冗漫な感じは受けません。しかし、これ、もうちょっと語数を多くして四行だと短歌に十分匹敵する。あるいは、短歌以上の内容が入っちゃうと思います。

作者のティートーというのは俳号で、本名はスティーヴン・ギル。彼はイギリス人ですが、ここ数年京都の嵯峨野に住んでおります。彼がイギリスから日本に来る直前に私もロンドンにいたんですけれども、「十万円で庭つきの家を、京都の景色のいいところに借りて住みたい」と言ったから、私は「とんでもない。ロンドンでなら可能かもしれないけど、日本では無理だよ」と言ったんですが、それ、実行したんですよ。彼に聞いたら、京都の落柿舎の前にちょっとした畑があるんですね。そこで畑仕事している人がいたので話しかけたら、その人が「家探ししているのなら知り合いの不動産屋を紹介してやる」と言ったんです。そこでその不動産屋を紹介してもらって、そのつてでとうとう平屋ですけど一軒

屋の、周りにちょっと畑もつくれる、そういうところを、それも家賃月十万円で借り、もう四年ぐらい住んでいます。

彼はどういうわけか四行形式をかたくなに守るんで、私はやめたらと言ったことがあるんですよ（笑）。四行にしたら冗漫になってだめだよと言うんですが、頑固です。イギリス人は徹底して頑固ですから。いま、イギリスの俳人協会の仲間たちのなかでほとんど孤立無援で四行形式を守っているという感じです。

もう一人、アラン・ピザレリィという、何か名前はイタリア風の名前ですけど、これはアメリカの人です。

drop of ocean
in my navel
reflects
the amusement park

大洋の一滴が
ぼくのおへそで
映している
遊園地

遊園地で裸になっているんでしょうか。海水浴をしてきておへそに滴が垂れているんでしょうか。海浜の遊園地の様子が滴に映っている。まあちょっと大げさですけども、雰囲気は出ていると思います。こういう人もいます。

ここで、なぜ五・七・五形式をやる人がいなくなってきたのかということにちょっと触れたいと思うんですが、カナダに有名なハイク詩人でジョージ・スウィードという人がいます。この方とは私はイギリスでもお会いしたし、日本でもお会いしているんですけど、非常に熱心なハイク詩人で、俳句文学館の洋書の棚でこの人の句集が一番たくさん並んでいます。ですから登録カードも多いんです。ただし、句集といっても日本人の出すような句集じゃなくて、こういう小さな、もうせいぜい五、六ページとか十ページとか、そういうふうなものを交えてなんですけれども、そのジョージ・スウィードという人がエリック・アマンという人と非常に興味深い調査を一九八〇年にしている。もういまから約二十年前ですが、彼に言わせると、この調査の結果はいまでも通用するから大丈夫だ、ということなんですね。

その調査というのは、英語で書かれたハイクの主なアンソロジーや英語のハイク雑誌に載った作品の統計をとったんです。それによると、北米——向こうは北米、北米と言うんです。要するに、アメリカ合衆国とカナダは地続きでして、もう一つの文化圏みたいになってハイクの場合やっているんですよ。ですから、その北米ハイクの分析用の統計をとった。そうすると、約八〇パーセントがフリースタイルの自由詩だと。そして残りが五・七・五音節形式だと。二〇パーセントが五七五音節。あとの八〇パーセントがフリースタイルの自由詩。要するに、自由な短詩です。

では、行数の点でどうなっているか統計をとると、九〇パーセント以上が三行形式。あとのわずか一〇パーセントが一行、二行、四行及び一行でもなきゃ二行でもない、四行でもないという詩です。そういう詩は英語詩ではコンクリート・ポエムと言います。日本語に直すと具象詩というんですね。具象詩というのは視覚に訴えるようにデザインされた詩なんですね。わかりやすく言えば、ダイヤモンド形に字を並べてある。できたらハート形にして愛の詩を書くとか、あるいは樹木の形にして木をうたうとか、そういうふうな具象詩という分野があって、結構二十世紀につくられているんですけれども、その手でつくったハイクと称するもの。そういうものを含めても全部で一〇パーセントにしかならない。こういう統計をとって発表しております。

このジョージ・スウィードという人は、英語ハイクについての論文を書きまして、ドクター論文ですが、通った。私のところには彼から送ってきたコピーがあります。本人は実はカナダの大学の心理学の教授なんですが、英語ハイクについての学位論文を書いて、見事パスしています。ですから、今やカナダでは英語ハイクを研究対象として学位論文がパスするというところまで来ているんです。もちろん、彼だけではなくて、もっと若い大学院の学生も英語ハイクを研究対象にして学位を取っているというのが、このごろなくはないんですね。そこまで認知されてきている。

ついでに、この統計で皆さんのご参考になるかもしれませんから、自然や季語の観点で統計をとるとどうなるか。九〇パーセントの英語ハイクが自然と何らかのかかわりをもっている。残り一〇パーセントがもっぱら人事を扱っている。そうして、その自然とかかわりのある句、つまり九〇パーセントですけども、そのうちの七〇パーセントが季語をもっているというんです。九〇のうちの七〇ですから全体の六三パーセントが季語をもっている。ただし、この場合、彼らは季語をもっていると称しますけれども、我々が定義づけ、イメージしている季語とは当然違います。おそらく日本のように特に認定されて『歳時記』に載っている季語という意味じゃなくて、広く季節や季節感にかかわるものを大まかに言っているんじゃないか。そういうふうに私は思います。

ついでに、内容的に分類したのをご紹介しますと、全体の九五パーセントは直接的感覚のイメージを用いている。残りのわずか五パーセントが抽象的観念や一般的概念をあらわしている。

渡辺勝さんの紹介されるドイツ語ハイクと大分違うんじゃないでしょうか。九五パーセントが直接的感覚のイメージで勝負しているんですよ。抽象的観念、一般的概念の句というのはわずか五パーセント。

それから、使用している動詞の時制（tense）の点では、九九パーセント以上が現在時制で書いている。過去形は使わない。九九パーセント以上が現在時制で、過去時制を使ったのは一パーセントにすぎない。

これもまた理由があるんです。これは芭蕉の教えを一所懸命守っているんですね、いじらしいほどに。その芭蕉の教えについてはまた後で触れたいと思います。

アメリカ俳句協会が定めたこの定義からいま出発しているんですけれども、この定義というのは英語ハイクの定義ですが、世界において最も権威あるものとみなされる地位にあるんです。やっぱり英語というのは今や国際語ですから、ヨーロッパ、あるいは南米、あるいはアジアにおいても英語で書かれたものは、ハイクをやろうなんていう人にとってはみんな読めるわけですよ。ですから、これがやはり指針になっちゃうんですね。そういう大きな指導力を発揮している。

しかし、「通常五・七・五音節の計十七音節で書かれる」というこの定義は、今や現状と大きく隔たっているということがわかったわけです。おまけに、その十七音節というのに問題があるんです。日本の俳句というのは普通十七音。音節とは言ってないですね。十七音とか十七字と言っていますね。ですけど、外国人はそれを音節というふうに置きかえちゃった。でも、英語の音節——シラブル（syllable）というのは、日本語の音とか字とは同じではないんです。違うということは長い間おおぜいの人にわからなかった。日本人でもあまりわかってない方がいるんじゃないかと思うんですけれども、具体的に言いますと、light という英語がありますね。この light というのは日本語にもなっています。自動車のライトとか自転車のライト、灯火とか光の意味ですね。英語ですとこれは一音節。日本語ですと三音節。まあ三音節という言い方はおかしいんで、三音あるいは三字。ところが、英語ですとこれは一としか数えない。だから日本語の十七音を十七音節としていくと大変な開きが出てきちゃいましてね、もうどんどん情報がそのなかに詰め込める。だからまともに五・七・五音節でもって英語ハイクをつくると、おそらく短歌以上の長々しい内容のものになってしまう。

英語というのは、結局、こういう音数律じゃないんですね。日本語のような音数律じゃなくて、アクセントのことばなんです。アクセント、ストレスとも言いますけれども、アクセントで勝負している。日本語はフラットで、日本語というのはなるべくエネルギーを使わないで発音できる。菜食民族だったせいじゃないかと思うんですけれども（笑）。ほんとに口もあんまり大きく開けないで。向こうのことばはおなかがひどく空くことばですね。もうくたびれます。まともに英語を話していると、一時間もするとあごの辺がくたびれてくる。慣れないとちょっとだめです。だから、おそらく生まれてから英語をしゃべっていれば、帰国子女なんかにもたまにいるけれども、顎のあたりの骨格が変わってくるかもしれない。それぐらい違います。声も腹式呼吸で太い低い声が出ないと英語らしくはならない。日本人は、私もそうですけれども、ちょっと甲高過ぎる。

そういう違いが厳としてあって、それをただ数字合わせに五・七・五、十七音だから英語の seventeen syllables にすればいいのだろう。それは全く無意味だったんです。そのことがもう今や向こうで多くの人に理解されるようになったんです。それが五・七・五音節を捨てる一つの最大の根拠です。

そうしますと、じゃ英語でもって、もっと俳句に語数的にも、リズムの点でも近いものにするにはどうしたらいいかというのが、このプリントの最後にある「各行二ストレスの三行形式（六ストレス）」という提案。これはイギリス人のジョージ・マーシュという人が盛んに言っているんです。これは私の句を使って言っているんです。実は私の俳句を岡田秀穂という、早稲田大学を定年退職された英語学、英作文の先生なんですけれども、その方が

菊 畑 動 く と 見 え ぬ 飛 行 船

という私のつたない句ですけど、英語にしてくださったんです。

Chrysánthemum fiélds
and a scárcely móving
áirship abóve.

各行のアクセントが二つ、二つ、二つ。合計六つのアクセント――六ストレス。これですと音の分量と、句の内容量から言って、いわゆる日本の俳句に一番近い英語形式になるんじゃないかというのが、岡田秀穂先生の長年の研究結果なんです。

ほかにも私の句をいくつか訳されたんですけども、それがイギリスに伝わりまして、ジョージ・マーシュがこれに乗っかって、そのとおりだという論文をイギリス俳句協会の機関誌「ブライス・スピリット」（一九八六年）に出しているんです。ここに一つ見本をもってきました。年に四回出ています。これに載せたんですね。そして、この二・二・二の六ストレスが一番いい。一番日本の俳句に近い英語になると。

そして、ジョージ・マーシュはこういうことを言っているんですね。

> ハイクとは何かといえば、その短さにある、と私は言いたい。短さがハイクの目的である。ハイクは最小の言語的構成物で、その部分の間に緊張《テンション》と余韻《レゾナンス》をつくるに足るだけの複雑さをもち得るものだ。十七音節の形式にリズミカルな装飾やことばの念入りな仕上げをほどこすことは誤っている。音節はハイクの形式とは全く無関係である。

そして、いかにこの二・二・二、計六ストレスのハイクがいいかということを説く。ヒギンスンという人は以前、二・三・二というのを奨励したんですが、二・三・二計七ストレス。真ん中を三ストレスにする。やっぱりちょっと長くしたほうがいいんじゃないかと。だけども、ヒギンスンの言う二・三・二のストレスから成るハイクは、英語としてやや長く消化不良となる。二・二・二の六ストレスのハイクは、英語としてもっと美しく、英語風の軽みがある。ブライスの訳した良い英語訳にはこの二・二・二の形式が多い。こういうふうにマーシュは主張しているんです。

こう私が皆さんにざっと紹介したように、英語ハイクの世界では定型と称するものはない。ごらんのように。結論的に言えば、短い自由詩と言わざるを得ないですね。だから私の最初に立てた命題「英語ハイクは定型詩か」は、否です。

二つ目は、ハイクの本質をめぐって少しお話ししたいと思うんです。

これは実は私自身皆さんからもいろいろご意見を拝聴したいなあと思っている問題なんですが、先ほどからたびたび名を挙げているヴァン・デン・フーヴェルさんというアメリカのハイク詩人かつアンソロジーの編集者は、一九八六年に二冊目のアンソロジーを編んだ。その序文でこういうことを言っています。

英語ハイクも二十五年を経過した今、我々は英語ハイクとは何かを知っているんだろうか。そのことの一般的なコンセンサスはないようだ、相変わらず知覚あるいは認識——(英語で awareness, perception と言っていますけれども)——について語られることが多く、禅とか無限について語られることは少ない。

こういうふうに序文で述べているんです。

それからおよそ十年後に、マイケル・ウエルチュという人がこういう報告をしています。

一九九七年――（二年前ですね）――にカリフォルニアで開かれたパネルディスカッションで、何が英語ハイクのエッセンスか。何が英語ハイクの根本要素かと論じられている。このテーマは活発な議論を引き起こした。きっとこれは常に論議の的になろうし、たぶん、個々人の先入観を反映した議論になろう、と私は思う。

何が英語ハイクの根本要素か。これが大きな論議を引き起こして、ずっと尾を引いて議論が続いている。日本の俳壇ですと、私の属している俳人協会あるいは日本伝統俳句協会であまりやりそうもないんですね。現代俳句協会あたりではある程度やるかもしれませんけれども。とにかく私たち日本人というのは俳句を楽しんで詠み、また句作をしながらも、俳句とは何か、その根本要素はと自問して考える人はあまりいないんじゃないでしょうか。いるにしても限られた数だと思うんですね。外国人から急に俳句とは何なんだ、エッセンスは何なんだと言われると、虚を突かれてうろたえちゃう。あるいは、辞書でも引いて五・七・五の十七音から成る短い定型詩。通常季語を入れる。この程度でお茶を濁すということになりかねない。

ところが、先ほどもお話ししたように、英語ハイクでは十七音から成る定型詩なんていうことは到底真似できないわけですね。ですからこういうことを答えても無意味なんです。とにかく一行から四行にわたるいろんな形式が模索されている。そして、同一人物が、あるときは一行で書き、あるときは三行で書き、というふうにいろんなことをやっているんですよ。自分は一行派だ、自分は三行派だというふうには固定していないですね。そのときの句想によって一行にしてみたり、あるいは場合によっては二行になったり、いろいろなんです。ですから、彼らが俳句とは何かということについてこういう本質的で内容のある共通認識を真剣に求めるのは当然のことだと思います。

アメリカ俳句協会は会員へのガイドラインというものを発行しまして、俳句をこう規定して会員へ配付しているんです。ガイドラインというのは指針とでもいいましょうか。それをちょっと紹介しますと、これは一九九二年ですからそんなに昔じゃないですね。一九九二年のガイドラインに、

俳句は短く新鮮でなければならず、くっきりした明確なイメージを使って、俳句のエッセンス、あるがままの瞬間を表現しなければならない。

「くっきりした明確なイメージ」というのは私の翻訳ですけれども、原文は clear images と言っています。

英国俳句協会も一九九六年にパンフレットを発行しました。「英語ハイクの特質」と銘打って、これも配布している。私のところにまで送られてきています。私は実は英国俳句協会の会員になっているせいもあるんですけれども。そこに「ハイク精神」という項目で

こんなことが書いてあります。この「ハイク精神」のハイクはあくまで英語ハイクです。日本の俳句じゃないんです。

ハイク詩人は知覚力を培う結果、日常の生活や環境からくるきわめて強い刺激・感化を経験することになる。これらの感受を詩人たちはハイク的瞬間と考えがちである。

この「ハイク的瞬間」ということば、ハイク・モーメントはキャッチフレーズのように世界のハイク界で口にされ、書かれています。

私たちは知覚・感覚を動員して「ハイク的瞬間」に気づこうとする。その瞬間というのは、推論によるのではなく、直感（intuition）と情緒（emotion）の解放によって発展する。ブライスの言うように、「ハイクは意味深い触覚、味覚、嗅覚、視覚、音感の詩」である。そのハイク的瞬間というのは、ふつう個人的な経験からくる。そうした知覚を記録する際に詩人がなすべきことは、それを新鮮で確かな出来事とし、一般化・抽象化を避けることである。状況が今であるかのような直接性・即時性を保つために現在時制が普通用いられる。

ハイクの九九パーセントが現在時制で書かれているというのは、こういうところに根拠があるんですね。「状況が今であるかのような直接性・即時性を保つために現在時制が普通用いられる」。この現在時制というのは、言いかえれば現前性とでも言いますか、目の前で起こっている。

こうした現前性――（英語ではpresenceと言っています）――は今やこの英語ハイクという詩の公式的な態度である。

公式的な態度。ここまで言っているんです。

こういうパンフレットを会員に配って句づくりにいそしんでいるわけですから、ある方向づけというのはどうしてもされると思います。

こういうふうに「ハイク的瞬間」ということばが何度も言挙げされる。折りにつけてハイクの本質にかかわるキーワードとして口にし、広く通用する一つの述語というんですか、ターム（term）のようになっているんです。私はかねがね、一体だれが、いつごろからこの「ハイク的瞬間」というようなことを言いだしたのか大変興味をもっていたんです。だんだんとその由来みたいなものに見当がついてきたんですけども、まず、こういうことばの由来というのは、やっぱり何か大きな権威のある源から出ているんだと思う。それを示唆する一文があります。それはブルース・ロスという人が一九九三年に「現代北米ハイク・アンソロジー」というのを出したんです。これのタイトルは『ハイク・モーメント』なんですよ。もうずばりハイク・モーメント。その序文にこういうことをうたっている。

いかなる経験に出会おうと、芭蕉の言った「もののみえたる光」が見出されるべきである。

有名な「ものの見えたる光」です。

だからアニタ・ヴァージル――（アニタ・ヴァージルというのは女流俳人ですが）――は特にこう言及したんだ。「ハイクは特別な認識の瞬間を伝える。それは日常にあって人を立ちどまらせ、日ごろ見慣れたものの不思議・驚異を新たに感じさせる。」日ごろ見慣れたもののなかに不思議さ、驚異を新鮮に感じさせる。それがこの瞬間なんだと。

あとのブルースのことばを続けますと、

英語ハイクは西洋の自然詩が伝統的にもっている主観性を一瞬のアイロニックなドラマへ変える傾向がある。だが、日本の俳句は、それよりさらに高い価値の「俳句的瞬間」をあらわそうとする。芭蕉は俳句を説明して「この瞬間にこの場で起こっていること」と述べた、とされている。

芭蕉は俳句のことを説明して、「『この瞬間にこの場で起こっていること』と述べた、とされている」のですよ。断定はしていないんです。そういうのを序文でうたって、カナダとアメリカ合衆国の選ばれたハイクをずらっと並べているんです。

推論ではなくて直観によって、抽象化せずに具体的な感受性で鋭く直接的に知覚する。こういう俳句的瞬間を表現するのが俳句だと。こういうふうに異口同音に唱えているわけです。

その定義づけの根拠というのは、芭蕉のことば「ものの見えたる光」云々にあるとブルース・ロスは示唆している。これは言うまでもなく土芳の『三冊子』の一節、「句づくりに師のことばあり。ものの見えたる光、いまだ心に消えざるうちに言ひとむべし。」これですよ、引いているのは。

これは山下一海さんの解説(『芭蕉百名言』所収)をみるともうちょっとわかりやすく、「俳諧に表現しようとする素材の本質が、一瞬の光のように感じられたら、その印象が消えないうちに素早くとらえて表現しなければならない。こういう意味合いだろう」と。そして、さらに「揺れ動く感受性が変化してとどまらない外界の『物の光』をとらえようとする。それがうまくとらえられたときのみ、『光』は陸離と輝く。千載一遇のその危うい一瞬のなかに、広大な表現の入口がある。一瞬をとらえる素早さは表現者の集中力にかかっている。」こういうふうに解説している。

そして、芭蕉のこの句づくりと思考に関することばをまとめて土芳は「是みなその境に入って、物のさめざるうちに取りて姿を究むる教へなり」と結んでいるわけですね。物と心の光が感合する一瞬の、ほてりのうちに、発想と表現を渾然たる力として、句の究極の姿を彫り上げよ、というのである、と山下さんは説明してくれているわけです。結局、物と心の光が感合する一瞬、その一瞬を素早くとらえる。これがハイク詩人たちの言う「ハイク的瞬間」に符号するわけです。

このブルースの先ほどの引用文の終わりに、芭蕉が俳句を説明して「『この瞬間にこの場で起こっていること』と述べた、とされている」とあるんですけれども、この明解な俳句の一つの定義が多くのハイク詩人たちを啓発し、納得させて実践上の大きなよりどころとなっているようなんです。とにかく芭蕉をもってくれば、大体みんな納得しちゃうんですよ（笑）。

そこで私が次に考えたのは、ほんとに芭蕉はそういうことをどこかではっきり言っているのだろうか。芭蕉のそのようなことばの典拠は何なんだろうか。最初にそれをだれが英訳してハイク詩人たちに伝えたんだろうか。私はそれを知りたいと思いました。それでいろいろと調べたというか、日ごろ気をつけていたんです。

そうしますと、芭蕉の次にはまたどうしてもブライスがよりどころになるんですね。ブライスのあの有名な英文の著書『俳句』の第四巻の九十五ページ。これは一九五二年に刊行されています。そこに次のような記述が出てくるんです。

私はいまブライスと呼び捨てですけど、私はブライス先生に実は大学院で教わっておりまして、ほんとは先生と言うべきなんです。そのころ先生は学習院大学の教授で、早稲田大学の大学院の英文学研究科に出講されていまして、その講義に私も出席していたので縁があるんですが、そのブライス先生がこういうふうに書いているんです。

道のべの木槿は馬に喰はれけり　芭蕉

この俳句と関連して一つの逸話がある。真偽のほどはわからないが、それは俳句の純客観性と、徹底した直接性を明示するものだ。かつて芭蕉は禅の師、仏頂和尚に、「おまえは俳句に時間を浪費している」と非難された。それに対して芭蕉は、「俳諧は只今日《こんにち》の事、目前の事にて候」と答え、「……木槿は馬に喰はれけり」の句を例として引いた。仏頂はそれに満足して言った。「善哉、善哉、俳諧もかかる深意あるものにこそ」

これをブライスは『俳句』の第四巻に書いているんです。

世界のハイク詩人たちはこのブライスの本をバイブルのごとく読んでおります。もうどこに何が書いてあるか頭に入るぐらいに読んでいるんですね。一番読んでいないのは日本人なんです（笑）。翻訳もないんですけど。ただ、村松友次さんが第一巻だけはほとんど翻訳を完了されました。そして、どこかこれを出版をしてくれるところはないでしょうかというお手紙を私はいただいたのですけど。第一巻、なかなか翻訳は大変だったと思います。もちろん、英語の堪能な女性とタイアップして訳したんです。翻訳としても大変な労作だと思うのですけれども、どこかで本当にあれを出版してくれれば、ブライス先生の著述が一体どういうものであるかということがもっとほんとによくわかると思うんです。

英語ハイクの詩人はこの大部な、何千ページになる著書を俳句理解と句作のバイブルのごとく精読しています。だからこの一節も、この仏頂和尚とのやりとりもきっとアンダーラインかなにかして、金科玉条視する者が少なくないと思います。

ただ、ここで留意すべきなのは、「俳諧は只今日の事、目前の事にて候」のくだりをブライスはこう英語にしたんです。直訳しますと「俳諧はこの瞬間、この場で実際に起こっていることなのだ」。「今日《こんにち》」というのを「瞬間」という言葉にしたんです。英語で言うと“Haikai is simply what is happening in this place, at this moment”.“at this moment”――「この瞬間に」。まさにこの英訳文から「俳句的瞬間」ということばが世界のハイク詩人の間に広まっていったと私は推測するんです。一九五二年の出版ですけれど。

英語圏で発行されているいろんなハイク誌がありますが、そのなかで最も古く、かつ、充実しているハイク誌に「モダンハイク」というのがあります。これは季刊だと思います。その「モダンハイク」の一九九一年秋期号にボブ・ジョンズという人が「俳句の現在性」という評論を載せて、この芭蕉の言ったとされる「俳諧は只今日の事、目前の事にて候」

をまくらに自分の評論を書き進めています。

これは素丸著の『説叢大全』で紹介された逸話だと彼は言う。ここにご専門の尾形先生がいらっしゃるんですけれども、これは明和九年、西暦一七七二年に上梓された、いろんな初期の俳句についての、今流に言えば評論ですか、あるいは句の解釈を集大成したものだそうです。私は実は原物をみておりませんが。

この素丸著の『説叢大全』のなかにその逸話が載っていて、素丸自身が真偽を疑っているというんですね。「しかし」とこのボブ・ジョンズは言うんです。「真偽は疑っているにしろ、傾聴すべきことばだ」と、こう言っているんです。実際に芭蕉が仏頂和尚とそういうやりとりをしたかどうか、ほんとか嘘かはともかく、この伝えられていることは傾聴に値すると。そして、ブライスが「今日」という原文を「この瞬間」と理解したために、禅のよく知られた"here and now"——「今、ここで」、という教えにいっそう通じるものになったというわけです。"here and now"——「今、ここで」、というのは、禅のことばではもっといい言い方があるんでしょうね。それに通じるものなんだと。

ジョンズはさらに、「止むるといふは、見とめ、聞きとむる也。飛花落葉の散りみだるるも、その中にして見とめ、聞きとめざれば、をさまるとその活きたる物だに消えて跡なし」という『三冊子』の一節を援用しながら、俳句における現在時制の動詞こそ、進行中の活動、目前のことをあらわすキーワードになってくれると主張する。したがって、彼らはみんな現在時制で書くわけですね。過去形を使わない。結局、この『三冊子』や何かに出てくる芭蕉の言葉というものを信奉している。それに基づいて実践している。だから、どんなに偉い現代俳人がこうなんだよと言っても受け付けないんじゃないですか。やっぱり芭蕉じゃなくちゃだめなんですね（笑）。

英語ハイク界では、いま取り上げたハイク的瞬間と密接なかかわりのもとに、今度はハイクスピリット、俳句精神ということを言うんです。これがまたしょっちゅうハイク精神、ハイク精神と彼らの書くもの、言うことに出てくるんです。

たとえば、マイケル・ウェルチュという人の次のようなことばはその典型なんですけれども、

使用する言語が違おうともハイクの根底に一つの普遍的な要素があると思う。英語であろうと日本語であろうと俳句の根底には普遍的な要素があると。

それは俳句精神としばしば呼ばれるものだ。多分、これは私たちの短い詩に見出せる、鋭く見、深く感じて高められた知覚の瞬間を記録する精神を指すんだろう。

また「知覚の瞬間」にいくんですけど。それを記録する精神が俳句精神、俳句スピリットだと。

鋭く見、深く感じて高められた知覚の瞬間を記録する精神を指すのだろう。あらゆる時代の、あらゆる言語のハイクにおいて、自然と人間性への直観的な洞察が、簡潔さということと合わせて一番重要な共通の詩的要素であろう。形式とか季語に関する細々としたことも大事ではあるが、それらは二の次だと私には思える。

と、こういうふうにウェルチュは言っています。これは一九九七年の発言です。二年前ですから、ごく最近と言っていいでしょう。

こういうウェルチュの発言の根底には、実はブライスの次のような俳句観があるんですね。これは一九六三年にブライスはすでに言っているんですけども、「俳句は新しい感覚、不意に知覚した自然と人間への共通した経験の意味を表現しなくてはならない。絶対に説明的であったり、原因と結果を含んではならない。」

私どももよくこれは言われましたね、初心のころに。その句は説明じゃないかとか、原因・結果じゃないかと言われましたけど、『俳句の歴史』第一巻で、すでにブライスはこういうことを言っているんですね。だから、現在句作をしているハイク詩人たちというのは、芭蕉とか、それを引用したブライス、そういうものに基づいてやっているということが大体言えるんじゃないかと思います。

「モダンハイク」の編集者のロバート・スピースという人がいますけれども、この人のハイク観なんかもこういうものの上に立っているわけです。

日本の俳句が志向する高められた知覚《アウェアネス》、直接的な認識、即時性と簡潔さ、暗示的、間接的でありながら、具体的、詳細で、かつ、詩的な自然さをもつことを私たちの英語ハイクでも必要としているのだ。

以上のようなハイク的瞬間とかハイク精神については、禅とか道教といった、あるいはインド哲学といった東洋哲学、はては存在論などの西洋哲学や心理学、そんなものを援用しながらさらに説明・考察しようとするハイク詩人も少しはいるんですね。私もそういうのを読むんですけれども、一所懸命読んでもよくわからないです。非常に抽象的で、ハイデッカーがどうのこうのとか、そういうことになっちゃって。だから、向こうの英語ハイク詩人たちもそういう論議はあまり相手にしないんですね。とにかく芭蕉が言っているんだと言えばそれでもう大体「わかった」。だからほとんどの人はこれまでにみてきた言説が、説明、示唆する程度と範囲で満足している。あとはひたすら実作に打ち込んでいる。そして、実作者にとっては生み出した作品こそ第一であり、作者の態度とか精神の問題は作品から逆に追求・探究されるていのものだ、というふうに考える傾向が強いようです。

今年、ヴァン・デン・フーヴェルさんが三度目のハイク・アンソロジーを出しました。改訂増補版といいまして、最上のアメリカハイクを八百五十句、八十九人収めたとうたっているんです。その序文を締めくくることばを引用して私も終えたいと思うのです。その序文を締めくくることというのは、広く読者に対して英語ハイクなるものを説明し、アピールしたものです。しかし、彼もやはり深くはこういうハイク精神とかそういうものには立ち入らず簡潔に済ましています。それ以上のことはむしろ自明のこととして読者に委ねているんです。その後にこういうことばをつけています。読者に向かって、「私が希望するのは、ここに収めたハイクとセンリュウが」――センリュウもハイクも彼らの考えでは一つなんです。日本と違うんですね。我々は区別して、ちょっと文学的には一段川柳を見下しているようなところがありますけれども、向こうはハイクとセンリュウはほんとに同じ雑誌に並んでいます。一人のハイク詩人が時にはハイクを、時にはセンリュウをつくっています。そして彼らに言わせると、芭蕉は川柳をつくっていたじゃないか、こう言うんですよ。芭蕉は俳諧、要するに連句を巻いていたでしょう。連句の付け句、人事句もいろいろ出てくる。彼らはあれを川柳とみているんですね。だから、いまの新聞に載っている時事川柳とか、ああいうのは彼らはイメージしてないんですね。芭蕉が連句でやっていた人事句とかそういうものはずうっと川柳というものの本質だというふうにとらえている。彼らは人事句をつくるのが大好きですから、いわゆるセンリュウと称してもっぱら人事句をつくる人もいます。したがって、このアンソロジーにはセンリュウも入っているんです。

私が希望するのは、ここに収めたハイクとセンリュウがことばの魔術を例示してくれることだ。それが皆さんのためにつくるのは、人と自然の一体化という暗黙の知覚を伴う――(人と自然の一体化。これは日本人も言っていますね)――鋭く意味深い認識《パセプション》の瞬間である。――(またここで瞬間と言っています)――これらの作品は強烈な情緒的感応を皆さんに引き起こしてくれよう。そうしたハイク的瞬間に生きることが、最高の詩的経験であることに皆さんが同意されんことを願っている。

これが序文の最後なんです。(カッコ内は星野のことば。以下同)

私は、彼らの「ハイク的瞬間」というのは大体何を指すかわかったんですが、「ハイク的精神」というのはまだもうちょっとその先を知りたいような気がするんです。ことし(一九九九年)、現代俳句協会がパネルディスカッションをしました。そのときドイツからマルティン・ベルナーさんという人がパネリストとして参加したんですが、その人が「私たちのだれもが感じていながら説明しがたい俳句精神とは何なのか」、こういうことを問うているんですよ。私も何なのかと言いたいんです。

先ほど出てきた嵯峨野に住んでいるティートーは、「驚異、神秘。つまり、感動の驚きが俳句の基本だ。」彼はまたおもしろいことを言っていますよ。「最も危惧するのは、道教と禅に代表される俳句精神が日本でも海外でも忘れられる危険性がある点である。単なることば遊びやパズルのようなものは好ましくない。」こういうことをはっきり言っています。

そうかと思いますと、先ほどのカナダのジョージ・スウィードは「ハイクは畏怖——(英語で awe 神の前でおそれる)——や驚異の念、超絶主義的な洞察——(超絶主義というのは、エマーソンとかソローの言った transcendentalism なんですけど)——をハイクは表さなければならない。」もちろん日本の俳句じゃないですよ。英語ハイクのことです。

そして、もう一人ジェームズ・ハケットという、アメリカのハイクの巨匠と言われ、「達磨さん」とも言われている人なんですけれども、ハケットは、ハイクの本質をハイク的瞬間や「ありのまま」——(suchness という英語です)——としてとらえると同時に、もう一つ彼独自の観点として、「直観的相互貫入」という概念を持ち出すんですね——直観的相互貫入というふうにものをそこにみる。これは禅の特質である「一体化(oneness)への直観的知覚」というふうにみなしているんです。要するに、ハイク詩人が詠む対象とハイク詩人との間に距離がなく一つになり切っている、そういう様態。これがハイクの本質なんだということを言っておりますけれども、俳句の本質とは何ぞやというとほんとに大変ですね。日本人でも彼らに答えられるような説明ができるのかどうか。

たとえば、私どもがよく聞くのは、山本健吉は「滑稽、挨拶、即興、座の芸術」ということで俳句の、本質というんでしょうか、特徴と言うんでしょうか、を語っている。

あるいは、井本農一は「イローニッシュな把握」。こういうことは本質なのかどうかちょっと私も確信まではいかないのですけれども。

あるいは、ここにおられる尾形先生は「俳句を単なる短詩や警句と区別するものは、俳諧性の有無である。俳とは、芭蕉は俳意と呼び、蕪村は俳力と呼んで、発句詠作の根幹に据えた。俳とは滑稽―笑いということだが、それは反日常的、反常識的視点からする自然と人生の新しい発見という知的操作に伴うものである」と述べられる。

こういう面は外国人にはまだあまり伝わっていないですね。大体俳諧とか俳意、これを英語でどう言うべきか。いわゆる日本のユーモアでいいのかどうか、問題があります。そして、彼らのハイクの精神とかハイクの本質という論議のなかにはこの面、俳諧性ということは私のみる限りあまり出てきていない。ただ、日本の古典俳句を解説する際に、ユーモアがあるとか、たとえば一茶とかそういう人の句をとらえるときには触れますけれども、自分たちが作句の上で俳諧性を云々するという言説には、私の見聞するところ、出会わないのです。

こんなふうなことを私は考えておりまして、皆さんに報告かたがた、お話ししたわけです。また後ほど、もしご意見があればうけたまわり、私自身も何かと教えていただきたいと思っております。（拍手）

（一九九九年十一月七日　成城大学にて）

［「游星」二〇〇一年七月　第二部「質疑応答」は割愛］

海外日系人の俳句と短歌——対談、小塩卓哉氏と

海外日系文芸祭のスタート

——今日は海外日系文芸祭の実行委員で、作品の選考もされるお二人にお越しいただきました。海外日系人の俳句と短歌をテーマにお話しいただきます。まず、今年で第九回を迎える海外日系文芸祭のご紹介からお願いします。（本阿弥書店「俳壇」編集者）

小塩　二〇〇四年、財団法人の海外日系人協会が中心になり海外日系文芸祭を始めました。外務省、ＪＩＣＡ（国際協力機構＝当時、事業団）などの協力で、ブラジルともかかわりの深い団体です。

私が海外日系人協会に深くかかわるようになったのには、細江仙子《のりこ》さんの存在がありました。仙子さんは日本でお生まれになっています。細江さんのお父様はブラジルでの日系人への医療を最初におやりになった方です。日系人がブラジルに移住して何年か経つと、病気になる者も増え、慶応大学にお医者さんの派遣をお願いしたところ、細江静男ドクトル

が引き受けられたのです。この先生は面倒見がよく、小説『大菩薩峠』に登場する町医者にならい道庵先生と呼ばれていました。二人の娘さんのうち、一人はブラジルにお連れになり、もう一人の仙子さんは岐阜の白川に置いて行かれたのです。姉妹で別れ別れになってしまったのです。仙子さんは前衛短歌時代に、平井弘さん、黒田淑子さん、さらには春日井建さん、岡井隆さんらと東海地方で活躍された歌人です。一九六〇年代には十年ほど、ブラジルの「椰子樹」という雑誌で活躍されました。

仙子さんは朝日新聞の岐阜版の歌壇の選者をされていました。私は二十代の初めのころからそこに投稿していましたが、その後文通をするようになりました。仙子さんがブラジル移住者とかかわりがあるということから、私もおのずとかかわるようになり、海外日系人協会にも出入りをするようになったのです。実際に私はブラジルに行き、向こうの短歌会に参加したりもしました。「海外移住」というＪＩＣＡの機関紙に、向こうの作品を紹介する連載を始めたのが発端です。

海外の日系メディアを束ねる海外日系新聞放送協会の三十周年のとき、少し予算の余裕があるということで始まったのがこの文芸祭です。最初は短歌だけのつもりでしたが、カナダ、アメリカ、ハワイ、ブラジルの日系人の文芸集団を見ると俳句の人口のほうが多い。では、俳句もやろうということで二部門になったのです。短歌の選は私と細江仙子さん、俳句は星野恒彦先生に選をお願いをすることとなりました。

星野　あるとき突然、お電話で、まったく面識のない小塩卓哉さんから話が来たので、はじめは何のことやらわかりませんでした。なぜ私の名前が出てきたのですか。

小塩　俳諧文学の研究者の堀切実先生が私の大学時代の恩師でして、堀切先生から星野先生のお名前を教えていただきました。

星野　堀切先生とは早稲田大学の教員同士でした。学部は違いますが、俳文学を講じておいでです。私自身は英米文学、特に英語の詩、二十世紀が中心ですが、そういうものを専攻していました。海外日系人の俳句というと国際的なものですね。私は国際俳句交流協会に参加しております。学内外でそういうことをやっているのは、見渡したところ私ぐらいしかいない。そういうことで私の名前を挙げられたのかなと思います。

小塩　星野先生は英文学が専門の先生だとあとでうかがって、ちょっとびっくりしました。

俳句と短歌の国際交流

星野　国際俳句交流協会は一九八九年に設立されました。なぜこの団体ができたかと申しますと、一九六〇年代から俳句の国際交流の動きが始まりました。俳句と言えば日本は本山ですから、何かといえば日本に外国から手紙が来たり、問い合わせが来たり、訪日して会いたいとか、いろいろなことを言ってくるようになりました。はじめは俳人が個人的にコンタクトを受けていたのですが、ますます盛んになってきたので、日本の三大協会である現代俳句協会、俳人協会、日本伝統俳句協会の三つがそれぞれ役員を出して、国際交流の窓口を一本化し、その主体を一つにしようということで設立されました。私は設立の当初から参加しました。現在会長は有馬朗人さん、私は俳人協会から出ている副会長です。現代俳句協会、日本伝統俳句協会からもそれぞれ副会長が一人ずつ出ています。とにかくこの三大協会が挙げてこういう機関を設けています。

私どもは国際的な俳句の交流というと外国人との交流しか頭になかったのです。そこに出てくる俳句はローマ字のＨＡＩＫＵでありカタカナのハイクでありまして、外国語で書かれている。英語がその中心ですが。しかも、短詩に近いものです。でも、それを向こうの人たちはハイクと称して、私どもに交流を求めてくるわけです。

ところが、小塩さんからの海外日系人文芸祭のお話は、「外国語の俳句ではない。海外に移民ないしは居住している日本人が日本語で作っている俳句だ」ということでした。

小塩　日系日本語文芸という言い方をしています。ブラジル移民を題材にした文芸作品には、石川達三の『蒼氓』がありますが、一般にはそれくらいしか知られていない。始まる少し前に話題になったのが呉建堂さんの『台湾万葉集』です。こちらは台湾の方が日本語で作ったものです。実は私は、それ以前にも岡松和夫さんの『異郷の歌』という小説に刺激を受けています。この間、亡くなられた作家です。そこではコロニア短歌の紹介をなされているのです。コロニアとは「植民地」のことで、そういう日系人の文化がもっと知られてほしいなという思いもあったのです。

星野さんからは国際俳句交流協会のお話をうかがって、文芸祭で国際俳句交流協会の賞も出していただいています。短歌のほうは日本歌人クラブが国際交流の短歌大会を何度もやられていまして、それにも私はかかわっていました。短歌の世界には国際交流を主とする団体はなかったのですが、とにかく、海外の日系人と日本人の、しかも短歌と俳句の文芸祭を同時にやろう、しかも世界文芸祭でという、何もかも初めてのことで、かつちょっと無謀なものを始めました。一回目は海外にも選者をお願いしました。国内は星野さんにも参画をしていただいて何とか立ち上げたという感じでした。最初の頃は批評会もやっていました。

星野　第一回の作品集を見ますと、後援に国際俳句交流協会が入っていない。全く視野になかったのです。私は理事会に持ち出しましてね。相手が外国人であろうと日本人であろうと、海外に居住している人と交流をする、これは国際的ではないかということで。それで、後援をし、賞状を出すことになりました。

第一回は私にとっても新鮮な経験でした。授賞式にはブラジルから何人も見えましたね。

小塩　二十人を越す方が来られていました。全体で七、八十人は参加していて、お茶を飲みながらのパーティーもやりました。

星野　私には海外日系人という具体的な存在に触れる最初の機会でした。入賞者はダントツにブラジルの人が多かった。ブラジルからのお土産のコーヒーまで戴きました（笑）。

明治元年に始まった海外移住

小塩　日本人の海外移住はハワイ移民が最初でした。そのころ、ハワイ移民はまだアメリカ移民ではないのです。ハワイ王国の時代ですから。やがてハワイがアメリカ合衆国に変わっていき、移住者の受け入れ地もアメリカ本土、そしてブラジルへと移っていく。正式な移民以外では、漂流してカナダに入った人たちもいます。ブラジルの移民は最初の世代を「一世」と言い、子供のころに行った人を「準二世」あるいは「子供移民」と言いますが、海外日系文芸祭の実施はぎりぎりその世代に間に合った。文芸祭に集った人たちは、アメリカとかカナダの方たちは英語が堪能だったりしましたが、ブラジルの方は素朴で古風な日本人という感じでしたね。

星野　ええ、そうでした。公式的には日本人の海外移住は明治元年、一八六八年のハワイ移住から始まったと言われています。ハワイはその後、アメリカ合衆国の一部、ハワイ州になるわけですが、ずいぶん日本人が移住して行きました。当初、一九一〇年の段階では、ハワイの総人口十九万人のうち日本人・日系人が八万人、四一・五パーセントを占めました。二〇〇六年七月現在は総人口百二十八万ちょっとで、日系人は三十万、二三パーセントです。今いちばん多いのは白人です。ハワイの移住者はそもそもはサトウキビとコーヒーの栽培に従事するための労働力として行った人たちが多いのです。今は四世、五世が中心になっています。

海外の俳句は「ホトトギス」系が強い

星野　海外移住者と俳句とのかかわりですが、ここにマウイ・ホトトギス会十五周年記念句集『常夏の四季』があります。ハワイにはいくつかの島嶼がありますが、マウイ島の「ホトトギス会」で出しています。これはアメリカ本土ワシントン州の「ホトトギス会」と姉妹提携しているのです。海外での俳句の普及には歴史的に「ホトトギス」系が強い。

小塩　最初の日系文芸祭でのアメリカの選者の方もやはり「ホトトギス」系でした。

星野　確かに、ハワイも含めてアメリカ合衆国は「ホトトギス」系の方が多くおられます。もう一つ、「玉藻」もそうです。主宰だった星野立子が現地に行っておられる。そして、向こうで「ホトトギス」系の伝統的な俳句を広めることを熱心にやられました。そこで句会が行われたり雑誌が発行されたりしていますが、同時に、主な会員は日本の「ホトトギス」にも投句しています。

小塩　高濱虚子が盛んに応援していましたから。新潟県出身の佐藤念腹《ねんぷく》（一八九八年生まれ）という俳人がいまして、「ホトトギス」の同人です。彼の若いころの俳句を読んでいると四S（山口誓子・水原秋櫻子・阿波野青畝・高野素十）と匹敵するくらいの力があったと思うのですが、三十歳のときに新天地を開こうとブラジルに渡りました。高濱虚子は餞《はなむけ》の句のなかで念腹に「俳諧国を興せ」と言っているのです。それは「ホトトギス」として世界版図を目指せということです。

星野　ブラジルの場合、一九〇八年に笠戸丸という船に第一回の契約労働移民が乗って神戸から出港し、サントスに上陸しています。これが団体の移民としては最初の船ですが、これにすでに俳句を嗜《たしな》む人が乗っていました。その一人、上塚瓢骨《ひょうこつ》（本名、周平）がブラジルに上陸したとき、〈涸滝を見上げて着きぬ移民船〉を作っています。

しかし、何といってもブラジルでの俳句の普及、その後の隆盛の種を蒔いたのは佐藤念腹です。この人がブラジルに行くとき、虚子が「念腹のブラジル渡航を送る」という前書きで、〈畑打つて俳諧国を拓くべし〉と詠んだ。「畑打つ」は季語でして、「ホトトギス」では季題と言いますが、「春の耕し」です。ちゃんと季語が入っています。

念腹が向こうへ行ったのは一九二七年です。笠戸丸でやってきた人たちが最初に上陸したときからは十九年経っています。サンパウロ州アリアンサに入植しました。念腹は活動的でして、俳句を一生懸命普及して、かなりの大勢の人たちを集め、一九四八年に「木蔭」という俳誌を創刊します。それから毎月発行していたのですが、一九七九年十月号で終刊となります。これは健康上の理由です。その間、地方の俳句会が四十もできています。いわゆる俳友は五百名を超えています。念腹はあの広いブラジルの各地を回って歩き、指導したのです。今、「木蔭」の創刊から終刊までの全巻が俳句文学館（公益社団法人俳人協会運営・新宿区）に寄贈され、合本になって収蔵されています。「木蔭」が終刊した後、同じ年の十一月に後継誌の「朝蔭」が出ています。主宰、発行人は佐藤牛童子《ぎゅうどうし》といって、念腹さんの末弟です。

虚子記念文学館（芦屋市）では「朝蔭」のほかに、「火焔樹」というブラジル発行の雑誌に出合いました。一九七四年に発行されています。木村要一郎という人が発行人です。これに稲畑汀子さん、星野椿さん、終わりのほうになると星野高士さんも句を寄せています。

「蜂鳥」という雑誌も出ています。今日、小塩さんがお持ちです。

小塩　これはかなり読まれている雑誌です。

星野　一九八六年三月の創刊です。富重かずまという人が主宰です。この方は二〇〇六年に亡くなりました。奥様の久子さんが継承されました。俳句文学館にも毎号届いています。富重かずまさんと久子さんは十年くらい前、国際俳句交流協会の大会にお見えになりました。

「ブラジル俳文学」という雑誌も、俳句文学館に少し所蔵されています。

「椰子樹」は今も続く海外の短歌雑誌

小塩　短歌は最初、「ブラジル歌壇の父」と言われる岩波菊治がアリアンサという移住地にいました。「アララギ」系です。自分のところに会員が二十人くらいはいて、日本の「アララギ」にまとめて歌稿を送るのですが、当時、岩波菊治が渡ったころは日本へは移民船で東回り、西回りどちらでも、大体六十日かかっています。郵便も船便も六十日かかるので、半年遅れの掲載になります。でも、毎月出していますから、見かけ上は時間の遅れは気にならない。昭和の最初のころから「アララギ」を順に繰っていくと、サンパウロ組の人たちが何人も載っています。それは半年前に送られてきた歌稿なのです。

海外の短歌雑誌は「椰子樹」の存在が大きいですね。一九三八年に創刊されました。最初は月刊でした。創刊号に〝創刊を祝して〟という一文を岩波菊治が寄せています。ブラジルの移住者は、最初は農業移住ですが、農業がだめで、サンパウロに集まってきて商売をやります。これはアメリカも同じ事情でして、いわゆるキャンディーストアを営むのですが。アリアンサには、日本で言うと旧制中学の学歴ぐらいの、けっこうエリート層の人たちがいて、佐藤念腹、岩波菊治といった日系の歌人、俳人たちによる文芸ルネサンスみたいなものが興っていたのです。

「椰子樹」はサンパウロを中心に根付き、現在も続いていますが、今は隔月刊になっています。リオデジャネイロの外交官や旧東京銀行の方とか、ブラジルのエリートたちが中心になって発刊されました。去年の十二月号が手元にあります。三五一号ですので、中断した時期もあったのですが、これが俳句も短歌も含めて、今現在続いているブラジルの雑誌でいちばん長いものだと思います。

他に日本で刊行されている「林間」という結社の支部の活動が知られています。現在は、「塔」のサンパウロ支部があったりと、活動はバラバラです。

滅びた雑誌、句会、歌会の数を調べた人もいます。『ブラジル日系コロニア文芸　上巻』（二〇〇六年サンパウロ人文科学研究所刊）によりますと、俳句で言えば、三百五十の句会がどんどん潰れていき、現在では百余りとなっています。日本語の新聞も私がブラジルにかかわったころは三紙ありましたが、今は二紙になっています。それもかなり経営が苦しくなりつつあります。その新聞協会が実施しているのが日系文芸祭です。

星野　入植地アリアンサのことですが、佐藤念腹の他、木村圭石という人も一九二六年に入植しています。圭石は〈夜を守る犬に残せし焚火哉〉と詠んでいます。そこを中心に伝統俳句の育成と普及が進められたのでしょう。顧みると、どうやら一九五〇年ごろがブラジル日系社会における俳句熱の頂点のようでして、その後はだんだんと俳句熱が下降をたどっていくのです。

小塩　ブラジル移住のピークが二つあります。戦前の農業移住と戦後の工業移住です。歌人の小池みさ子さんは戦後の移住で、私とも親しくて、ブラジルに行ったとき、宿の手配などもしてくださいました。昭和三十年代の移住です。戦後の移住が終わるのが一九七三年です。最後の移民船はにっぽん丸です。工業移住の最後となりました。

「五千」「一本」「八往復」

小塩　では、海外日系文芸祭の作品を見ていきましょう。二〇〇四年の第一回、俳句のトップ、海外日系新聞放送協会会長賞はブラジルの斎藤光之ジュリオさんの〈夏草や怒濤の如く牛五千〉です。

星野　「夏草」といいますと、まず芭蕉の〈夏草や兵共がゆめの跡〉、近現代になると山口誓子の〈夏草に汽缶車の車輪来て止る〉、このように使われています。ところが、斎藤さんの作品は思いがけない使い方です。

小塩　「牛五千」が話題になりましたね。事務局が賞が内定したとき「これは誇張じゃないか」と言うんです。でも、星野さんは「五千だからいい」とおっしゃった。

星野　「五千」が本当かどうかは分かりませんが、同じ年にフィリピン、マニラの山西純子さんが〈風吹くな千生りマンゴの枝軋む〉と詠んでいます。千とか五千とかは「数え切れないほど多い」ということで、その感覚が日本語にはあるわけですよ。

小塩　日本の畜産では五千という規模はないだろうということですが、アメリカの人に聞くとアメリカはバッファローだったら五万でもいいとその後言われました。ちょっと規模が違うんですね。

星野　茂りに茂った生命力盛んな夏草。そこに怒濤のように牛の大群が疾駆してきて、その夏草を食む。こういうのは国内の俳句ではとうてい作れない。そういう目で見ますと、第七回の入選句で、ブラジルの藤倉澄湖さんの〈夕焼に農機吸いこむ地平線〉があります。広大な地平線の向こうに夕焼が接していて、畑では、耕作なのか穫《と》り入れなのか、コンバインのような農機が吸い込まれるようだという。こういう光景はさきほどの牧畜の景と一致しています。

小塩　第三回では、ブラジルの波村ヨツノさんの短歌、〈アマゾンの落日にもゆる夕茜郵便物もとどかぬところ〉があって、これも何事もスケールの大きい実感です。俳句ではブラジルの吉野幸輔さんの〈炎天やバス停只の杭一本〉がありますね。

星野　一日に何本もバスは来ないのでしょう。炎天の下に広大な土地がある。そこは入植者が切り開いたところ。下五は「杭一本」、一本の杭に焦点を絞るところが俳句的です。

小塩　あちらは広すぎて、行政的なものが十分に対応できていない感じです。イタリアとかドイツの移民たちが先にいいところを取ってしまっていて、日本人が行ったのは痩せ地だった。しかも、農役夫として使われることが多かった。日系人のもう一つ下にカボクロと呼ばれる下層階級があるのですが、とにかく農夫として雇われていたものだから土地がほしい。土地に対する執着です。こんなに土地が広いのに自分の土地がない。「土地にかかわるものこそが大事だ。そういうところにブラジルの文芸の特徴がある」ということをよく細江仙子さんはおっしゃっていました。

星野 カナダも広大な土地があって、そこに日本人の移民が行っているのです。カナダに初めて移民したのは一八七七年だそうです。それ以降、農民、漁民、カナダの森林に入って製材所の労働者となるなど、労働者としての移民がどんどん入っていきました。今、カナダの日系人の数は約十万人と言われています。

第七回の入選作に、カナダの広大な大地を耕した宮崎侃《ただし》さんの〈麦刈機八往復でひと日果つ〉があります。いかにこの畑が広大か。このスケールの違い。風土の生み出した作品です。私も初めてこういう俳句に接しました。

小塩 ハワイにも労働歌があります。第二回の大森久光さんの〈炎天に砂煙舞うキビ畠ホレホレ節はせめて明るく〉に歌われている労働は、辛いなかにも明るさがありますね。ハワイ移民にはみじめな感じがあまり感じられないのです。

星野 「ホレホレ節」は労働歌みたいなのでしょうね。

小塩 「せめて明るく」だから、もちろん実際の労働は厳しいのでしょう。移住先が島か大陸かの違いはあるようです。

星野 ハワイの人口の四一・五パーセントに当たる日本人・日系人が住んでいたという背

景もあるでしょう。日本人が貴重な労働力を提供してハワイの未来を作ってきたんだというプライドもあると思います。だけども、南米の移民は棄民と言われたりして……。

小塩　第七回にブラジルの谷口範之さんの〈棄民とう言葉も知らずアマゾンの大密林に斧を振りいき〉があります。入ったときは棄民と意識する間もないほど何もないくらい大変だという。

星野　そう。そういうことに拘《こだわ》っているようなゆとりもない。とにかく労働に明け暮れなければならない。熱病で倒れた移民も多かったんでしょうね。

小塩　〈おみやげに引いて行きたい綱つけてふるさとは秋くれないの島〉はブラジルの武井貢さんの作品ですが、日本に帰ってきた時の思いを歌ったものでしょう。故国日本の美しい紅葉を見ていると、もういてもたってもいられなくなり、綱でもつけて引っ張って帰りたいという望郷の思いを込めた作品です。移住地での苦労に比例してこのような望郷の念は募るのだと言えるでしょう。

星野　第七回、ブラジルの新井知里さんの〈アマゾンの河まで匂い山を焼く〉は春の「山を焼く」が季語です。これは焼畑のためか、森林を農地にするためかは分からないが、ともかくスケールの大きい焼き方で、その煙がアマゾンの河のほうまで匂ってくるというのです。

短歌、俳句の嗜《たしな》みが深い初期移住者たち

小塩　ところで、大賞は短歌か俳句、どちらか一つです。こんなコンクールは今までなかったと思います。ＪＡＬさんから（大賞の）副賞は「お一人に、どこからでも往復航空券を出します」ということでしたので、二つのジャンルから一つを選ぶことになりました。その後、ＪＡＬが破綻して、その賞がなくなったという裏話があります。

この文芸祭のコンセプトにもかかわるのですが、新井知里さんは短歌も作っています。私の著書『海越えてなお』の栞の、馬場あき子さんとの対談で私が引いた歌が新井さんの〈ブラジルへ渡って良かったかと人が問う運命だねと短く答える〉で、口語調の歌です。馬場さんは「こういう歌がもっともっと出てくるといい。ブラジルの短歌は自己完結しているが、もっと問題提起をしてほしい」とお話しになっています。新井知里さんは歌も俳句もうまい方ですし、〈牛五千〉と詠んだ斎藤光之さんも両方を作っています。短歌でも賞を取られています。

文芸祭を始めたときには両方やっている人たちがたくさんいました。短歌、俳句の両方をやっているけれど、それぞれのよさをけっこう表現できるものなのです。

星野　新井さんはおいくつくらいですか。

小塩　もう八十歳くらいでしょうか。斎藤さんは亡くなられたんじゃないでしょうか。

星野　ブラジルの星野瞳さんという方が文芸祭の最初は参加していたけれど、このごろ出ていないですね。

小塩　当時、八十五、六歳だったと思います。『コロニア万葉集』（一九八一年）を私は星野瞳さんからいただきました。

星野　星野瞳さんは「子雷《こかみなり》」という雑誌を今でも出し続けておられるようです。現在は九十代半ばでしょうか。

年齢の問題は大きくて、亡くなられたのか病床に臥したのかわかりませんが、文芸祭の初期のころはいい句を出しておられたが、その後、お名前を見なくなった方がたくさんいます。

小塩　初期の移住者は戦前の教育を受けておられるので旧かなを使われます。短歌、俳句の嗜《たしな》みも深いのです。国立国語研究所が古い日本語を調べにブラジルに何回か調査に入っていいます。実際に古い日本語が残っています。その上彼らは日本語に飢えています。そういう土壌が、短歌にしろ俳句にしろ川柳にしろ琉歌にしろ、高い水準で作らせているのです。対人口比でいえば大変なものだと思います。

短歌では最初、「アララギ」の岩波菊治がきちっと指導したのがすごく大きいです。俳句でも、（日本と）ずれた季題帳まで出てくるのはきちっと分類する能力があったからではないでしょうか。

「呼び寄せ書類」「日焼の顔の皺」

星野　第二回の〈呼び寄せの書類懐かし紙魚の痕〉の作者、下小薗蓉子《しもこぞの》さんは入選されたときは七十五歳です。今ですと八十歳を越えていますね。「呼び寄せの書類」とは、日本人の花嫁の募集があり、日本で書類だけで相手を選んで、はるばるとブラジルへ花嫁候補が向かったのです。そのときの書類のことで、それを大事に取ってある。取り出してみたら紙魚《しみ》の痕がある。それもいまや懐かしい思い出だという。あれから半世紀は経っているでしょうか。「紙魚」という言葉は、今の若い日本の人たちにはピンとこないと思います。写真だけで結婚相手を決めるのは当時の日本国内でもなくはなかったけれど、ブラジルまでそれだけを頼りに行くのはたいへんな覚悟でして、いやだったからといってブラジルから逃げ帰るわけにいかないでしょうしね。

第四回のブラジルの西山ひろ子さんの〈銀漢や同船者てふ家族あり〉。「銀漢」や「てふ」という言葉遣いは、ある程度の年代の人で、日本語というものをちゃんと身につけてないと出てこないと思います。移民の船で一緒に長い航海をしてブラジルに来た人たち。上陸するとそれぞれ離れ離れになっていったのでしょうか。そういう人たちがそれぞれ助け合い、喜び合い、悲しみ合った、一種の家族であるということです。「銀漢」との取り合わせがみごとです。特に銀漢（天の川）は七夕伝説がありまして、男女や夫婦、親子の情愛を連想させる季語です。それだけに移民仲間がひとつ心になって、しみじみと仰ぐにふさわしい。この作者は授賞式のとき見えました。六十代かな。第二次世界大戦後の入植者ではないかと思います。今は戦後移住者がいろいろな意味で中心になっています。

小塩　「呼び寄せ書類」「同船者」「棄民」はキーワードになっています。第八回の、ブラジルの尾山峯雄さんの〈移民船のデッキチェアに寝るわれを水平線がまあるく抱きぬ〉というちょっとソフトな歌があります。何か独特の雰囲気がありますね。移住する際、移民船に乗っている間はけっこういいわけです。そんな大型の客船に乗るなんてことは今までなかったわけですから。サントスで降りてからが大変だ、地獄を見るぞと言われた上ですがね。「デッキチェア」なんてあこがれのものだったでしょう。移住者たちはデッキチェアに初めて腰かけ、これからの新生活に思いを馳せたのでしょう。この文芸祭をやることによって、そういう時代があったことを残していくのが目的でもありました。

星野　こういう作品を読み、作者にじかにお会いして、お話を聞くと、本当に大変だったんだろうなと思うのです。

第二回の大賞を受賞された大楯エツヨさんは七十九歳でした。〈友はみなアマゾン日焼たたへ合ふ〉。炎天の下、耕作に従事し、一年中褪《さ》めない、染み付いたような日焼をしているのでしょう。一目でアマゾン仲間だということが分かる。それを「たたへ合ふ」がいいじゃないですか。希望を持ってやってきたという感じでね。

「日焼」では、「玉藻」の主宰者の星野立子が一九五三年四月二日にサンパウロの空港に到着し、四月十三日の俳句大会で作った句が〈激情を日焼の顔の皺に見し〉です。さすがに立子ですから、激情をぐっと抑えた日焼の顔の皺の深さに焦点を合わせている。立子の娘の椿さんがこの句に註を付けています。「移民して幾星霜、日系人はどれほどの苦労をしてきたのであろうか。皆んなの日焼の顔の中にその苦労が窺われ、母はその人達と握手する度に胸が熱くなったという」と。立子はその後もまた、一九六三年にブラジルに行っています。飛行機といえどもたいへんな時間がかかります。

小塩　ジェット機でも二十時間とか、かかりますからね。

星野　俳句に対する熱意、献身、そして、ここに同胞がいて、俳句の指導を求めていることにこたえなければいけないという使命感が立子には強かったのでしょう。

小塩　「日焼の顔の皺」、大楯さんはまさにそうでして、パラ州はアマゾンの河口で、コショウの集約地です。七十代になっても、そういう荷物を担ぐ労働をしているということをおっしゃってました。授賞式には一人でブラジルからお越しになった。たくましい感じの方でした。

星野　「アマゾン日焼」の大楯さん、「呼び寄せ書類」の下小薗さんは当然ブラジル国籍を取っていると思ったのです。移住されて半世紀以上ですからね。そうしたら、お二人とも声をそろえて「日本の国籍を手放すものですか」と言われた。日本は二重国籍を認めませんから、ブラジル国籍を取った瞬間に日本国籍を失う。自分はあくまで日本人としてブラジルに骨を埋めたいと言うのです。しかし、子供や孫たちはみんなブラジルの国民になっています。また、そうしないと生活も何も不便ですから。

小塩　向こうの文芸作品は、小説もそうですが、「宣誓」が一つのキーワードになっています。新しい国籍を取るとき、ブラジル国の国民として忠実に生きるということを宣誓するんです。それは本来の国籍を捨てるということです。タブーがあって、相手が本当に日本国籍を持っているのかどうかに触れてはいけないところがあるみたいです。自分の国籍をどうするかという立場は、なかなか難しいようです。ブラジルは鷹揚な国で、飛行機が空を飛んでいるとき、そこで生まれれば国籍を与えるそうですが、日本はそうはいかないですから（笑）。

若い人たちの応募

星野　これまでお話ししたのはブラジルの移民の人たちが中心でしたが、他の国ではどうか。世代もずっと下だと思うのですが、例えば第三回でインドネシアの戸田明彦さんの〈トッケイの声くぐもって居待月〉が入選しています。「トッケイ」はヤモリの最大種、全長三十センチくらいです。夜、大声でトッケイ、トッケイと鳴く。東南アジアやインドに分布するそうです。異国情緒もさりながら、「居待月」をこういうところにつけるのは新鮮な試みです。

第四回ではタイからイーブン美奈子さんが〈守宮《やもり》の子闇は大洋ほどもある〉という句を寄せられました。大きなヤモリの子供がいて、夜間に行動して餌を取ったりするんでしょう。「闇」が効いてきます。

このトッケイやヤモリをうたった人は移民ではないのです。現地で何かお仕事をしている。企業の社員として駐在しているのかもしれません。こういう人たちの投句もきています。

去年、第八回のアメリカの月野ぽぽなさんの〈小春日のたっぷり入るティーポット〉は、これまでのとはだいぶ趣が違います。金子兜太さんが主宰されている「海程」の同人で、注目されている人です。

小塩　モダンな句ですね。短歌もアメリカの本土のものとなると都会的な歌に変わってきています。

この文芸祭の学生の部は最初はおまけのような感じでしたが、今はどんどん発展してきて数も多い。現地駐在員のお子さんたちが、向こうで日本語で短歌、俳句を作っています。アメリカの日本人学校からたくさん来るのです。

第四回の中島瞳さんの〈アムナーがドバイに行くって言った夜地図見て知ったほんとの別れ〉。「アムナー」はイスラム系の名前です。たぶん男の子かな。友達と別れて家に帰って地図を見たら、ドバイはえらい遠くだったと知る。今はドバイは有名になりましたが、とっさに分からなかったのですね。

星野　すばらしい歌ですね。「地図見て知ったほんとの別れ」に実感があります。人種も宗教も違う友達と二度と会えないかもしれない。作者は、指導されている中島先生の娘さんです。中学校一年生。これもやはりアムナーやドバイという名前や地名をそのまま生かした作品です。

小塩　それを中学一年生がアメリカで日本語でうたうんですから、すばらしいことです。中島さんは授賞式に来てくれました。

〈ロスの芝ドリブルパスもほめられるでも千葉の土走りたいぼく〉は、アメリカの小学校五年生、笠篤史くんの作品です。企業の都合でたくさんの子供たちが、今アメリカなどに在住していますが、ロスでほめられるよりも、地元の千葉の土が懐かしいというのは、子供の素直な心情でしょう。短歌や俳句を通じて、子供の本音が実に率直に世界中から読者に届けられるということは、この文芸祭の大きな魅力です。

星野　俳句でも、第四回、アメリカのサウストーランス高等学校二年生の山内理希さんが〈フリーウェイ地平線ぬけ夕やけへ〉と詠んでいます。壮大で、ダイナミックなドライブでしょうね。インタビューを受けた記事を見ると、「まず英語の言葉が心に浮かんだ。フリーウェイ、ホライズン、サンセットと。それから日本語に直す作業が始まります。運転していたときに実際に見えたのは水平線でしたが、心の中には広大な地平線が伸びてきます。指導の先生が、感動を大切に、具体的に詠むこと。米国だから特にカタカナを生かしてみようとアドバイスしてくれて、フリーウェイはそのまま残しました」と言っています。はじめは日本語で作ってないんですね。

小塩　オーストラリアのハイスクールの八年生、水井杏奈さんが〈ハエ散って水玉模様が無地のシャツ〉という句を作っています。水玉模様をなしていたのがハエなんです。ちょっと気持ち悪い（笑）。これを星野先生がお採りになっています。

星野　今の日本ではハエを見ることがなくなったけれど、私どもはハエがぶんぶん飛んでいたことを覚えています。国が変わるとまだまだこんな光景あるんですね。若い人たちが、句や歌を寄せてくれるのはうれしいですよ。

俳句の場合、主に予選を手伝っていただいている杉浦功一さんが慶応義塾の付属高校の国語の先生でして、その人が「日系のみならず、日本語学習者が応募してきている。これがなかなか新鮮だ。こういう日本語学習者の清新な感覚を短歌や俳句に取り込みたいものだ」という感想を寄せています。

小塩　ブルガリアからも、たくさんの応募がありました。ＪＩＣＡの青年海外協力隊で向こうにお出掛けになった方たちが指導されています。

星野　杉浦さんが挙げていますが、ブラジルの大学二年生、ラファエル・サンタナさんは

〈秋の雲どこから来るのなぜ消える〉、ブルガリアの学生マルタ・イリエヴァさんは〈かぜが花つよくゆらすきみとおい〉と詠んでいます。このような日本語学習者の句が印象的でした。こういう人たちが、移民の人たちとは別に世界各地から応募してくる。そこから逆に私どもは新鮮な詠み方に気づかせられます。

海の俳句、短歌の未来

小塩　われわれは、作者名は伏せて選考するのですが、肉筆を見る機会もあります。非常にていねいに書いておられます。言葉が大事にされていることを思います。それから、お互いの作品を相互によく読んでおられるのではないか。

また、第八回の今年は震災の後が応募の時期でしたので、震災にかかわる歌もたくさん詠んでくださった。大賞がブラジルの寺尾芳子さんの〈震災の悲惨に血圧上がりしと伯人医師に告げがたきポ語〉です。「ポ語」はポルトガル語です。向こうでは略してそう言います。海外のテレビで日本の震災の様子を見ているのでしょう。自分の下手なポルトガル語だと、同じ日本人だから向こうの震災に心が曇って血圧が上がるということが医師にうまく伝えられないと言っている。

その何ともデリカシーに富んだ言葉の遣い方、感受性。そして、日系人として五十年六十年暮らして来たのに、ポルトガル語をきちっと使えないというコンプレックスのような思いに重ね合わせつつ、日本へのお見舞いをうたう。これは昔の日本人が持っていたデリカシーです。そういうものが言葉を通して、はっきり出ているなと、震災の歌だからこそよけいに思いました。

日本歌人クラブ賞のカナダの西林節子さんの〈地震《なゐ》の跡見詰むる人の背に肩に触れては消ゆる春の沫雪〉は、古典和歌調です。感受性が奥ゆかしい。海外の若い子たちのダイナミックで闊達な歌に比べて、ある意味不器用ですが、こういう歌をわれわれは忘れていたなという発見みたいなものがありますね。

星野　寺尾さんの〈震災の悲惨に〉の歌ですが、医師にうまく説明できず、もどかしいんですよね。被災地から遠く離れていても自分のことのように痛くもつらくも感じている。そのことを短歌はこうやってうたえるのです。ところが、残念ながら俳句ではそれが非常に難しい。季語を入れることによってなおさら短くなるから、なぜそういう思いを抱いたかの状況説明を入れる余地がないでしょう。

3・11以後、私はずっと新聞雑誌の俳壇歌壇を見ていました。どんな俳句や短歌が出てくるかと。そうしたら、初めは圧倒的に短歌が質量ともによかったですね。だいぶ経ってから、ぼつぼつと俳句も出てきましたが、やはり天変地異、災害は戦争と同じで、なかなか俳句には表現しきれない。

高濱虚子が関東大震災を鎌倉で経験しています。家が半壊し、庭先の木立に避難したのです。新聞記者が虚子に「こういう災害は俳句を作るチャンスではないですか」とたずねたら、「殺風景で句なんか出来ない」と答え、とうとう作ってないのです。花鳥諷詠の立場から言うと天災や戦争は詠む対象にならない。虚子の立場は四季の大きな巡りの中での自然界の現象とそれに伴う人事界の現象を詠むのであって、戦争とか天災は四季の移ろいとは関係ないのです。

小塩　その四季の移ろいが全く逆なのがブラジルです。非常に苦労する農作業の中で、これほどまで花鳥諷詠を日系人たちが大切にし、自分たちで季題帳も作ってきたのは、何もないところに自分たちだけの新しいものを求めたようなところがあったのではないでしょうか。

星野　南米では季節が日本と逆でして、自分たちなりの季語や季語の扱い方を考案しなくてはいけないということで努力をされ、国際的な歳時記があちこちで生まれています。ブラジル俳文学会編の『ブラジル歳時記季語解説』、「朝蔭」を発行していた佐藤牛童子さんの編著で『ブラジル歳時記』が出ています。また『ハワイ歳時記』『台湾歳時記』などもあります。この先もっとふえると思います。日本の俳句という短詩型が、それぞれの言語で、世界で注目されているのです。

しかし、日系移民たちの俳句がだんだん先細りになっていまして、亡くなられた方も多く、残念ながらあとにあまり続いていないので、この海外日系文芸祭が新しい世代が育つ力になればと期待しているのです。

小塩　日本語だけですが、延べでほぼ二十か国から参加があります。

星野　今や作者は移民というよりはその国々の在住者ですから、作品の内容も変わってきています。

日系人の俳句は本来、私の視野に入っていなかったのですが、小塩さんに誘われたお蔭で、この世界を知って、本当によかったと思っています。

小塩　この企画が俳壇、歌壇の人口をふやす一つの窓口になればと思っています。

——ありがとうございました。

（二〇一二年三月二十日　東京・如水会館にて）

［「俳壇」二〇一二年六月号］

V

川崎展宏と「貂」

弔辞

展宏先生、いや日ごろの呼び方で展宏さん、いつかはこの日が、それも遠からずにと、恐れていたお別れの日が、とうとう来てしまいました。奥様（美喜子夫人）のお話では、浅い呼吸を二、三日つづけた末、眉間に皺も寄せず、安らかに逝かれたとうかがいました。

それにしても長い闘病の日々でした。二〇〇六年三月、府中の都立神経病院に入院され、パーキンソン病の診断が下ってからでも、四年になります。初めて病院にお見舞いしたときの、展宏さんのことば、「千人に一人の病気になってしまった」をきのうのように覚えています。そして、帰りがけに、病院の横で一緒にみた桐の花のいろも。

その後の長い年月、いつも人を気づかって、医者にすら苦痛をかくして独り耐え、介護する奥様への感謝を口にされていましたね。

手がふるえ、発語不自由となった病床で、渾身の力をふりしぼって作られた俳句は、数こそ少なくても発表されるたびに、「俳人展宏健在なり」を強く世間に印象づけられました。

最後にお会いしたのは奥多摩の病院の特別病棟でした。その際に、来年（二〇一〇年）十二月に迎える「貂」三十周年の記念号の計画を、私たちが立て始めているとお話しすると、急に眼を大きく開いて明瞭に、「ありがとう、感謝します」と言われた声が、いまも胸にひびいています。面会中のお言葉はそれだけで、あとは目を瞑り、うとうととしておいででした。

そして亡くなられる五日前、思いがけなく奥様を通して、前々からお願いしていた、三十周年を祝う俳句が私に届きました。全部で三句ありますが、その一つだけをここに披露させて頂きます。

十二月たらたら多摩の大夕焼

いかにも展宏さんらしく、大和ことばを生かし、韻きと色と動きのある大景の句で、感激しました。多摩の横山は、高台のお住居《すまい》から、朝夕眺められた景で、これ迄いくつもの句を詠まれていますが、その掉尾にふさわしい御句です。ほんとうに有難うございました。これで記念号発行へ、はずみがつきます。私たちは「貂」の同人らしく、質朴ながら立派に三十周年を迎えますから、どうか微笑《ほほえ》んでお見守り下さい。

宣伝めいたり、ことごとしいことの大嫌いだった展宏さん。潔癖な一本気を通しながらも、人に対して細やかな心を遣い、やさしかった展宏さん。考えてみれば、俳句とお酒をこよなく愛し、俳句に生涯をかけられたと言うべき人でした。私たち「貂」の仲間は、長年の人間味あふれるお付き合いと、ご指導、慈しみに改めてお礼を申しながら、お別れを告げなければなりません。

今は展宏さんの詠われた大夕焼の彼方、花鳥風月の極楽にあって、甘露の酒をくみながら、俳句をゆったりと案じている展宏さん、しばらくの間さようなら。

二〇〇九年十二月五日

貂の会代表　星野恒彦

悼　川崎展宏俳人協会顧問――花鳥諷詠の新発展を希求

俳人協会顧問、「貂」名誉代表の川崎展宏氏は、平成二十一年十一月二十九日パーキンソン病と癌のため逝去された。享年八十二歳。

氏は昭和二年呉市に生まれ、東京大学文学部国文科及び同大学院を修了。米沢女子短大、共立女子短大を経て明治大学法学部教授。在学した旧府立八中に加藤楸邨が教えていた縁で「寒雷」に入り、頭角をあらわす。昭和四十五年森澄雄の「杉」創刊に同人として参加、桜井博道と編集に当たり、その基礎を固めた。昭和五十五年「貂」を創刊、代表となる。「日経俳壇」「朝日俳壇」の選者を歴任。俳人協会では、同協会評論賞選考委員長、俳人協会賞選考委員等を務めた。

氏は句作と評論の両面で大きな業績を残した。第四句集『夏』（平成二年）と第五句集『秋』（同九年）は、それぞれ読売文学賞と詩歌文学館賞を受賞。高濱虚子の花鳥諷詠に心を寄せながらも、季題趣味的な俳味に溺れず、俳意たしかに、腸《はらわた》の厚き所より詠うことを心がけた。造詣の深い古典を踏まえる一方で、日常の存在が開示する新しみの相を、自由闊達に追求。清新な抒情、戦没者への切ない思い、ことばへの鋭く繊細な感性や諧謔と、作風は多様。評論には定評ある『高濱虚子』（昭和四十九年）、平成九年度俳人協会評論賞の『俳句初心』（平成九年）などがある。
人柄は純粋、潔癖で、正論を貫く姿勢は常に変わらず、爽やかで温かった。長き闘病中、作句の原動力の一部であった飲酒を断たざるを得なかったのは、まことにお気の毒であった。私共「貂」の連衆はもとより、多くの展宏ファンにとって、自選でもう一冊句集をまとめてほしかったのだが、ついに叶わなかった。今はただご冥福をお祈りするばかりである。

［「俳句文学館」四六五号 二〇一〇年一月号より転載］

綿虫にあるかもしれぬ心かな　　川崎展宏句集『冬』

綿虫に一切をおまかせします　　同

多摩の大夕焼――病牀での展宏俳句

川崎展宏氏がいつ頃から病牀の人となったかは決めがたいが、およその時期を探ってみよう。氏が代表、後に名誉代表を務めた俳誌「貂」には、毎号欠かさず自選八句と一頁エッセイが掲載されてきた。そのエッセイが最後に載ったのは二〇〇五年十二月号、そして八句の最後は二〇〇六年十二月号である。またこの年限りで、氏は十三年にわたる朝日俳壇の選者を引退した。

こうしたことを勘案し、およそ二〇〇六年十一月以降亡くなる二〇〇九年十一月まで、まる三年間の作品を「病牀での句」と見做そうと思う。俳句総合誌や新聞に発表した約百句である。その中には、病人が詠んだとは思えない句も多いが、後半になると作者が難病の身であることが明らかな句がふえてくる。「生老病死」という人間に運命づけられた条件のうち、老いと病《やまい》に冒された身を、氏がどのように詠ったかが、読者をとくに魅了することになった。

冬すみれぼおつと阿弥陀如来像　（「俳句」二〇〇七年一月号）

花はみな菩薩鬼百合小鬼百合　（「俳壇」二〇〇九年六月号）

第一句は目の前の冬すみれに阿弥陀を拝す趣。二句目では「花はみな」と対象を全ての花へおし広げ、「ぼおつと」の形容が、断定の口調に変った。その間二年余が経っている。鬼の字のついた花さえもが菩薩、と言う所に俳意も。

若葉見よ青葉見よとて支へられ　（「俳壇」二〇〇七年七月号）

青葉冷え楸邨先生ご在宅　同

二〇〇六年三月に入院された府中の都立神経病院の窓から、隣接する公園の緑が見えた。パーキンソン病の診断が下り、手足のふるえ、筋肉の麻痺、ことばの不明瞭を伴う運動失調と闘う日々となっていく。第二句は追憶か、それとも自律神経失調や薬の副作用で幻覚・譫妄《せんもう》におそわれてのことか。「楸邨という大きな師が好きであったし、楸邨も私のことを生涯可愛がってくれたという思いがあります」と語る作者である（『第一句集を語る』角川書店）。

盆栽の梅紅白の力あり　（「俳句研究」二〇〇九年春号）

藪柑子の花はこれだよこれだこれ　（「俳壇」二〇〇九年六月号）

こけものの鉢にもやもや尊けれ　（「俳句研究」二〇〇九年秋号）

これらの句からはおのずと病牀の光景が想像される。梅、藪柑子、こけももの鉢は看護する家人の心づかいで、ベッドのそばに置かれてあったであろう。病人の眼を慰めると共に、句材として活かされんことを期待してもいよう。お見舞いした府中の病院での、明るい窓をかたわらにしたベッドが目に浮かぶ。

初秋の床頭台に句帳、櫛　恒彦

その頃は、身なりを整えて私を待っておられ、帰りには廊下のエレベーターまで見送って下さった。

青梅市の特別病棟では、ベッドちかくに青い実をつけたそよごの小枝が活けられてあった。

病牀から向ける半眼そよごの実　恒彦

奥様の話では、自宅の庭から剪ってきたものとのこと。

枯芭蕉厚いおむつを当てようか　（「俳句」二〇〇九年一月号）

表裏洗はれ私の初湯です　同

セーノヨイショ春のシーツに移さるる　（「俳句研究」二〇〇九年春号）

ベッドを離れれば杖や車椅子に頼り、それも難しくなった。そこを直視しながら、よくもここまで赤裸々に詠み、発表されたと驚く。達観、諦念というより、ひらき直りなのかも。病牀の子規を想いもしたであろう、とこちらの胸中も複雑だ。第三句では、生身でありながら物体化した己を傍《はた》から見やっている風。「展宏は現実を俳諧でとらえることを指向し、真面目なものほど滑稽だと言う」（兜太）は、重篤な病牀でも変わらなかった。「貂」に転載した際、作者は下句を「春のシーツの上にかな」と改変。病苦のなかでも言葉に、措辞にこだわる姿勢は保たれる。

そのとほり言はれるとほりです夜長　（「俳句研究」二〇〇九年秋号）

昼間も病室のテレビをうるさいと消させて睡りがちなため、淋しい夜間は眠れずに夜長をかこつ。言葉のくり返しはまさに展宏調で、兄事した森澄雄の〈妻がゐて夜長を言へりさう思ふ〉（『所生』）への存問、応答とも言えよう。

つくしんぼ音の似てゐる通信簿　（「俳句研究」二〇〇八年春号）
其角忌と角《かど》々《かど》しきもさすがかな　同
点滴の滴々新年おめでたう　（「俳句」二〇〇九年一月号）

などでも、展宏氏が地口や同音・フレーズのくり返しを好み、音色・音調に鋭敏でそれを愉しむ性向が出ている。

松の内軽く葬式の話など　（「俳句」二〇〇八年一月号）

猫じゃらし振り振り膀胱癌の話　（「朝日新聞」二〇〇九年九月）

前句では「軽く」をそえ、冷静な自己抑制が感じられる。だが後句では、以前からの前立腺癌に加え、原発して進行する膀胱癌を公表してのけた。他人事《ひとごと》めいた「～の話」という措辞が共通。難病との深刻な付合いの果ての句だが、子供っぽくおどけて諧謔味を出す余裕をなおお見せる。

而《シカウ》シテ見るだけなのだ桜餅　（「俳句研究」二〇〇九年春号）

「而シテ」は漢文訓読の接続語で、「それだから」の順接と「しかれども」の逆接がある。長谷川櫂は〈長い人生の果てに〉、つまり、八十二年の人生を集約する語と味わう（「読売新聞」二〇一〇年二月）。私は哀切な下十二に打たれた。飲食物は一切喉を通せず、胃へ直接管《くだ》で送り込む状態であった。大好物の酒同様、春を賞味する桜餅も見ているだけ。その辛さも苦笑して諧謔味にとけこませる。古典に限らず言葉を頂きものとして大切にした作者ならではの上五だ。選句をしていて様々な言葉を誘い出してくれる句に出合えて嬉しい、とも言う作者だった。

白椿一つ言葉を出すごとに　（「俳句」二〇一〇年一月号）

枯鬼灯の網の中なる言葉かな　同

　生前最後の作品に属し、没後に発表された。具体的に一句を成立させる言葉の、どの一語も天からの頂きもので、咲き出る一輪の白椿のような存在。その言葉はまた、枯鬼灯の網の中に、火種のごとく宿っている。そう詠ってやまないのは、命がけで言葉を求め、言葉に殉ずる作家魂で、私は連想から「枯鬼灯」の鬼に迫られるような気持になる。

生きて蜩僕がゐなくても蜩　（「俳句研究」二〇〇九年秋号）

聴いてごらん朝ひぐらしが鳴いているよ　（「朝日新聞」二〇〇九年九月）

いろいろあらーな夏の終りの蜩の声　同

画用紙をはみだしたまま梅雨の月　同

入院された府中の病室と青梅の病室もご自宅も、蜩の聞こえる環境にあった。第二句は、かたわらの奥様の呼びかけを自分の台詞に転じての句らしい。第三句は、下句「夏の終りの蜩の声」が「僕の一生の終りの声」と重層的に読みとれる。そして第四句の「月」に、一瞬不思議を感じた。作品のもたらす不思議を、自他の句にいつも期待していた展宏氏ならではだ。あとで、小学一年生の書いた絵手紙がモチーフと聞き、それを知らない方がよかったとも思った。

両の手を初日に翳しおしまひか　（「俳句」二〇一〇年一月号）

薺打つ初めと終りの有難う　同

両句とも注文に応じて時節を先取りしているが、焦眉の死期を悟り、看護する人達はもとより、自分を取巻く全てのものへの感謝と愛を表していることが痛いほど判る。

二〇一〇年十二月、「貂」は三十周年を迎える。その記念号に展宏氏の近詠をぜひとお願いしていた。が、病勢急で、ほとんど諦めていたところ、亡くなる五日前に三句届いた。弔辞で引かせていただいた絶吟の一句をここに掲げる。

十二月たらたら多摩の大夕焼　（二〇〇九年十一月二十四日受領）

多摩の横山は高台のお住居《すまい》から朝夕眺められ、〈防人の多摩の横山冬霞〉（『観音』）以来たびたび詠まれてきた。掲句は得意のオノマトペと頭韻を効かせ、色も動きもある大景。古典に通暁する氏は、『万葉集』の〈赤駒《あかごま》を山野《やまの》に放《はが》し捕《と》りかにて多摩の横山徒歩《かし》ゆか遣《や》らむ〉は承知の上だ。夫を馬に乗せてやれずに、あの多摩丘陵を歩いて遠く西の任地へ行かせる嘆きを、武蔵国豊島郡出身の防人の妻がうたった。「当時の多摩丘陵は、こちらとあちらの世界の境と思われ、それを越えるともう手の届かない地と観じられていたのでしょう」と万葉学者都倉義孝同人は言う。展宏氏はさらに、西の大夕焼する天空を望み、〈夕焼けて西の十万億土透く〉（誓子『晩刻』）を胸に置いたかも知れない。

（「俳句研究」二〇一〇年春号「病牀での句」に大幅に加筆）

［「貂」一五一号 二〇一〇年十二月］

ぼろぼろの虚子歳時記――展宏さんの思い出

「南風」の七十周年記念講演（二〇〇三年）で展宏さんは、高濱虚子をテーマに、まず次の句を挙げて語った。

横に破れ縦に破れし芭蕉かな　（一九三四年十一月『新歳時記』）

どうしてこの句を真っ先に挙げるかと申しますと、ぼろぼろになるまで使っており、ます虚子の新歳時記の中で、この一句が最近ぐーんと胸に来たんですね。

（下略、傍点引用者）

展宏さんとの三十年を越える付合いの初め頃を憶うと、愛用のこの歳時記が目に浮かぶ。展宏さんと出会って二年余か、彼を代表にかついで「貂」を創刊してほどなくだった。ふと思いたち猿ヶ京温泉で他の仲間と別れ、展宏さんと二人でさらに上流の川古温泉へ歩いた。夕方、行き当たりばったりの一軒宿に入ったところ、中風療養で知られた湯宿だった。がり版の歌謡曲詞集を手に唱いながら、生温い湯に二時間も浸かる大風呂に度胆を抜かれ、辟易し三十分で退散した。
奥の座敷で女将《おかみ》にもてなされた。珍しく我々が健常者で、おまけに宿のお孫さんが私の勤める東京の大学に通っている事が判ったこともあったろう。酒を酌みつつ展宏さんは携行した歳時記をあっちこっちとめくり、丸印をつけた虚子の句を、「いいだろう、いいだろう」とつぎつぎに私へ突きつける。酒の弱い私は酔って垂れ下がる瞼を無理に上げて見た。気がつくと私は転《うた》た寝したらしく、展宏さんは女将を相手にまだ飲んでいた。こうして展宏さんの虚子心酔を知ったのだが、幸い私自身虚子の句と相性がよく、年ごとに強く惹かれていった。さて、掲句についてだが、展宏さんの説いた要旨はこうである。

　この句は単純そのものですね。しかし何か背筋を正される。詩歌の鞭で背中を強く打たれたといったある種の痛さと快感がある。そこで思い出すのは虚子の言葉『渇望に堪へない句は、単純なる事棒の如き句、重々しき事石の如き句、無味なる事水の如き句、ボーッとした句、ヌーッとした句、ふぬけた句、まぬけた句』。虚子の発言は一言でいえば、〝気の利いた新しさ〟を狙った碧梧桐の俳句の在り方を痛烈に批判した文章であります。私にとっては、近代・現代俳句の問題として、今の自分自身の問題として渇望に堪えないのが、こういう句ですね。

重篤な病牀での最晩年に、展宏さんが発表した句からさらに自選した中に、次のような句がある。

壊れやすきもののはじめの桜貝　（『俳句年鑑』二〇一〇年版）

こけもものの鉢にもやもや尊けれ　（『俳句研究年鑑』二〇一〇年版）

桜貝もこけももの鉢も、介護する家人の計らいで枕許に置かれてあった。一読者として私は、最後まで渇望する句に至らんとする作者の奮闘を見る思いだ。

お酒が大好きで、酒の神がミューズでもあった展宏さんには、酒席での逸話が少なくない。「顔を蒼くして、細い体のくせによく響く大声で相手を難じつつ正論を怒鳴った」（大岡信の言をかりる）。その挙句の立回りもあった。天の配剤で、私が下戸だったため、展宏さんと私のコンビは三十年続き、「貂」は瓦解しなかった、とは展宏さんに最も身近な人の言である。

その酒を難病故《ゆえ》に断つ仕儀となったのはお気の毒だった。嚥下《えんげ》障害のため腹部の外側から管を通じて胃へ栄養や水分を送り込む状態になった。胃へ直接酒を入れてもよいですよと医者が言うと、酒は喉ごしが大事ときっぱりことわった。「感覚の鋭敏。語感の清冽。対象をとらえるときの全身的集中と、それを表現する言葉の厳しい抑制との、作者内部におけるみごとなコントロール。一言で尽せば、デリカシーという語が生きて歩いているのが、川崎展宏の句の世界」と大岡信は実に的確に評した（『現代俳句全集』五）。人間展宏もデリカシーの権化。真っ正直で一途に筋を通し、潔癖だった。素面《しらふ》では人に優しく、気遣って止まない。旅先で私と同室になったりすると、自分の鼾を憚《はばか》ってさっさと廊下や控えの間へ自分の布団を移した。ホテルなどでは、私が寝入るのを待って就寝した。
本年十二月で「貂」は三十周年を迎える。その記念号に近詠を前以てお願いしていた。病勢急で諦めていたところ、亡くなる五日前に奥様を通して届いた。展宏さんは看護する家族へはもとより、自分を取巻く全てへの感謝と愛をしきりに表して逝かれたのだった。

薺 打 つ 初 め と 終 り の 有 難 う

（「俳句」二〇一〇年一月号）

（「俳句」二〇一〇年三月号より補筆転載）
「「貂」一四七号 二〇一〇年四月」

「貂」三十周年を迎えて

「貂」の創刊は、昭和五十五年の一夜、星野恒彦氏と橋本いさむ氏が拙宅を訪ねられ、俳誌の刊行を促されたことに始まります。（略）川崎展宏　（「貂」一〇九号「巻頭言」）

こうしてわずか八頁の片々たる「貂」が誕生しました。それまで展宏氏の指導の下で、小さな句会が二年ほど続いていました。しかし、せっかく作った句が、句会のあとは反古になってしまうのは残念、という思いが募りました。せめて句会報の形であれ、活字にしておこう、それが当面の目的でした。

実は、展宏氏に直接持ちかける前に私は、句会の長老格だった故鈴木幸夫早稲田大学教授の賛同と、出版社の社員だった橋本いさむさんの協力を取りつけました。あとは二人でお宅へ押しかけただけです。

誌名は展宏氏の命名で、「主宰」を避け「代表」の言い方を好まれました。創刊に参加した会員即ち同人は、総勢二十七名でした。そのうち現在同人として残っているのは八名（男性は私一人）、大半が彼岸へ旅立たれました。一方で新たな同人が加わりました。

第一号から同人全員が平等に自選八句を名字の五十音循環で載せ、季刊でしたが、十六年目の平成八年から隔月刊にいたしました。と同時に代表の意向で副代表を設け、代表の推薦で、星野がなりました。その後さらに、

> 副代表の星野恒彦氏には、かねてより意向を伝えていたのですが、念願かなって平成十六年、百十号から星野恒彦代表となります。（中略）新代表の就任で「貂」の一層の活気を期待します。「貂」が俳誌として号を重ね、今日に至りましたのは同人・誌友の尽力の賜物です。前代表として深く感謝いたします。　川崎展宏（同前）

と続きます。文中の「念願かなって」は、私が二年ほど辞退したあげく、退職を機に代表就任を承諾したことを踏まえています。

　貂の会が既成の結社を超えて自由で開かれた、句会中心の勉強会という本質は、最初から今日まで変わっていません。句会を活動の要《かなめ》とし、そこでは作者名を伏せての忌憚なく活発な合評が行われます。参加者全員の責任ある発言を促しますので、句会は多人数であってはならないのです。代表も同じ俎上に載るのは言うまでもありません。こうした会の在り方は、展宏氏のお考えを私共が深く理解し、信頼していたからです。

　このたび貂の会が三十周年を迎えるに当たり、十二月発行号を記念特集号といたしました。この間欠刊、遅刊もなく、通算百五十一号を積み重ねてきました。三代の編集長（星

野恒彦、橋本いさむ、木内徹）はもとより、編集校正、会計、発送、庶務、各句会の指導、幹事など、交替で務められた多数の同人たちのお蔭であり、誌友を含めた会員の団結と協力のたまもので、代表として深く感謝いたします。
最大の心残りは、展宏氏が本号を見られずに一年早く亡くなられたことです。しかし、命の際《きわ》に絶吟の三句をお祝いに寄せて下さり、私共は感激してやみません。改めてご冥福を祈りつつ、巻頭に掲げるしだいです。また、本号へのご寄稿を快諾され、花をそえて下さった外部の諸先生に厚く御礼申し上げます。

［「貂」一五一号　二〇一〇年十二月］

「貂」三十周年記念号

去る平成二十二年（二〇一〇年）十二月に、艶のある萌黄色の表紙で百十余頁の「貂」誌を発行した。創刊三十周年の記念特集号である。俳句と評論の二本立てで、地味だが充実した内容を目指した。

特筆すべきは、巻頭に創刊者川崎展宏（一年前に没した）の絶吟三句「三十周年に」を載せ得たことだ。左に引くと、

十年を三つ重ねて秋高し

歌舞伎座の裏に始まる霜柱

十二月たらたら多摩の大夕焼

子規の絶筆三句と違い、こちらは絶吟である。命の際《きわ》の病床で、発語ままならぬ口で詠まれた句を、枕頭の美喜子夫人が聞きとって代筆し、私宛に郵送で届いたのが、逝去の五日前であった。

文字どおり最後の句となったのは、〈十二月…〉の句。「たらたら〱」と何度も口の中

でくり返して、と夫人は語る。第二句〈歌舞伎座の…〉は、「貂」の始まりが歌舞伎座の裏手にある銀座区民会館での、展宏を囲む小句会だったことを踏まえる。

展宏三句に唱和するかのように、金子兜太、深見けん二、有馬朗人、鷹羽狩行、稲畑汀子、長谷川櫂の各三句が続いて圧巻である。

評論では、結社外から堀切実、高橋睦郎の季語論がある一方、内部の同人のものの他に、三十代前半の若手が寄せた四篇もある。表紙の萌黄ないし若竹色に通う内容となり、うれしい限りだ。


［「俳句研究」二〇一一年春の号より加筆転載］

『春　川崎展宏全句集』を手に

川崎展宏先生の全句集が、三年目の命日の一ヶ月前に上梓された。五百頁の堂々たる一巻は、予想以上に重みをずしりと感じさせる。「貂」の仲間と共に喜びに堪えない。

生前に出された最後の句集『冬』は、二〇〇三年四月頃までの作品を収めている。その後も句作は衰えを見せず、二〇〇六年十一月以降は病床にあっても、亡くなられる二〇〇九年十一月まで断続的に詠みつづけられた。その間六年余に発表され活字となった句数は、約五二〇句と、句集を編むには決して少なくない量だ。

大方が予期したように次の第七句集は『春』と題されて、いつ出版の運びになるだろうかと、心待ちする人々の中に私もいた。展宏夫人にあえてお願いして、句集を編まれるおつもりを打診していただくようなこともした。奥様によると、本人は本の出版はもう必要ないんだよ、と言い続けておいでだったようだ。同人の石塚市子さんが作られた句集以後の発表句総覧を、病床で読まれては、「こんな句ではいけないいなと反省しながら見ております」と率直なお気持ちを、某同人への端書に記されてもいる。

自分の作品への批評眼の厳しさは、あいかわらず、いやいっそう強まっておられるようだった。その分、第七句集になるべきものへの志の高さのほどが窺えるのであった。結局、展宏自選、配列の句集はまぼろしに終ったが、発表された句は発表の順に重複をいとわず、その際の形を示して漏れなく収録されている。読者がこれらの句から各人の推測と好みにまかせて、一巻の句集を編み、味わうことは自由であり、また愉しみでもあろう。
いったん発表された句が、のちに「貂」へ転載されたとき、作品に異同が間々あったりする。私見では、総じて作り直して発表した方がよくなっているようだ。重篤な病に伏せていても、そうした推敲が行われているのを知るにつけ、作者のただならぬ作家魂、執念に感じ入る。

十二月たらたらたら多摩の大夕焼　（展宏絶吟）

においても、「たらたら〳〵」と何度も口の中でくり返して、と夫人は語る。

白椿一つ言葉を出すごとに　（「俳句」二〇一〇年一月）
枯鬼灯の網の中なる言葉かな　同

これらは生前最後の作品群に属し、没後に発表された。具体的に一句を成立させる言葉の、どの一語も天からの頂きもので、咲き出る一輪の白椿のごとき存在。それはまた、枯鬼灯の網の中に、火種のように宿っている。そう詠ってやまないことは、最期まで命がけで言葉を求め、言葉に殉じたことの証《あか》しでもある。

［「貂」一六四号　二〇一三年二月］

「川崎展宏の百句」を選んで（解説）

二〇一二年十月『春　川崎展宏全句集』が上梓された。それには幾多の人の協力があったが、とりわけ川崎美喜子夫人と石塚市子同人の献身的な尽力があってこそ、と思う。たいへん好評で、さっそく増刷されたとも聞く。内容は既刊六句集、『葛の葉』『義仲』『観音』『夏』『秋』『冬』所収の全一八三六句に、その後発表された五二〇句を加え、計二三五六句となる。この機会に改めて読み返し、私なりに「展宏の百句」を抜き出してみた。

展宏はもともと「寒雷」に入って俳句をやっていた。いわゆる人間探究派の句会の中にいて、虚子の句に惹かれ、あこがれた。「花鳥諷詠は軽蔑の対象」という風潮に抗して句作した。が、後に自ら「過激なる花鳥諷詠」と言うように、従順に花鳥諷詠の道を追求するのではなく、共鳴しつつも、己の天稟《てんぴん》に基づいた新展開を模索したのである。

その作風、特徴で目につくのは、まず落差の芸であろう。つまり句の味わいと魅力は、対置するものの途方もない落差に依拠する。雅と俗、古典と現代、超越と日常の衝突が生みだすおかしみにある。作者は俗なこと、下品なことを言うのが面白くて言うのではない。その背後に雅びな古典的美の世界を意識していて、それとの微妙で大胆な対照や断ちがたい係わりから、わざと下卑たり、茶化したりする。「下品と活力こそ俳諧の素《もと》」と唱える作者の、野心的な企てであり、細心な芸である。

一方で、〈美しき入日を日々に十二月〉や〈晴れぎはのはらりきらりと春時雨〉の、意味よりも流麗な調べの、すっきりした姿の句がある。また、〈桃咲くや蕾が枝をひき出して〉や〈鶏頭に鶏頭ごつと触れゐたる〉の、独自の感性をいかした写生句、〈桜貝大和島根のあるかぎり〉の志ふかい句など、実に多様である。そして全体に注目されるのは、鋭敏、的確な言語感覚と潔《いさぎよ》さ。言葉を扱う手つきは、〈白桃の皮引く指にやゝちから〉に通じ、大胆と繊細な抑制を兼ね備えている。

十八歳で敗戦を迎えた展宏に、軍隊の経験はないが、多感な年頃に深く心に刻まれた戦争は、作句の大きなテーマの一つとなった。早くも第一句集に、特攻基地鹿屋で詠んだ句があるが、『義仲』所収の〈「大和」よりヨモツヒラサカスミレサク〉以下、作品は少なくない。本人は、「鎮魂とか何かというのは戦死者たちにむしろ申しわけない。そんな大それたことではなく、心に強く残っているから作るのです」と、折あるごとに釈明してやまなかった。

（「俳壇」二〇一三年四月号より補筆転載、「百句」は割愛）

川崎展宏句碑

句碑の一つもあっていいのでは、という声が、二十周年を迎えた「貂」の代表、川崎展宏氏を包みはじめた。が、ご本人はなかなか首をたてに振らない。生前句碑を持とうとしなかった師、加藤楸邨のことを口にされたりした。

そしてようやく二〇〇一年十二月、句碑が建立されるに至った。金沢市の慶覚《きょうかく》寺境内の一隅である。蓮如上人下賜の御本尊を祀る真宗の古刹だが、観光寺ではない。ふだんは幸町にひっそり開けてある山門を入ると、右手に輪蔵を収めた経蔵があり、本堂の横手に黒松の巨木がそびえる。寺の坊守さん（真宗では大黒さんをそう呼ぶ）が、「貂」の仲間であったことからごく自然に実現した。

石の選定をする展宏氏に私も同行した。いくつか見て廻った挙句、寺のほの暗い裏庭に隠れるようにあった青色の石に眼をとめた。寺の遠祖が据えたとかいう伊予石で、水をかけると、目覚めたように深緑を呈して、私共を驚かした。台座は地元産の戸室石となった。

さて、問題は刻む句である。いう迄もなく展宏氏には世に知られた句が数々ある。私たちそれぞれにも愛誦する句がある。いったい何になるのか、固唾をのんで待っていると、やや意外な句が発表された。

綿虫にあるかもしれぬ心かな　展宏

「ぼーっとした句が良いんだ」と当人は言われたが、その頃「老来しきりと『心』に思いが及ぶ」といった発言を諸所でされてもいた。

句の作者は、塵のように、雪片のように浮遊する綿虫にも心があるだろうと思いながら、断定を避けている。「あるかもしれぬ」の中七で、まろやかさ、朧化が生まれた。おぼめかした表現で初めて綿虫は舞ってくれる。事実、句碑抜きの讃仰法要の最中に、時雨の上がった空の下を、綿虫がふーっと覗くようにやって来た。

お祝いに呈した拙句は、

綿虫のすみつく石のあをさかな　恒彦

何とも名状しがたい石の色と形の奥に、白々と棲みつき、澄みゆく小さな心の存在を見る思いだった。同じく仲間の句に、

句碑は如何に天気予報はけふも雪　佐川昭吉

関東にあって遠く金沢の地の句碑を想いやるのは、私たちみんなに共通のこと。それに

答えるかのように、今や坊守兼句碑守となった泉早苗さんは、折々に聞かせてくれる。

ひとときを石濡らしゆく春驟雨　　早苗

句碑にまた人来て佇てり百日紅　　同

［「俳句四季」二〇〇三年八月号］

句碑の綿虫――句碑除幕式でのスピーチ（抄）

さきほど句碑抜きの讃仰法要のときに、ふと眼を上げましたら、綿虫が一つ二つと出てきました。山門と輪蔵の黒瓦や左手にある松の緑を背景に、白々と目立ち、それが、ふーっと来たんです。まるでテントをのぞくように。入ってくるかなあ、入れ、入れと思ったら、遠慮してすーっと離れて行った。その動きを見ていると、何か句碑とつながりがあるような感じがしました。

金沢の地元のお客さま方と、向うの部屋でお会いした際にお訊《き》きしましたら、この土地でも綿虫と呼びますし、また雪ばんばと言ったりもします、とのことでした。ですから、綿虫はこの土地柄にも合っているわけです。

〈綿虫にあるかもしれぬ心かな〉を句碑のために選ばれたことを、展宏先生からうかがってから、だいぶ経つのですけれど、正直のところ初めはぴんとこなかったです。先生にはいろいろな名句、代表句、人口に膾炙した句が沢山あるのに、どうしてなんだろうかなと思ったのです。こういう句はどうか、あの句はどうか、と私なりに考えてみたりしました。例えば、〈鶏頭に鶏頭ごつと触れゐたる〉や〈出か丶りし油のやうな薄の穂〉は、いざ句碑となるとどうも納まらないんですね。意外と難しいものです。そうしているうちに、だんだん綿虫の句がとりついてきて、今ではこの句でよかったのだと心に落着きました。

句の中七「あるかもしれぬ」という所が大事なのですね。「あるかもしれぬ」と言っておいて、本心は「あるんだ」というわけだと思うのです。「あるにちがいない」と。ただ、「あるにちがいない」と断定してしまったら、句としては格段に落ちるでしょう。「あるかもしれぬ」で、まろやかさ、朧化が生まれ、「俳」がみえる。「老化」ではありません（笑）、おぼめかした表現にする。それで俳句が生きてくる。

私は習慣的にすぐ考えてしまうのですが、この句を英語でどう訳したらよいだろうかと。いろいろやってみましたが駄目なんです。まるで浮遊するような音調を伴った「あるかもしれぬ」が難しくって。それから、「心」は英語でどうなるか。これがまた難物です。展宏先生は大分お調べになられ、たいへん参考になるお話を今しがた拝聴しましたけれども……。

「心」の意味を普通常識的に考えますと、人間の意識や分別、それから意志、それから喜怒哀楽の感情、そういうものを全て心という働きは含んでいます。ところが英語はもっと分析的になってしまって、例えば喜怒哀楽の感情ということで表せば、ハート、しかし意志や分別という知的な働きが加わった場合は、ハートではだめで、マインドという。それだけでなく心には、何か精神とか魂とかいった意味合いもあると思う。精神だったらスピリット、魂だったらソウルという風にいろんな英語があって、これだという単語が見つからない。どうしようもない。その位「心」というのは大和言葉の中でも非常に意味合いが深い、まあ大和民族でなくては遣えない言葉なんでしょうね。

ちなみに、綿虫を詠んだほかの人の句で

意志ありやなしや綿虫漂へり　宮本啓子

雪ぼたる魂あるごとく無き如く　浅野敏夫

があるのを見つけました。これでしたら、前句ではウィル、後句ではソウルかスピリットという英語を遣ってわりと容易に訳せます。ずっと話は単純、明快になりますから。

展宏先生は、心があるにちがいないと思いながらも、断定を避けて綿虫を見ておられる。そしてご自分も綿虫の仲間なんだ、仲間にすぎないのだという思いがおありになるのではなかろうか。私はそこに共感を覚えるのです。そんなことで、今はすっかりこの綿虫の句に得心がいきました。とくに先刻は綿虫が挨拶に見えていたくらいですから。

今日からは、慶覚寺の境内に在るこの碑が私共の心の一つの拠点となり、また金沢を訪れる際のよすがになってくれることを、たいへん有難く思うしだいです。

［「貂」一〇〇号　二〇〇二年六月］

VI

『鷹の泉』——能の伝播と里帰り

一九六五年は、W・B・イェイツの生誕百年にあたっていた。彼の評価が近年ますます高まり、作品の愛好者や研究者がふえている折から、世界各国で盛んな記念祭がもたれ研究発表や記念出版が行われるなど、イェイツ・ブームもひとつの頂点に達したようである。日本においても例外ではなく、二百名の会員を擁してイェイツ協会が発足し、着実に大会や研究会がもたれるようになった。今年（一九六六年）の五月十九日から二十一日にわたって、日本イェイツ協会と早稲田大学図書館が、「イェイツと日本」と題して催した、日本におけるイェイツ文献の展示会と展観目録の発行は、こうした世界的な気運の中で、日本のイェイツ研究家が当然果たさねばならない務めのひとつであった。

近代詩・新劇・能の三部門に分かれた会場で、一隅を大きく占めてひときわ異彩を放ったのは、イェイツと能との密接な交渉と、比較文学史上稀有な、実り多い成果を表す資料であった。ガラスケースに並べられた二系統の仮面——伊藤道郎の手になる、イェイツの舞踊詩劇の仮面と、それを新作能に仕立てた際の能面とは、無言のうちに、時と所をへだてた両者の縁組を直截雄弁に語っていた。

私見によれば、イェイツに能が及ぼした影響と成果にふれた文献としては、一九一八年の野口米次郎を初めとして日高只一、南江二郎、尾島庄太郎、能界から古川久、外国人としてE・マイナーの著述が主要なものである。それらは、書かれた時期と論者の関心の在り方に応じて、貴重な示唆や概念を我々に与えてくれる。ただ残念ながら、現在までの実績では、問題の戯曲に密着した具体的な考察や、分析的な解明はいまだになされていない。比較文学の学徒などが「エクスプリカシオン・ド・テキスト」の必要を声を大にして叫んでいるのを聞くにつけ、戯曲のテキストそのものや演出の、分析的考察へ一歩踏みこんだ研究が当然なされなくてはならないと思う。この小論で筆者が試みようとするのは、能がイェイツに与え、そしてイェイツから受けとったものを、テキストに即して具体的に検討することである。能の影響のもとに、イェイツがつぎつぎと生み出した新しいタイプの劇の第一作『鷹の泉』（*At the Hawk's Well*, 1917）を対象に選んだ。これはある能評家に、「『鷹の泉』は広く海外に能を紹介する役目も果たした」といわせ、戦後喜多一門が新作能に仕立てて上演した記念すべき作品である。

『鷹の泉』は三、四十分の短時間で上演できる一幕物の詩劇である。

舞台は壁を前にしたなにもない空間（床の上）ならどこでもよいとされ、そのぐるり三方に観客（五十人位が理想的）が座って、特別の照明を用いずに行われる。一九一六年四月二日の初演の際には、ロンドンの、レイディ・キュナード Lady Cunard の客間が使われ、画家エドモンド・デュラック Edmund Dulac のデザインで舞台の外側の隅柱二本にランタンをつけたが、光は不十分だった。むしろ大きなシャンデリアの光でやった方がいいことをイェイツは知ったが、その後の経験からいうと、一番効果的なのは、日常なれている室内の明りであった[1]。舞台奥の壁の前に、模様のある衝立《スクリーン》がたてられる。どんな模様であったかつまびらかではないが、後の作品『枯骨の夢』（*The Dreaming of the Bones*, 1919）では、「山と空を表わす模様」とあるから、これと似たもの——写実的な書割ではなく、場面の雰囲気を暗示するような、装飾的なものであったのだろう[2]。衝立の近くに、あらかじめ楽人（musician）の奏する楽器がおかれているか、或は能にならって、観客が着席した後、第一の楽人によって運ばれてくる。先ず折り畳んだ黒い布をもって楽人三人が舞台に現われ、壮重なしぐさで布を開きながらする合唱で劇が始まる。

I call to the eye of the mind　　我は心の眼に呼び起す
A well long choked up and dry　　久しく水脈が涸れ　干上った泉を
And boughs long stripped by the wind,　　風にさらされ葉の落ち尽した枝々を、
And I call to the mind's eye　　我は心の眼に呼び起す
Pallor of an ivory of face,　　象牙の面《おもて》の蒼白さ

Its lofty dissolute air,
A man climbing up to a place
The salt sea wind has swept bare.

その気高くもすさんださまを
潮風に吹きあらされた地へと
ひとり登りくる男を。

この合唱は観客の心の眼に訴えるという形で、荒涼とした山中の涸れた泉と葉の落ちた樹や、虚空をかれがれと吹く潮風を描いて、場面設定をし、そこへ向って、ひとり若者が山を登ってきつつあることを伝える。典型的な能においては、諸国一見の僧であるワキがまず登場し、旅の目的地を告げ、その地への旅のさまや風景を歌って、場面設定をするのが常道だが、ここでは全て楽人の歌にまかされている。楽人の拡げた布のかげに泉守が姿を見られぬように登場して、大地にうずくまる。イェイツは幕を廃止した代りに、劇の初めと終りを区切り、観客の眼をさけて俳優が舞台を出入りできるように、楽人が舞台の前面で、大きな布を開いたり、畳んだりすることを考えたのである。(3)うずくまった泉守のかたわらには、泉を表わす四角の青い布切れがおかれている。舞台道具としてのこの泉は、能の『井筒』に使う板井の作り物より簡単である。おそらくイェイツは、『葵上』で病床の葵上を表わすために正先におく縫箔の小袖からヒントをえて、考案したのであろう。(4)

合唱が終ると、楽人の独唱（singing）と朗詠（speaking）が続き、日が落ちて暮れゆく山中を描き、泉を埋める榛《はしばみ》の枯れ葉を掃くことに倦み、重い眼でじっと灰色の石をみす

えている泉守を歌う。ついで、第一と第二の楽人が合唱する歌、

"Why should I sleep?" the heart cries,
"For the wind, the salt wind, the sea wind,
Is beating a cloud through the sky ;
I would wander always like the wind."

「何故我は眠るべきなのか」
　と心は叫ぶ、
「風が、塩からき海風が
中空をゆく雲を打ちつつあ
　れば、
風のごとく常に我はさすら
　わん。」

は、「心の叫び」であるだけに内面的な内容のもので、情景描写のうちに、この劇の主要人物、老人と若者の心境を代弁ないし暗示していると解釈できよう。最後の行「風のごとく常に我はさすらわん」は、実際には、老人がかつてそうであったように、永生をもたらす泉を探し求めて、海の彼方からさすらい来る若者の台詞である。彼を中空に流れる雲を打つ風になぞらえたのはきわめて日本的な修辞だ。『錦木』のワキ・ワキヅレの道行、「いづくにも心とめじと行く雲の。心とめじと行く雲の。旗手も見えて夕暮の空も重なる旅衣[5]——」の反響《エコー》があるような気がする。それはともかく、コーラス（合唱団）が第三者的な場面描写や思想の説明にとどまらず、本来は主要人物の台詞であるものを代って口にする

のは能の地謡の特徴的な機能である。(6) こうしたコーラスの使い方は、以前の作品『デァドラ』（*Deirdre*, 1907）にはみられぬことで、イェイツが、初め手本とした古典ギリシア劇のコーラスから踏み出て、地謡に近づいていることを示すものである。

二人の合唱が終ると、観客の間を通って老人が登場する。これは能の橋掛によるものと大分趣が異なり、どちらかといえば、歌舞伎の花道による登場に近いやり方である。第一の楽人がすかさず老人を紹介する内容の詩を朗詠する。

That old man climbs up hither,
Who has been watching by his well
These fifty years.
He is all doubled up with age ;
The old thorn-trees are doubled so
Among the rocks where he is climbing.

あの老人がこちらへ登ってくる
五十年の間　彼は
泉のほとりで見はりつづけてきた。
寄る年波に腰はすっかり折れ曲っ
　ている、
登りくる岩間に生える
茨《いばら》の老木《おいぎ》も折れ曲っている。

この詩の四—六行、腰が折れ曲った老人と、岩間にひねこびる茨の老木とを並置し、両方のイメージを結び合わせる表現に注目したい。この老人のイメージはやがてまた、涸れた泉のほとりで風に震える、葉の落ちた榛《はしばみ》と自然に重なってしまう。(7) こうしたイメージの重なりと統合は、イェイツが効果的な技法として能の詞章に見出したものに他ならない。彼は『錦木』に即して次のように論じている。

「能においては、日本画の線が相反響するリズムを持つように、わざと単一の暗喩《メタファ》がくり返し用いられていることに私は気づく。『錦木』では、乙女の亡霊が恋人に戸を開けてやらずに、草で織り続けた布をもって出てくる。この織られた草は暗喩として、あるいは附随物として、幾度も出て来るのだ。今仮の姿で、とげられなかった恋を悲しむ二人は〈その草の模様が入り乱れているように心が乱れている。〉再び彼らは未完成の織布にたとえられる、〈二人の体は横糸を持たないので、いまだに一つになれない――〉と。僧侶を墓へ案内するまでの長い年月、二人は〈狭布《けふ》の里に生い茂る草々を押し分けて〉過した。そして彼らに道を教える田舎人は〈岡の上で草を刈っていた。〉とうとう僧侶の読経が二人をめあわせたとき、花嫁は男が〈彼女の住む野の草に愛のかけ橋をかけた〉と語り、終りに、花嫁花婿は、〈愛の草の下蔭から〉一瞬姿を現わすのである(8)。」

いろいろな次元での草のイメージと、恋人のイメージとが事件の進展につれて幾重にも重なり合い、統合されて、渾然とした一つの累積的な効果を生み出すようになるとされる箇所を、謡曲の原文に拾うと、シテ「陸奥の信夫もぢずり誰ゆゑに、乱れそめにしわれからと。藻にすむ虫の音に泣きて、いつまで草のいつかさて、思ひを干さん衣手の森の下露起きもせず――。」
地「狭布の細道分け暮して錦塚はいづくぞ。かの岡に、草刈るをのこ心して、人の通ひ路明らかに教へよや道芝の露をば誰に問はまし――。」

辺りである。イェイツがフェノロサ、パウンドの英訳から解釈したところと原文の内容は必ずしも一致せず、あれほど論理的でもないが、たしかに指摘されたような技法は存在する。とはいえ原文は、イェイツやパウンドが自分の詩で試みたもの[9]より、細かく入り組んだ、多分に習慣的な技巧におぶさっていて、統合されたイメージはかなり曖昧で、その衝撃力は情緒的なものへと弱められている。これは日本の歌謡系統を継いだ抒情文に固有の、掛詞、縁語、序詞、枕詞そして本歌取りといった修辞によるところが大きいためであろう。

　コーラスによって紹介された老人は、ドラムの音に合わせて、舞台正面へ進み出ると、うずくまって、火をおこすしぐさをする。その間第一の楽人は次のように吟じて老人の所作を描写する。

He has made a little heap of leaves ;　　彼は落葉を掻き集めた
He lays the dry sticks on the leaves　　枯れ柴をその上にのせ

And, shivering with cold, he has taken up
The fire-stick and socket from its hole.
He whirls it round to get a flame ;
And now the dry sticks take the fire,

寒さに震えながら穴から取り出したのは
火おこし棒と軸受け。
火をおこそうとぐりぐりまわせば
枯れ柴にぱっと火がつく、

このように、所作をコーラスでわざわざ描写する必要があるのは、所作そのものが様式化された暗示的な動きだからで、これは極端にまで所作が様式化された能において、地謡がはたす役割と同じものである。そしてイェイツは、身振りをドラムの音に合わせてぎくしゃくと重々しく、あやつり人形のようにするよう指示している。その際イェイツが引き合いにだす、「能の所作は人形芝居のそれを模した。日本の最も著名な劇作家は、専ら人形芝居のために筆をとった」や「十四世紀の人形芝居から模倣した体の動かし方[10]」という知識は、一体誰から与えられたものであるかは不明だが、誤りである。いうまでもなく、人形浄瑠璃の完成者近松は十七世紀の人で、能の大成はずっとさかのぼった十四世紀のことである。また、中古の傀儡師が歌いながら舞わせたあやつり人形の舞が、能の曲舞《くせ》にとり入れられているとする説があるが、仮にそうだとしても、能の舞のごく一部を成すだけで、能役者の所作をいちがいに人形ぶりと結論するわけにはいかない。しかし一方で、イェイツはかなり適確に能の舞や所作の特徴を述べているのであるから[11]、彼の脳裡にあったものは、実体からひどくかけはなれたものではなかったと思われる。

火をおこした老人の独白的な台詞が終ると、観客の中を通って若者が登場し、能におけるワキとシテの問答を思わせるような老人と若者の対話が行われ、二人の正体や目的、彼らのおかれた状況がしだいに明らかになる。若者はクフーリンというアイルランド伝説の英雄で、山中にあるときいた永生不死の泉を求めて、海を越えてやってきたのである。一方の老人も青年の時、同じ泉をたずねてこの山中に入り、五十年間涸れた泉のほとりで水の湧くのを待った。三度水の音をきいたと思ったが、見るたびにはや水は消えている。それは泉を人間から守るシー（妖精）のたくらみのためであった。何度も裏切られながら永生の思いを捨てきれぬ執念の身は、今や明日をも知れぬほど老い衰えている。二人の問答の間に、泉守の乙女が突然鷹のような啼声を立てる。鷹の眼と声を持つ彼女は恐ろしい亡霊のようなものにとりつかれていて、まどわしの限りを尽して厳しく泉を守るようそこに据えられているのである。この魔性の霊にとりつかれて身を震わし、その口から自分のものではない声を発する乙女のイメージは、能『葵上』における六条御息所の生霊に苦しめられてもだえる葵上[12]を連想させる。能の亡霊は、亡霊自身が出現する場合と、よりましや他人にのりうつる場合の二つがあるが、イェイツは丁度後の例を、この『鷹の泉』の他に、

『ただエマーの嫉妬』（*The Only Jealousy of Emer*, 1919）、『窓ガラスの上の言葉』（*The Words upon the Window-Pane*, 1934）で劇化しているわけである。

二人の対話の終りの近くついに霊泉が湧き出さんとすると、泉守が鷹の踊りを踊って、老人を眠らせてしまう。(13) 踊りの呪力で若者は狂気のようになり、湧く水に気づきながらそれを無視して、鷹の乙女を捕えようと追って出て行く。このように老若二人の命をかけた願いをバッサリ断ち切ってしまう踊りは、劇のクライマックスに当り、もはやいかなる描写も対話も及ばないような情緒のカタルシスを行わねばならない。劇のかなめに据えられてこれほど決定的な働きをする踊りをイェイツは、能にあって常に中核的な位置を占め、いわば重要なメタファとなっている舞から学んだにちがいない。こうした踊りは、他にも『枯骨の夢』、『猫と月』（*The Cat and the Moon*, 1926）、『波濤と戦う』（*Fighting the Waves*, 1934）『三月の満月』（*A Full Moon in March*, 1935）『クフーリンの死』（*The Death of Cuchulain*, 1939）にみられ、上演に苦しみながらも、イェイツの劇の独特な魅力となっている。

目覚めて、再び空《から》の泉を見た老人と、鷹の乙女を捕え損って戻った若者の耳に、「イーファ」の叫びと、剣戟の音がきこえる。山の麓に住む女王イーファの率いる凶暴な女たちが泉守にそそのかされて、攻め来る物音である。若者は老人のとめるのをきかずに、槍を構えて、彼女らに敢然と立ち向かおうと舞台を出てゆく。劇の間中、囃子方のように舞台の奥に座って、伴奏し、歌っていた楽人三人が立ち上って、舞台の中央に進み、布を開いたり畳んだりしながら、永生の願いのはかなさと、平凡な人生の楽しみをたたえる歌を合唱し、全員が退場する。

イェイツは『鷹の泉』上演において、デュラックのデザインによる仮面を使った。彼は『四つの舞踊詩劇』(*Four Plays for Dancers*)の序文(一九二〇年)で、「デュラック氏が仮面の価値と美を私に教え、仮面をデザインし、製作する方法を再発見しなかったならば、これ等の劇は存在しなかっただろう」と述懐している。『鷹の泉』の幾種もの原稿(手書きやタイプの)をみても、仮面の着用に少しもふれていないところをみると、彼が仮面採用にふみきった上で、デュラックの存在はたしかに大きかったにちがいない。老人の面は能の悪尉《じょう》を思わせるものであったが、若者の面は古代ギリシャの彫刻のようであった。舞踊詩劇全体を通じて、劇の主役(過去の人・神話伝説上の人物)は必ず仮面をつけ、脇役でもシー(妖精)などはつけることになっている。[14]『鷹の泉』では、老人と若者(どちらも主役)が仮面をつけ、泉守は仮面に似せたメイキャップをし、さらに楽人までもが同様のメイキャップをしていて観客にはまるで彼らが仮面をつけているようにみえた。仮面の効果についてイェイツは、「上演の後で、顔の表情の変化がなくてさびしかったと私にいったものはいなかった。何故なら、面はそれを照らす光線のかげんで変化するように思えるからである。そしてまた、詩的悲劇的芸術では、演出家はみんなわきまえているように、表情というものは、主としてからだ全体の動きの中にあるものであるから」とも、「仮面は決して汚ない顔には見えない。いかにそれに接近してみてもそれは芸術品である。しかもその静止の故に、顔面の表情を失う憂いはない。なんとなれば、情感はからだ全体の運動によって表現されるからである。」とも言っている。(15) こうした主張はそのまま能において一般に承認されている仮面論と一致する。とくに、表情をこしらえるといった局部的な演技ではなく、からだ全体の演技を通してこそ人物や情感が表現できるのだとするイェイツの考えは、世阿弥の次のような考えと軌を一にする。「面色をば似すべき道理もなきを、常の顔に変へて、顔気色《けしき》をつくろふ事あり、さらに見られぬものなり。振舞、風情をばそのものに似すべし。」(『風姿花伝』、「第二物学《まね》条々、直面」)。仮面劇に真剣にとりくんだ東西二人の天才がはからずも到達した共通の見解として、並べ味わうとき、感慨深いものがある。

仮面におけると同様に、イェイツは肝心の踊りにおいても、他人の助力をうけなければ自分の作品を上演できなかった。当時ロンドンに在って、パウンドとつき合いのあった近代的な舞踊家、伊藤道郎の工夫した踊り(能の舞とは違う)によって、はじめて鷹の乙女の踊りは所期の目的が達せられたのである。しかし、壮重な人形ぶりの所作を望むイェイツには、若者を演じたヘンリー・エインリーHenry Ainleyのしぐさが気に入らなかった。

イェイツにいわせれば彼はまるで「溺れる子猫のように」腕を振っていた。能の実演を観たことのないイェイツには、能の所作や舞に誤解や不明の所が多かった上に、必ずしも能のそれを模倣しようとしたのではなかったので、自分が漠然と心に抱いているヴィジョンを実現することは非常に困難だった。(16) やがて道郎がアメリカに去ってからは、満足のゆく踊りをしてくれる者をみつけることができず、止むを得ず、踊りの代りに様式化した動作をもって代用することになった。

音楽はデュラックの作曲であった。(17) それは伴奏なしの歌、笛とハープの伴奏つきの歌、踊りの曲、朗詠の背後に伴う曲からなっていて、用いられた楽器は、簡単な竹笛、ハープ（あるいはツィター）、ドラムとゴング（この二つは東洋系統の良い形と豊かな音色のものならなんでもよい）であった。ドラムとゴングは、台詞の言葉を強調し、動作にアクセントをつけるために時々鳴らされ（やり方は各楽人の想像力と審美眼《テイスト》にまかされた）、笛とハープは言葉の情感を深めることを第一とした。全体として、言葉は単純で、洗練された音を出すことがモットーであった。「能の着流僧に似ていなくもない」簡単な黒衣をまとった楽人たちは、演奏とコーラスの両方、つまり囃子方と地謡をかねた存在であるが、常に合唱をする地謡と違って、独唱をする時がしばしばある。さきに述べたように、イェイツの劇のコーラスは、初めギリシア劇のそれを手本としていたため、筋の展開に登場人物として参加し、所作や対話をなす台詞をもっていた。ところが『鷹の泉』によると、コーラスは能の地謡に近づいて、筋に直接あずかる登場人物としての対話や所作を捨てている。[18]しかし、そこにまだ独唱という形があるのは、以前の個人的な台詞の痕跡とみなすことができるであろう。このようにコーラスひとつを取り上げても、能がイェイツに及ぼした大きな影響を端的に認めることができるのである。

イェイツは『鷹の泉』初演のリハーサル中に、テキスト、アクション、演出の面で、いろいろと手を入れたばかりでなく、上演を重ねるたびに修正を加え、その後印刷に付された何種ものテキストにも、多少改訂のあとがみえる。喜多実《みのる》らが意欲的にとりくんでいる新作能（これまでに二十曲ほどある）の場合も、上演しながらしだいによりよきものへと仕上げて行くのが常であって、その一つ『鷹の泉』も、一九四九年十月三日の試演会の時と、翌年十一月四日の通算三度目の上演の時とでは、大分改変があったようである。

イェイツが能を手本として創ったとする舞踊詩劇の中でも、『鷹の泉』は早くから幾種もの翻訳が我が国で公刊され、[19]一番よく我々に知られたものであった。この作品をもとに新作能を作ろうと初めに考えたのは、小林静雄である。[20]彼は早稲田大学国文科在学中から秀れた才能をあらわした能の研究家で、『鷹の泉』を本格的な能に脚色する仕事に着手したが、業半ばにして応召し、堅実精緻な論証である『能楽史研究』（一九四五年）を事実上の絶筆として戦死した。朋友の死を悼んだ横道万里雄が、その遺志を継いで『鷹の泉』の脚本を仕上げ、喜多実の作曲と振りつけをえて新作能に完成した。囃子は万里雄や実から註文や示唆をうけて、各囃子方が作った。装束、面などは、従来使われてきたものを活用したのである。『鷹の泉』の原作は老人と若者が同じような比重で対立し、どちらか一人を主役に擬するのが難しく、能のシテとワキの構成にしっくりあてはめることができないが、新作能では、老人をシテ、若者をワキ、泉守をシテツレときめた。これは適切な解釈で、実際これ以外の組み合わせは無理であろう。そして更に工夫をこらして、老人は永生の泉を求めつづけたあげく亡じ、執心の魂がとどまって仮の姿をこの世に現わすものとし、いわゆる二段夢幻能という典型的な能に仕立てあげている。

　前場はワキの若者が、能のしきたりに従って面をつけずに（直面）先ず登場し、名のりをあげ、原作ではコーラスのした山中の描写まで謡う。そこへ前シテの老人（在りし日の姿）が、小尉《じょう》[21]の面に水衣着流し姿で現われ、二人の問答がある。老人は若者を泉へ導き、自分の泉への執心のほどを語り、亡霊の身をあかす。地謡が「かくて更け行く闇の夜に、羽音劇しく聞こゆるは云々」と謡い、シテツレの鷹の乙女が泥眼[22]の面に長絹緋の大口の装[23]いで登場。地謡とツレがかけ合いで謡い、地謡の「われも舞はうよ、鷹の舞いざや舞はうよ」でツレがひとしきり舞う。ツレは「……まぎれに乙女は　舞ひあがり舞ひさがり　遙かの峰に飛び去り飛び去り　姿は失せぬ」のていで退場、中入となる。後場は、悪尉の面[24]に、厚板を着附け、上に法被《はっぴ》と呼ぶ広袖物、下に半切《ぎれ》という袴をつけた[25]後シテ（老人の霊）が登場、迷い心から浮世を捨て、呪いの糸に身を縛られ、盤石に綴じつけられてそのまま幽鬼となったしだいを地謡と交互に謡いながら、立廻りを舞う。やがて地謡の「げにも迷ひぞかしと　思へどもなほ　捨て難きは執心　離れがたなの泉のほとり　離れがたなの泉のほとりと　岩根を伝ふ声物凄く　響けど姿はただ遠ざかる　嵐とともに山の端の闇に紛れてかすかになれば」で、後シテ退場。地謡が「旅人は夢覚め果てて　心も澄めるなか空に　まどかに照るや月影　静かなり榛《はり》の小林」と謡いおさめて終る。

　能では、鷹の乙女に呪われた老人の執心にだけ焦点を合わせ、若者が乙女を捕えようとすることも、イーファに率いられた女たちとの戦いにおもむくことも省略され、いわゆる理想の観客としてのワキの立場に大体とどまっている。原作では、主役が二人併立しているように、主題も永生を求める行為のはかなさと、クフーリンが選んだような英雄的悲劇の是認という二つの問題に分裂し、結末は首尾一貫した盛り上りのある印象に欠けている。能はイェイツやパウンドも認めたように、統一あるひとつの深い情緒をかもし出すことを目的とするのであるから、新作能『鷹の泉』で主題が整理され、焦点が一つにしぼられたのは当然であろう。それでもなお原作に引きずられる所がかなり新作能にあったようで、実際に演能を観た丸岡明も、「ワキやツレが活躍するのは、能の近代的なゆき方だが、シテとの比重が変って来て、多分に文学的になる」と評している。専門家の手で本格的に能に翻案脚色されながらも、そこになお感じられるこうした本来の能との間のギャップは能を手本としたとはいえ、単なる能の模倣に終らず、イェイツが詩劇作家としての主体性を堅持して『鷹の泉』を創作したことを証するものである。

註

引用したテキストは、*Collected Plays of W. B. Yeats*, Macmillan, 1960. 所載のもの。新作能は、一九五〇年十一月四日、水道橋能楽堂における演能のプログラムに印刷された本文で、横道万里雄氏より保存されていたものをいただいた。言及したイェイツの原稿は、C. B. Bradford, *Yeats at Work*, Southern Illinois Univ. Press, 1965. による。

（1）能舞台の照明は、昔は自然光であったが、屋内に舞台がおさまるようになると、その時々の日常的な明り――現在は電灯と螢光灯――を適当に使い、余り工夫をしない。

（2）能舞台の松羽目は、そもそも神事としての能の生い立ちに由来するもので、演目の背景とは関係のない全く装飾的なもの。

（3）能では引廻をかけた作り物の中に入って姿をかくすことがあるが、登場、退場はいつも観客に姿をさらしている。

（4）フェノロサ夫人の日記にエズラ・パウンドは次の如き記録を認めた。「病み、悶え苦しむ葵上は、舞台の正面端におかれた赤い花模様の着物で表わされる。」――Fenollosa & Pound, *"Noh" or Accomplishment*.

（5）フェノロサ・パウンド訳では、・――seeing that I go about with my heart set upon no particular place whatsoever, and with no other man's flag in my hand, no more than a cloud has. ——'

（6）それは能が本質的には語り物であることに起因するのだろう。

（7）'And leave the well to me, for it belongs to all that's old and withered.'

（8）*Certain Noble Plays of Japan*

（9）「イメージの統一」はパウンドからも注目され、彼の詩『キャントウズ』において、より徹底した、範囲の広い技法として駆使される結果となった。

（10）*Ibid.*

（11）「能のクライマックスにおいては、情念の騒擾ではなく、戦争や婚姻やあるいは地獄の苦患を現わす舞踊がある。——能役者の美の理想は、ギリシアのそれとは異なり日本画の理想に近く、筋肉の緊張の瞬間に所作を停めるところに存在するということを知った。——だから我々のダンスの美を作り出すところの腕や体の揺れ動く運動は、ほとんど見られない。能役者は腰の上から動き、上体を常に静かに保ち、全ての身振りや姿勢をある定った思想と関連させているように思われる。彼は舞台をすべるような動作で横切るので、観る者は彼から波動的な印象は受けず、絶えざる直線の印象をうける。」——*Ibid.*

（12）彼女はイェイツのみならず、パウンド、T・S・エリオットにも深い印象を与えた。

（13）原稿では、能の地謡がするように、踊りの内容を説明する楽人の歌があったが、伊藤道郎が踊ることになってから削られた。

（14）この点は、能の場合とほぼ同じ行き方である。

（15）*Ibid.* & Preface to *Four Plays for Dancers.*

(16)「踊りが一番厄介だ。というのは、自分の望んでいるものをただ漠然としか知らないからだ。今あるどんな様式の舞台舞踊も私は欲しない。もっと狭い範囲の表現をもったあるもの、もっと抑制され、もっと制御されたもので、近々と座った観客に向う演者に役立つような踊りを私は欲する。」—— Preface to *Four Plays for Dancers.*
(17) 後に、「革新的な音楽家」とイェイツの賞した George Antheil に作曲させた。
(18) 原稿の一つには、鷹の乙女が踊っている間、楽人たちは恐怖の情を表わす歌を合唱しながら、両手で顔を覆うという所作があった。
(19) 筆者の眼にふれたところでは、松村みね子、平田禿木、南江二郎、長沢才助、岡田哲蔵の諸氏が訳している。
(20) 喜多実氏から直接うかがったこと。新作能に関しては氏との面談に負う所大きい。
(21) 後になって本体を表わす神の化現に使うもの。
(22) 後になって本体を表わす怨霊の化身に使うもの。
(23) 閑雅な女舞に使う。
(24) 老人ながら強くて恐ろしい表情。天狗や鬼を表わす異形面に近い。
(25) この扮装は活潑な所作を伴う武将に多い。

［「英文学」二九号、一九六六年十二月、早稲田大学英文学会］

初出について

諸雑誌所収の文は、各文末に記す。
単行本所収の文は、次の通り。

I

俳句の国際化——『俳句の広がり』(『俳句教養講座』第三巻、二〇〇九年十一月、角川学芸出版) 所収の文に加筆。
エジプトの旅から——『季語の楽しみ』二〇〇九年十月、角川学芸出版
在外詠の俳句——『俳句入門』二〇一二年六月、角川学芸出版

あとがき

本書は、先に上梓した二冊の評論集、『俳句とハイクの世界』（二〇〇二年、早稲田大学出版部）と『詩句の森をゆく』（二〇〇三年、梅里書房）に続くもので、いわば評論集三部作のしんがりとなる。主にここ十年間に発表した評論・エッセイ及び対談、講演をまとめて一巻とした。

ただし、第Ⅲ部と第Ⅵ部は、ずい分以前に早稲田大学関係の紀要に載せたものだが、埋没させずにあえてここに収めることにした。新しい読者を得るに足るだけの意義があると思うからである。

とくに付録的な第Ⅵ.部は、「能とＷ・Ｂ・イェイツ」と題してもよい論考で、前著『詩句の森をゆく』に収めた「能とT・S・エリオット」と対《つい》をなす。イェイツとエリオットの両大詩人は、共通の若き友人だったエズラ・パウンドによって能と俳句を初めて知り、それぞれ深い影響を受けたのである。

まだ二十代の大学院生であった私は、これらを執筆するに当たり、赤坂の舞台で毎週、仕舞、謡の稽古をつけて頂いた観世流シテ方橋岡久馬師はもとより、喜多流シテ方喜多実師、能楽研究家横道万里雄氏のご教示を直接賜った。故人となられたお三方を偲びつつ、改めて感謝の念を禁じえないでいる。

大学・大学院で現代英米詩を専攻し、英語・英米文学を定年まで教えてきた私が、日本と外国との比較文学・文化的観点や関心をもつのは自然なことで、第Ⅵ部はその端的な表れである。

二十世紀半ばから、欧米とくに英語圏を中心に俳句が非常に注目され、実作面で大流行することになった。私自身がそれと関わるようになったのは予想外で、やや運命的な思いがする。したがって、ここに収めたものの多くは、長年俳句を作る一方で、俳句の国際交流に携わっている者の立場と視点に依っている。折にふれて自発的に、あるいは求められて発表したものを収合させたため、部分的にだが内容に重複するきらいがある。しかしどの場合も、常に新しい情報、展開や考えを提供しているので、読者のご寛恕を乞う。各部、各章は関連しつつも独立しているから、どこから読まれても差し支えない。

最後になったが、第Ⅳ部における二つの対談の転載を快諾されたそれぞれの対談者、有馬朗人氏と小塩卓哉氏に謝意を表する。また、日頃私の仕事をご理解、支援下さっている金子兜太氏より、早々と身にあまる帯文をいただき、心より感謝申し上げる。そして出版の労をとられた本阿弥書店の皆様、なかでも私のさまざまな注文に根気強く対応された編集部の安田まどか氏にお礼申し上げる。

二〇一三年七月

星野恒彦

◆著者略歴◆

星野　恒彦（ほしの・つねひこ）

一九三五年　東京に生まれる。
一九五四年　都立日比谷高校卒業。
一九五九年　早稲田大学第一文学部英文科卒業。
一九六六年　早稲田大学大学院文学研究科英文学専攻博士課程終了。

早稲田大学名誉教授、俳人。「貂」代表、公益社団法人俳人協会常務理事（国際部長）、国際俳句交流協会副会長。

著書—『俳句とハイクの世界』（第十七回俳人協会評論賞受賞）、『詩句の森をゆく』、『四季の歓び』、共著 *Rediscovering Basho*（英文）、『英語でＨＡＩＫＵ』、『欧米文学の展開』など。

句集—『連凧』、『麥秋』、『邯鄲』など。

俳句《はいく》・ハイク —— 世界《せかい》をのみ込《こ》む詩型《しけい》

発　行　2013年10月４日

著　者　星野恒彦

発行者　本阿弥秀雄

発行所　本阿弥《ほんあみ》書店

東京都千代田区猿楽町2-1-8　三恵ビル　〒101-0064
電話　03（3294）7068（代）　振替　00100-5-164430

印刷・製本　日本ハイコム株式会社

定価はカバーに表示してあります。

ISBN978-4-7768-0982-1（2706）